湖北省公益学

Hubei Special Funds 出版专项资金
for Academic and Public-interest
Publications

第二辑

丛书主编 李建中
丛书副主编 袁 劲

通：《文心雕龙》的批评方法

朱晓骢 著

WUHAN UNIVERSITY PRESS
武汉大学出版社

图书在版编目（CIP）数据

通:《文心雕龙》的批评方法/朱晓鹪著.—武汉：武汉大学出版社，
2025.2
中华字文化大系/李建中主编. 第二辑
2023 年度湖北省公益学术著作出版专项资金资助项目
ISBN 978-7-307-24354-5

Ⅰ.通…　　Ⅱ.朱…　　Ⅲ.《文心雕龙》—古典文学研究　　Ⅳ.I206.2

中国国家版本馆 CIP 数据核字（2024）第 075650 号

责任编辑:白绍华　　责任校对:汪欣怡　　版式设计:马　佳

出版发行:**武汉大学出版社**　　（430072　武昌　珞珈山）
　　　　　（电子邮箱:cbs22@ whu.edu.cn　网址:www.wdp.com.cn）
印刷:武汉邮科印务有限公司
开本:720×1000　1/16　印张:17.75　字数:243 千字　插页:1
版次:2025 年 2 月第 1 版　2025 年 2 月第 1 次印刷
ISBN 978-7-307-24354-5　定价:99.00 元

总序　字孳字乳的文化：中华文化的"字"生性特征

李建中

人类轴心期五大文明(古巴比伦、古埃及、古希腊、古印度、中国)，惟有华夏文明传承至今，生生不息，个中缘由非常复杂，但文字的特性无疑是重要因素之一。同为轴心期文明，拉丁语的最小单位(字母)是无意义的，而汉语的最小单位(包括部首在内的字)则能显现独立甚至全息的意义，一字一世界，一字一意境。在漫长的历史演变之中，方块字既没有被梵化，也没有被拉丁化，中国文化因之分久必合，华夏文明因之亘古至今。

东汉许慎(约56—147)《说文解字·叙》曰："字者，言孳乳而浸多也"①，孳者孳生，乳者哺乳。从观念和思想的层面论，方块字是中华文化之母，不仅孕生而且哺育了中华文化，会意指事、形声并茂地建构起中华文化的意义世界。《周易》讲"鼓天下之动者存乎辞"，许慎讲"盖文字者，经艺之本，王政之始"，刘勰讲"心生而言立，言立而文明"，金圣叹讲"以文运事，因文生事"，一直到鲁迅讲"自文字至文章"和陈寅恪讲"凡解释一字，即是做一部文化史"，均可视为从不同层面揭示中华文化的"字"生性特征。

---

① (汉)许慎撰，(清)段玉裁注：《说文解字注》，上海古籍出版社1981年版，第754页。

中华文化产生、传承并能在长久历程中与多种外来文化交流而生生不息，与汉字密切相关。汉字是一种世界上非常独特的文字，每个汉字独立且集音形义于一体。在上古，汉语以单音词为主，其中有些单音词成为中国文化的核心词，作为中华文化之元（本原与起源），在其后不断的演变中扩展、丰富。我们这套《中华字文化大系》，精选奠基华夏文明、代表中国文化特征的 100 个汉字（又可以称为"中华文化关键词"或"中华文化核心词"），一个字一本书，对每个字既作"原生—沿生—再生"之源流清理，又作"字根—坐标—转义"之义理阐释，从而在文化思想、社会政治、智性审美、民族心理乃至民风民俗、日常生活等多元面向，标举中华文化的"字"生性特征，建构中华文化的话语体系，彰显中华文化的巨大影响力和恒久生命力，为海内外广大读者奉献中华字文化高远的美学意境和深广的意义世界。

南朝刘勰（约 465—521）《文心雕龙·序志》曰："若乃论文叙笔，则囿别区分，原始以表末，释名以章义，选文以定篇，敷理以举统，上篇以上，纲领明矣。"①"原始以表末"四句，既是《文心雕龙》的理论纲领，又是刘勰文学理论批评的基本原则。刘勰的"文学"是广义的文学，与我们今天所说的狭义的"文化"（即小文化或称观念形态的文化）大体上是相通甚至是重合的。因此，刘勰《文心雕龙》"论文叙笔"的四项基本原则，完全适用于我们这套《中国字文化大系》对汉字的诠解与阐释。字文化大系各分册对所选汉字（以下简称"本字"）的解读，大体上在"释名章义""原始表末""选文定篇""敷理举统"等层面深入展开。

第一，释名章义。名不正则言不顺，言不顺则事不成。"字"的定义（内涵与外延）尚未厘清，文化阐释从何谈起？本大系所精选的汉字，大多是上古时代以单个方块字为词的核心观念或术语，既有形、声、义三大基本要素，又有从殷商卜辞到六国文字到篆、隶、草、行的历史演

---

① 本书所引《文心雕龙》，均据范文澜：《文心雕龙注》，人民文学出版社 1958 年版。下不另注。

变，其语义还有词根义、引申义、转借义、修辞义以及词性活用的不同。凡此种种，各分册在诠解本字时，都是需要讲清楚的。

第二，原始表末。不述先哲之诰，无益后生之虑。本字的语义嬗变，既标识不同时代的文化观念，又贯通不同时代的文化命脉，故须从历史的层面对本字的语义嬗变作出阶段性清理和分时段呈现，尤其要注意在外来文化（如古代的佛学和近现代的西学）影响下，本字与异域文化的冲突与融合。

第三，选文定篇。单个的字，活在文本之中。这里所说的"文本"，既包括传世文书如文史哲经典等，也包括出土文物如简帛、铭器等，还包括民间的和日常生活的口传文化。各分册对本字的解读，须借助多类文本以及由文本所构成的复杂语境，依凭丰富多元、详实鲜活的语言材料，叙述并阐释本字所涵泳的智性审美、民族心理乃至民风民俗等多重旨趣。

第四，敷理举统。本大系所精选的汉字，大多具有全息特征，一字一意境，一字一世界，会意指事、形声并茂地呈现出中华文化高远的美学意境和深广的意义世界。故各分册对本字的诠释和解读，还需要从思想文化的深度，剖析本字所包蕴的哲学、伦理、宗教、政治、文学、艺术等多重语义内涵，概括并揭示本字对于中国文化乃至世界文明的独特价值和意义。

在囊括上述四项基本内容的前提之下，本大系的各个分册的入思路径、整体框架、章节设计乃至撰著风格等，既因"字"（本字）而异，又因"人"（著者）而异，但在总体上具有鲁迅《汉文学史纲要》所称颂的汉字三美："意美以感心，一也；音美以感耳，二也；形美以感目，三也。"

一、文字乃经艺之本，王政之始

许慎的《说文解字》，其《叙》称"文字者，经艺之本，王政之始"。陈梦家（1911—1966）《中国文字学》指出，汉代以前，"文字"的名称经历了三个时期：首称文字为"文"（如《左传》有"夫文止戈为武"、"故文反正为乏"和"于文皿虫为蛊"），次称文字为"名"（如《论语》"必也正名乎"皇疏引郑注"古者曰名，今世曰字"），末称"文""名"为"文字"（如秦始皇《琅琊台刻石》"同书文字"）并沿用至今。①章太炎（1868—1936）《国故论衡》曰："文学者，以有文字著于竹帛，故谓之文。论其法式，谓之文学。"②这里所说的"文学"是广义上的，与狭义的"文化"（即观念形态的文化或曰小文化）大体重合。从字面上看，章太炎似将文化与文字等同；究其奥义，则是从源头（竹帛）处找到汉语文化与汉语文字的内在关联。章太炎又称"凡文理、文字、文辞，皆称文"，可见"文字"还包括了"名""言""辞"等。在中华文化的产生、生成乃至生生不息之中，汉语的文字扮演着"名"正言顺、一"言"九鼎和"辞"动天下之重要角色。

　　章太炎《国故论衡》称"榷论文学，以文字为准"③。"以文字为准"是中国文化及文学研究的一大传统，这里的"准"既有标准、法式之义，亦有本根、源起之义。刘勰的"文章"颇类似于章太炎的"文学"，也是广义上的，与"文化"重合。刘勰著《文心雕龙》，专门辟有《练字》一篇，叙述"字"的历史，表彰"字"的伟绩，褐橥"字"的诸种功能。《练字》篇论"字"从仓颉造字说起："仓颉造之，鬼哭粟飞；黄帝用之，官治民察。"仓颉造字是华夏文明史上伟大的文化事件，动天地泣鬼神，孳文明乳文化。汉字的历史也就是中华文化的历史，汉字的功绩也就是中华文化的功绩，故《文心雕龙·序志》讲"文"之功德时称"君臣所以炳焕，军国所以昭明"，亦即《练字》所言"官治民察"。刘勰之前，东汉许慎曰："盖文字者，经艺之本，王政之始，前人所以垂后，后人所以识古。故曰'本立而道生'，'知天下之至啧（赜）而不可乱也'。"④许慎

---

①　陈梦家：《中国文字学》，中华书局 2006 年版，第 255 页。

②　章太炎：《国故论衡》，上海古籍出版社 2003 年版，第 49 页。

③　章太炎：《国故论衡》，上海古籍出版社 2003 年版，第 49-50 页。

④　（汉）许慎撰，（清）段玉裁注：《说文解字注》，上海古籍出版社 1981 年版，第 763 页。

"故曰"所引两段文字，前者出自《论语·学而》，后者出自《周易·系辞上传》。由此可见，从《论语》到《易传》，从《说文解字》到《文心雕龙》，中华元典对"字"之文化本根义的体认是一以贯之的。

《文心雕龙·练字》称"字"乃"言语之体貌""文章之宅宇"，汉语的方块字是言语的生命体，是文章的宅基和家园。《尔雅》有"言者，我也"，"我"以何"言"？字。故《练字》篇说"心既托声于言，言亦寄形于字"。无言，心何以托？无字，言何以寄？《文心雕龙·章句》赞"字"，称其"振本而末从，知一而万毕"，亦即许慎所言"经艺之本，王政之始"。字乃统末之本，驭万之一。《章句》篇胪列"立言"的四大要素（字、句、章、篇），"字"居其首，"字"立其本："夫人之立言，因字而生句，积句而成章，积章而成篇。"无论是单篇的文章还是观念形态的文化，其创制孳乳，其品赏识鉴，都是从一个一个的方块"字"开始。①在源起与流变、创制与识鉴、传播与接受等多重意义上，"字"皆为文化之"始"或"本"，故在此意义上可以说"字生文化"。

许慎《说文解字》对"字"这个汉字的解释是"乳也。从子在宀下，子亦声"。段玉裁（1735—1815）注曰："人及鸟生子曰乳，兽曰产。引申之为抚字，亦引申之为文字。《叙》云：'字者，言孳乳而浸多也。'"②字者，孳乳也。"孳"是生孩子，"乳"是哺孩子。由"字"我们想到"孕"，两个汉字都是会意："孕"还只是十月怀胎，"字"则不仅是一朝分娩，更是含辛茹苦地将孩子抚养成人；"孕"还只是怀一个孩子（胎），"字"则是生产并哺育一个又一个的孩子，引而申之，则表明一个字可衍生出许多个词和短语。段玉裁为《说文解字·叙》"字者，言孳乳而浸多"作注时，还将"字"拿来与"名"和"文"相比较，先讲"名者自其有音言之，文者自其有形言之，字者自其滋生言之"，后说"独体曰文，合

---

　　①　民间将文人著书立说称之为"码字"，将接受者的文化解读称之为"识文断字"，亦可见对文化活动中"字"元素的高度重视。

　　②　（汉）许慎撰，（清）段玉裁注：《说文解字注》，上海古籍出版社1981年版，第743页。

体曰字"，强调的都是"字"的"孳乳"、"浸多"、"滋生"、"合体（再造)"之功能。

当然，许慎和段玉裁说"字"，还只是在小学（文字学）的场域内讨论"字"的孳乳性或繁衍力。如果我们将"字，孳乳也"放在广阔的文化领域，来追问并验明"文字"与"文化"的血缘关系，则不难发现中华文化的字生性特征。《文心雕龙》开篇"原道"，追溯"文"即文化之本原与起源，《原道》篇在为"文"释名章义即解决了"文"的本原问题之后，继之回答"文"的起源问题："自鸟迹代绳，文字始炳，炎暤遗事，纪在三坟"，从"唐、虞文章"到"益、稷陈谟"，从夏后氏"九序惟歌"到周文王"繇辞炳曜"，从周公旦"制诗辑颂"到孔夫子"熔钧六经"，刘勰为我们描述的这一部上古文化史，分明滥觞于"文字始炳"，分明嬗变为文字的"符采复隐，精义坚深"，又分明完成于先秦圣哲的"组织辞令"、"斧藻群言"。

《原道》篇的上古文化史在论及商周文化时，称"逮及商周，文胜其质，雅颂所被，英华日新"，这是伟大的《诗经》时代，这是辉煌的风雅颂时代。商周始祖的"英华"记录在《雅》《颂》文字之中。商的始祖是契，契建国于商；周的始祖是后稷，后稷的母亲是姜嫄。再往上追问：契乃谁生？姜嫄如何生后稷？幸好，我们有《诗经》的文字：《商颂·玄鸟》说"天命玄鸟，降而生商"，《大雅·生民》说"（姜嫄）履帝武敏歆，攸介攸止。载震载夙，载生载育，时维后稷"。玄鸟生商（契），姜嫄履帝之足迹而生后稷，这是《诗经》的文字所记录的商周历史。就历史的真实而言，玄鸟不可能生商（契），姜嫄亦不可能履帝迹而生后稷；就文化（神话与传说）的真实而论，"玄鸟生商""姜嫄履帝迹生后稷"则不仅是"真"的，更是"美"和"善"的。而关于商周始祖的真善美的历史，与其说是《诗经》的文字所记录，还不如说是《诗经》的文字所创造。关于"字生文化"的例证，除了"玄鸟生商"和"履帝武敏歆"，还可以举出后羿射日、女娲补天、皇英嫔虞、伏羲画卦、仓颉造字……中华文化史上这些动天地泣鬼神的壮美故事，这些孳文明乳文化的伟大事件，无一不是我们的方块字所创造出来的，字生文化是也。

　　"文化"和"文字"的"文"，被许慎解释为"错画也，象交文，凡文之属皆从文"①。东汉的许慎虽读过《庄子》却未见过殷商卜辞，故不知道这个"文"就是《庄子·逍遥游》的"越人断发文身"之"文"。甲骨文中的"文"，从武丁时期到帝辛时期，均有"文身"之义："象正立之人形，胸部有刻画之纹饰，故以文身之纹为文。"②纹身所具有的符号性、象征性、修饰性、结构性和文本化，使得"文"这个独体象形的汉字成为人类最早的文化产品之一，亦成为汉语言"字生文化"的最早例证之一。如果说，人在自己身体上的交文错画是人类最早的文化行为，那么"以文身之纹为文"则是人类最早的文化识鉴和文化交往，是人对"字生文化"的感性鉴赏和理性批评。交文错画着形形色色之"文"的龟甲兽骨，虽然被掩埋在殷商帝辛的废墟之中，但"字生文化"作为华夏文明的重要特征却生生不息，历经数千载而不朽。我们今天从文明、文化、文字、文辞、文献、文学、文章、文艺、文采、文雅等众多中国文化的诸多关键词之中，从诗、词、歌、赋、曲、文、说、剧、碑、诔、铭、檄、章、奏、书、记等各体文学及文化产品之中，不难窥见掩埋在殷墟小屯的"字生文化"之元素及景观。

二、心生而言立，言立而文明

　　"文字"与"文化"都有一个"文"，"文"既是独体象形的上古汉字的典型代表，也是字生文化的典型例证。《文心雕龙》以"文"肇端（《原道》篇首句"文之为德也大矣"），以"文"终章（《序志》篇末句"文果载心，余心有寄"），可谓始于"文"而终于"文"。《原道》篇追原"文"之"元"（原本与源起），在很诗意也很哲理地阐释了"天之文"和"地之文"之后，水到渠成地引出"人之文"的定义："心生而言立，言立而文明，

①　（汉）许慎撰，（清）段玉裁注：《说文解字注》，上海古籍出版社 1981 年版，第 425 页。

②　徐中舒主编：《甲骨文字典》，四川辞书出版社 2006 年版，第 996 页。

自然之道也。""人"（天地之心）诞生了，"字"（语言文字）才会被发明被创立；语言文字创立之后，"文"才会彰显、章明、刚健、灿烂。作为天地之心的"人"，以自己所独创的"字"（"名""言""辞"等），去彰明"自然之道"，这一彰显的过程、结果及其规律就是"文"（文章、文学和文化）。如果说，《原道》篇"鸟迹代绳，文字始炳"，《章句》篇"人之立言，因字生句""振本末从，知一万毕"讲的都是文字对于文化之产生即历史起源的决定性价值，那么这里的"心生言立，言立文明"讲的则是文字对文化之生成即逻辑本原的规定性意义。

鲁迅《汉文学史纲要》亦借刘勰"心生言立，言立文明"论汉语"文章"即狭义文化的本原、起源及流传，其首篇《自文字至文章》讲文字乃文章之始："专凭言语，大惧遗忘，故古者尝结绳而治，而后之人易之以书契"，"文字既作，固无愆误之虞矣"①，连属文字而成文章，即刘熙《释名》所云"会集众字以成辞义"，字生文化是也。汉娜·阿伦特《人的境况》讲人生在世须做三件事：活着，工作着，说（书写）着。② 人的工作，制作出各种文化产品，创造出灿烂的文明。而只有当人类用文字"立言"之时，才真正创造出"人之文"。或者说，人类只有凭藉"立言"这种文化行为，才能创造出"言立"的文化。《左传》讲三不朽——立德、立功、立言。就"德"和"功"的历史传承而言，前人如何垂后？后人如何识古？立言。何以立言？言寄形于字，因字而生句。故刘勰的"心生言立，言立文明"是对中华文化"字"生性特征的高度概括。

汉语"文学"一词有文献可征者，始见于《论语·先进篇》："文学：子游，子夏。"孔子（前551—前479）的这两位高足，既不创制诗歌更不杜撰小说，何来"文学"之名？杨伯峻（1909—1992）《论语译注》将此处的"文学"释为"古代文献，即孔子所传的《诗》《书》《易》等"③。这里的

---

① 鲁迅著：《鲁迅全集》第九卷，人民文学出版社1982年版，第343-345页。
② ［美］汉娜·阿伦特著，王寅丽译：《人的境况》，上海人民出版社2009年版，第14-17页。
③ 杨伯峻译注：《论语译注》，中华书局1980年版，第110页。

"文学"实际上是我们今天所说的"文献学"，是观念形态之"文化"的重要组成部分。中国古代，小学（文字学）是经学的根基（故十三经有《尔雅》），经学家首先是小学家（字乃经艺之本）。《世说新语》据《论语》孔门四科而列"文学"门，叙述的是马融（79—166）、郑玄（127—200）、何晏（？—249）、王弼（226—249）、向秀（约227—272）、郭象（252—312）这些学者注经的故事。精通小学和经学的文化大师们，统统被划归于孔儒的"文学"之门。

夜梦仲尼、以孔子为精神导师的刘勰本来是要去传注儒家经典的，但他觉得自己在经学领域很难超过马融、郑玄，就转而去撰写《文心雕龙》，其《序志》篇坦陈："敷赞圣旨，莫若注经；而马郑诸儒，弘之已精，就有深解，未足立家。唯文章之用，实经典枝条，五礼资之以成，六典因之致用，君臣所以炳焕，军国所以昭明，详其本源，莫非经典。"可见以"敷赞圣旨"即弘扬孔儒文化为人生理想的青年刘勰，实际上是从经学（包括小学）切入"文"的研究，或者说是从经学（包括小学）与文章之关系入手建构其"文"本体。以五经为标准来考察他那个时代的"文"，刘勰很容易发现"（时文）去圣久远，文体解散，辞人爱奇，言贵浮诡，饰羽尚画，文绣鞶帨，离本弥甚，将遂讹滥"。坚守儒家文化的经学立场和小学本位，青年刘勰敏锐地看出他那个时代的"文"（时文）在"言"与"辞"（即语言文字）方面出了大问题，而问题之要害则是严重背离了儒家五经"辞尚体要"的传统："盖周书论辞，贵乎体要；尼父陈训，恶乎异端：辞训之异，宜体于要。于是搦笔和墨，乃始论文。"批判时文的"言贵浮诡"，回归元典的"辞尚体要"，竟然成了刘勰撰写《文心雕龙》的文化心理动因。

如果说《序志》篇是在"文心（为文用心）"的深潜层次讲"辞尚体要"，那么《征圣》篇和《宗经》篇则是在"雕龙（创作技法）"的精微领域讨论如何以圣人和经典为师来"辞尚体要"。二者虽有巨细之别，但其经学立场和小学本位（即"字本位"）则是一致的。《征圣》篇连续三次讲到"辞尚体要"，要求文学家学习春秋经的"一字以褒贬"和礼经的"举轻以包重"，其文字方可"简言以达旨"；学习易经的"精义以曲隐"和左传的"微辞以婉晦"，其文字方可"隐义以藏用"；学习诗经的"联章以积句"和礼经的"缛说以繁辞"，其文字方可"博文以该情"。《宗经》篇则针对"励德树声，莫不师圣，而建言修辞，鲜克宗经"之时弊，大讲特讲儒家五经在"言""辞"即文字上的优长：易经的"旨远辞文，言中事隐"，诗经的"藻辞谲喻，温柔在诵"，书经的"通乎尔雅，文意晓然"，礼经的"采掇片言，莫非宝也"，春秋经的"一字见义，五石六鹢，以详略成文"。"五经之含文也"，宗经征圣落到实处，是要学习五经的文字功夫即雕龙技法，这也是刘勰撰著《文心雕龙》的用心之所在，苦心之所在。

青年刘勰"征圣立言"的经学立场不仅铸就其文学本体观的"字本位"，同时也酿成其文学史观的"字本位"，即从"字"的特定层面来考察文学的历史嬗变。《章句》篇讲诗歌的演变，称"笔句无常，而字有条（常）数"，诗歌句子的变化似无常规，而（每一句）字数的多少则是有规律可循的："四字密而不促，六字格而非缓，或变之以三五，盖应机之权节也。"在刘勰的眼中，中国古代诗歌的发展演变史，落到实处，就是"字"数之多少的应变史："二言肇于黄世，竹弹之谣是也；三言兴于虞时，元首之诗是也；四言广于夏年，洛汭之歌是也；五言见于周代，行露之章是也。六言七言，杂出诗骚；两体之篇，成于西汉。情数运周，随时代用矣。"《明诗》篇对诗歌史的描述，也是以"字有常数"为演变规律的："四言正体，则雅润为本；五言流调，则清丽居宗。……至于三六杂言，则出自篇什；离合之发，则明于图谶；回文所兴，则道原为始；联句共韵，则柏梁馀制。巨细或殊，情理同致，总归诗囿，故不繁云。"总之，一时代有一时代之诗歌，彼一时代与此一时代的诗歌之异，或短或长，或密或疏，或促或缓，或多或寡，完全取决于字数的或增或减。王国维《人间词话》说"著一字而境界全出"，对于诗歌创作而言，增（或减）一字则格调迥别、境界迥异，"字"之多寡，岂能以轻心掉之？

三、鼓天下之动者存乎辞

《周易·系辞上》讲到《周易》的四大功用，首条便是"以言者尚其辞"①。《周易》的文化符号包括了两大系统：卦爻象系统与卦爻辞系统，借用王弼《周易略例》的话说，前者是"象者，出意者也"，"尽意莫若象"；后者是"言者，明象者也"，"尽象莫若言"②。但是，"象"之出意尽意，完全有赖于"言"之明象尽象，若无卦爻辞的文字阐释，《周易》那么多的卦爻象究为何意是谁也弄不清楚的。因此，《系辞下》要说"是故《易》者，象也；象也者，像也"，《周易》就是象征，象征就是通过模拟外物以喻晓内意，而拟物喻意离开了"辞"是根本无法进行也无法完成的。作为修辞手法，象征有两个端点：一头是物一头是意，物何以达意指意或明意？必须有"辞"，故《周易》的经与传要用"辞"来拟物（人物、事物、景物等）出意（意义、价值、情志等）。《周易》作为中国的文化经典，其生生不息的奥秘在于斯，其动天地泣鬼神的感染力亦在于斯，故刘勰要借用《周易》的话来浩叹："鼓天下之动者存乎辞！"

在因"五经皆文"而征圣宗经的刘勰心目中，《周易》无疑是最好的"文"（即文化经典）之一，故《文心雕龙·原道》讲述上古文明史以《周易》的原创与阐释为主线，所谓"庖牺画其始，仲尼翼其终"。《周易》的创卦者，观物而画卦，"系辞焉以尽其言，变而通之以尽利，鼓之舞之以尽神"；《周易》的观卦者，尚辞而解卦，"观其象而玩其辞"，观察卦爻的象征意味而探究玩味其文辞，或者反过来说，通过品味卦爻辞而领悟其象征及修辞。"辞"对于《周易》的意义是无论怎么强调也不为过分的：无"辞"何以识训诂？无"辞"何以明象征？无"辞"何以成易道？无"辞"何以定乾坤？

---

①　本书所引《周易·系辞传》，均据（清）阮元：《十三经注疏》，中华书局1980年版，第75-92页，下不另注。

②　（魏）王弼注，楼宇烈校释：《王弼集校释》下册，中华书局1980年版，第609页。

　　《周易》是象思维和象言说，而《周易》的象思维和象言说，是靠"辞"（小学之训诂加上文学之修辞）来完成的。受《周易》的影响，中国古代文化历来有"尚辞"之传统，笼统而言是讲究语言文字的艺术，具体而论是注重象征、隐喻、比兴、夸饰等修辞手法。《文心雕龙》创作论二十多篇，有超过一半的篇幅是专门谈"字"说"辞"的：属于谈"字"（即讨论语言文字）的篇目有《声律》《章句》《俪辞》《练字》等，属于说"辞"（即讨论文章修辞）的有《比兴》《夸饰》《事类》《隐秀》等，属于通论二者的有《通变》《定势》《指瑕》《附会》《镕裁》《总术》。广而论之，中国古代文论的批评文本，数量最巨的是历朝历代的诗话、诗式、诗格、诗法等。明清以降，继海量的"规范诗学"或"修辞诗学"，又出现热衷于作法和读法的小说戏曲评点。金圣叹《第五才子书》讲《水浒传》的创作是"因文生事"，"只是顺着笔性去，削高补低都由我"①，故"因文生事"是在叙事层面对"字生文化"的经典表述。

　　汉语的方块字孳生了文化，也哺乳了文化，字是文化之母。就"文字"创制与"文化"创造之关系而言，汉字的六书作为"字"的构造规律，深情地也深度地哺乳了中华文化，并成为观念形态之文化的创造规律。刘歆、班固将"象形"置于六书之首，并将六书前四项表述为"象形""象事""象意""象声"②，无意中触到字乳文化之要害。鲁迅《汉文学史纲要》亦论及"六书"尤其是"象形"与文化的关系："文字初作，首必象形，触目会心，不待授受，渐而演进，则会意指事之类兴焉。"③

　　我们以文字与文学的关系而论。汉字六书对汉语文学的孳乳，若概而言之，则是鲁迅所言"意美以感心，一也；音美以感耳，二也；形美

---

①　陈曦钟、侯忠义、鲁玉川辑校：《水浒传会评本》上册，北京大学出版社1981年版，第16页。

②　（汉）班固撰，（唐）颜师古注：《汉书》第6册，中华书局1982年版，第1720页。

③　《鲁迅全集》第九卷，人民文学出版社1982年版，第344页。

以感目，三也"①。若分而言之，其"象形"之"画成其物，随物诘诎"既是汉字区别于拉丁文的标志性特征，也是文学的标志性特征，方块字的象形孳乳了文学的形象性和意境化，此其一。如果说"指事"的"视而可识，察而见意"，养育了文学之"赋"的直书其事，体物写志；那么，"比类合谊，以见指㧑"之"会意"，与"本无其字，依声托事"之"假借"，则分别孳乳了文学的"比显"与"兴隐"，此其二。此外，"转注"的"同意相受"启迪了文学的互文性，而"形声"的"取譬相成"成就了文学的谐音之趣与声韵之美，此其三。至于具体的创作过程之中，文学家如何推敲，如何练字，如何捶字坚而难移，如何语不惊人死不休，亦可见出"字"对于文学的特殊意义。

被称为现代语言学之父和结构主义之鼻祖的费尔迪南·德·索绪尔（1857—1913），视"文字"为"语言"的表现或工具；与此同时，索绪尔又不得不承认："书写的词跟它所表现的口说的词紧密地混在一起，篡夺了主要的作用；人们终于把声音符号的代表看得和这符号本身一样重要或比它更加重要。"②把书写的词即文字看得比口说的词即言语更加重要，这在表音体系（如拉丁语）中或许不太正常，但在表意体系（如汉语）中却是非常正常也是非常真实的。

或许是看到了表意体系的这种独特性，宣称"我们的研究将只限于表音体系"③的索绪尔，却在《普通语言学教程》中用了整整一节的篇幅，专门讨论表意体系中"文字的威望"及其形成原因："首先，词的书写形象使人突出地感到它是永恒的和稳固的，比语音更适宜于经久地构成语言的统一性"；其次，"在大多数人的脑子里，视觉印象比音响印象更为明晰和持久"；再次，"文学语言更增强了文字不应该有的重要

---

① 《鲁迅全集》第九卷，人民文学出版社 1982 年版，第 344 页。

② ［瑞士］费尔迪南·德·索绪尔著，高名凯译：《普通语言学教程》，商务印书馆 1980 年版，第 48 页。

③ ［瑞士］费尔迪南·德·索绪尔著，高名凯译：《普通语言学教程》，商务印书馆 1980 年版，第 51 页。

性。它有自己的辞典，自己的语法"，并最终形成自己的"正字法"，"因此，文字成了头等重要的"；"最后，当语言和正字法发生龃龉的时候，除语言学家以外，任何人都很难解决争端。但是因为语言学家对这一点没有发言权，结果差不多总是书写形式占了上风，因为由它提出的任何办法都比较容易解决。"①我们看索绪尔从逻格斯中心主义立场出发的对"文字威望"的批评，在某种意义上恰好是对汉字这种典型的表意体系的表扬。书写形象的永恒和稳固，视觉形象的明晰和持久，文字威望对语言统一性的塑造和维护，尤其是文学语言如何以"头等重要"的身份来解决文字与语言的矛盾等，表意体系的这些特征及优长，构成了"字生文化"的文字学根基。

解构主义大师、后现代理论家雅克·德里达（1930—2004），其《论文字学》解构索绪尔语言学的二分结构，认为"文字并非言语的'图画'或'记号'，它既外在于言语又内在于言语，而这种言语本质上已经成了文字"②，故"文字学涵盖广阔的领域"，甚至可以用文字学替代语言学，从而"给文字理论提供机会以对付逻格斯中心主义的压抑和对语言学的依附关系"③。逻格斯中心主义又称语音中心主义，声音使意义出场，不同于汉字的书写使意义出场。德里达《论文字学》在批评索绪尔对文字与言语作内外之分时指出："外在/内在，印象/现实，再现/在场，这都是人们在勾画一门科学的范围时依靠的陈旧框架。"④我们今天研究中华字文化，应该打破陈旧的框架，以一种跨学科的宏阔视野来说"文"解"字"。

---

① [瑞士]费尔迪南·德·索绪尔著，高名凯译：《普通语言学教程》，商务印书馆1980年版，第50页。

② [法]雅克·德里达著，汪堂家译：《论文字学》，上海译文出版社1999年版，第63页。

③ [法]雅克·德里达著，汪堂家译：《论文字学》，上海译文出版社1999年版，第50页。

④ [法]雅克·德里达著，汪堂家译：《论文字学》，上海译文出版社1999年版，第45页。

　　文字乃经艺之本，就人类轴心期文明的典型代表华夏文明而言，以"经艺"为代表的汉语元典，用一个一个的方块字（中华文化关键词或中华文化核心词），建构起轴心期华夏文明的意义世界。中华文化是字孳字乳的文化，华夏文明是字孳字乳的文明。观念意义上的中华文化，其源起是"鸟迹代绳，文字始炳"，其元典是或"一字以褒贬"或"联章以积句"的经艺，其楷模是情见文字、采溢格言、辞尚体要、辞动天下的圣贤文章，其种类是肇于经艺、著于竹帛的所有文体。字生文化，上古汉语的方块字从起源与本原处孳乳了中华文化，孳乳了华夏文明。追问并验明文字与文化的血缘关系，揭示中华文化的"字"生性特征，可为"文化"的释名章义，为文化研究的选文定篇，为文化理论的敷理举统，乃至为文化史的原始表末，提供新的路径并开辟新的场域。

前　言

　　南朝文学理论家刘勰所著《文心雕龙》一书是中国现存最早的一部体系完备的文学批评专著，它在总结前人文学理论与创作经验的同时，从本体论、文体论、创作论和鉴赏论等文学的各个方面阐发了独到见解，全书五十篇以骈文写成，文序井然，形成了庞大严整的理论体系，也对后世文学理论研究产生了巨大深远的影响，在中国文艺理论史上具有独特价值与意义。清代学者章学诚评《文心雕龙》为"成书之初祖"，可与《诗品》对举："《诗品》之于论诗，视《文心雕龙》之于论文，皆专门名家，勒为成书之初祖也。《文心》体大而虑周，《诗品》思深而意远；盖《文心》笼罩群言，而《诗品》深从六艺溯流别也。"①"体大而虑周""笼罩群言"突出了《文心雕龙》庞大博深的严整体系。鲁迅先生更将《文心雕龙》比之东方的《诗学》："东则有刘彦和之《文心》，西则有亚里士多德之《诗学》，解析神质，包举洪纤，开源发流，为世楷式。"②《文心雕龙》得此盛誉，与它"包举洪纤"的结构体式和论述容量有关，更是它"开源发流，为世楷式"的精到论述奠定的。至今，现代意义的"龙学"研究已逾百年，在中国本土已成为一门显学——"龙学"，亦扬名海外，是中国古代文论走向世界的华丽瑰宝，更是搭建中西文论研究比较的一座桥梁。海内外对《文心雕龙》的研究范围广泛，成果丰硕，包括但不

---

　　①　《文史通义·诗话》，罗柄良译注：《文史通义》，中华书局 2012 年版，第 881 页。

　　②　《集外集拾遗补编·题记一篇》，鲁迅：《鲁迅全集》卷八，人民文学出版社 2005 年版，第 370 页。

限于文本译介、版本勘定、作者生平、内容综论、单篇品鉴、思想探源、方法研究、文论意义、后世影响和比较文学等方面，蔚为大观。本书试图以"通"作为关键词，尝试梳理并总结《文心雕龙》的批评方法。

刘勰雕像

　　为便于后文论述，我们需要首先厘清"文学批评方法"这一重要概念。方法是人们认识世界、改造世界的手段，现代学术意义上的方法论研究以解决问题为导向，通过研究系统总结出一种具有规范性、操作性的通用准则，并能够将这一准则运用于具体实践。在文学独立的魏晋南北朝以前，中国人虽然缺乏现代学科意义上的方法论总结，但对于方法的归纳极为重视。这源于先民对天地的观察，《易》以卜筮卦辞总结天地法则，目的则是使人通晓万事变化，"可与酬酢，可与祐神"①；《论语·雍也》："能近取譬，可谓仁之方也已。"②孔子是论求"仁"之方法。在文学逐渐走向自觉的魏晋南北朝时期，锺嵘《诗品》和刘勰《文心雕龙》等文论著作均试图总结文学规律或方法。锺嵘《诗品序》言其行文目

------

① 《周易·系辞上传》，黄寿祺、张善文：《周易译注》，上海古籍出版社2007年版，第388页。

② （清）刘宝楠撰，高流水点校：《论语正义》，中华书局1990年版，第249页。

的是为了对当时诗歌鉴赏批评"准的无依""随其嗜欲"的现象建立一种批评标准:"观王公搢绅之士,每博论之余,何尝不以诗为口实。随其嗜欲,商榷不同。淄渑并泛,朱紫相夺,喧议竞起,准的无依。近彭城刘士章,俊赏之士,疾其淆乱,欲为当世诗品,口陈标榜,其文未遂。嵘感而作焉。"①"欲为当世诗品,口陈标榜"是试图建立一种批评标准,归纳一种批评准则,探索一种可以广泛应用于诗歌鉴赏的方法。《文心雕龙》是一本文学批评专著,也是一本围绕文学的各个层面进行讨论批评、试图总结文学创作、鉴赏、文体等经验的工具书,《文心雕龙》详观近代之众多论文者,在"离本弥甚"②的时代风气之中,亦欲建立一种可以广泛适用的批评标准、批评方法与创作方法。

　　总体来说,文学批评方法是以文学为研究主体的方法,它既指以特定的手段或路径来研究围绕着文学的一切活动,也指由文学批评活动中总结出来的具有规范性、普适性的准则。文学批评方法是西方文论的术语概念,20世纪,西方产生了例如象征主义批评、形式主义批评、社会学批评、精神分析批评、神话原型批评、结构主义批评、符号学批评、解构主义批评、读者反应批评、女权主义批评和后殖民主义批评等众多文学批评流派,这些流派主要以不同的视角与固定的研究方法来分析文学。回到中国古代文论的视域中,本书所研究的《文心雕龙》批评方法,既指刘勰以特定的手段或路径来研究围绕着"文"的一切活动,也指他在《文心雕龙》中提出的适用于其他文学研究的、具有普适性的批评方法。文学批评方法都是在某一特定的历史情境下产生的,受到历史因素的制约,但另一方面,由于方法是具有规范性、普适性的准则,尽管离开产生它的历史语境,它也仍然具有强大的生命力和言说功能。因此,本书的研究范围既包括刘勰成书过程中对文学进行批评时采用的批评方法(或曰书写方式),也包括刘勰在《文心雕龙》中明确系统总结

---

①　(梁)锺嵘著,曹旭集注:《诗品集注》,上海古籍出版社1994年版,第62页。

②　范文澜:《文心雕龙注》,人民文学出版社1958年版,第726页。

出的、能适用于其他文学研究的批评方法，更涉及这些批评方法得以产生的历史情境与传统思维方式。这是对《文心雕龙》批评方法的概念界定。

在论述《文心雕龙》批评方法研究之前，需首先关注古代文学批评方法研究这一更为广阔的研究领域。综观前人在古代文学批评方法上的研究，可归纳为以下几类：（一）批评方法分类。李家骧《中国古代文学批评的基本方法及其认识途径概评》一文从宏观角度整体概括古代文学批评的基本方法，归纳出"辩证型""比较型""流变型""选评型""鉴赏型""答辩型""诗化型""描绘型""点悟型""图谱型"十种主要方法。①陈钟凡《中国文学批评史》以一小节的篇幅简要讨论了批评方法的种类，分为"归纳""推理""判断""考订""历史""比较""解释""道德""审美""印象""欣赏""科学"十二类方法。②祁志祥《古典文论方法论的文化阐释》一文从整体角度进行梳理，重在对文化生成机制进行解说，将古典文论方法论概括为"训诂""折中""类比""原始表末"（历史批评意识与方法）"以少总多""形象比喻"六种方法，分别用于名词概念解释、矛盾关系分析、因果关系推理、历史发展观照和思想感受（"以少总多"和"形象比喻"）的表达。③（二）批评文本比较。如五四运动之前，中国古代集部图书将收录文学理论批评的书籍称为"诗文评"，其中对"究文体之源流""第作者之甲乙"（《四库全书·诗文评类一》）等语，用比较方法拈出《文心雕龙》与《诗品》的风格特色与行文方法，已初步涉及批评方法。（三）批评体系分类。赖力行《中国古代文学批评学》一书系统概括中国文学批评学的体系，分为"本体论""主体论""标准论""方法论"

①　李家骧：《中国古代文学批评的基本方法及其认识途径概评》，《湘潭大学学报》（社会科学版）1987 年第 4 期。

②　参见陈钟凡：《中国文学批评史》，江苏文艺出版社 2008 年版，第二章第二小节内容。

③　祁志祥：《古典文论方法论的文化阐释》，《文艺理论研究》1992 年第 5 期。

"术语论""文体论"六大部分。①（四）批评方法之探源。如陆海明《中国文学批评方法探源》通过探寻古代文学批评思维特点，来追溯文学批评的源头和方法，《中国文学批评方法探源》一书分为"《易经》与审美之维""孔子：伦理批评范式的奠基者""墨子的执拗与批评方法的自觉""庄子：诗与哲的混沌""先秦儒家中庸方法论漫评""文论研究的文化反思"六个部分。这种探源更利于从民族文化特性的角度审视文学批评方法，缺点是无法兼及批评方法的历史流变。②刘明今《中国古代文学理论体系：方法论》一书极为注重从批评史的角度进行源流与演变的梳理，通过梳理对中国传统文学批评方法的总体特征、批评类型、体制等作出了深入细致的分析，并对中国传统文学批评方法的历史演进、与西方文论的相异之处发表了独到见解。该书分为"批评意识与方法""批评思维与方法""批评的具体方法"三编：第一编试图探讨文化历史意识、人物品鉴意识、审美超越意识和批评自觉自主意识对批评方法的影响；第二编则从"体用不二""整体直觉""通观整合""圆融不执"四个思维角度探寻它们在批评方法上的影响；第三编则由"知人论世""附辞会义""品藻流别""明体辨法"四个角度探寻具体的批评方法。就写作方法而言，该书将探源、分析具体的方法特色与批评方法的历史流变很好地结合起来，对批评方法的研究具有十分重要的意义。③在《中国古代文学批评方法研究》成书之前，张伯伟自 20 世纪 80 年代末起以单篇论文的形式论述古代文学方法论问题，如《锺嵘〈诗品〉的批评方法论》《"以意逆志"法的源与流》等，其中《中国古代文学批评方法三论》一文从思想流派与学术传统的角度进行分类，简要论述了中国古代文学批评方法内在体系的三种方法：受儒家思想影响的"以意逆志"法、

---

①　赖力行：《中国古代文学批评学》，华中师范大学出版社 1991 年版。

②　陆海明：《中国文学批评方法探源》，中国社会科学出版社 1994 年版。

③　刘明今：《中国古代文学理论体系：方法论》，复旦大学出版社 2000 年版。

受学术传统影响的"推源溯流"法和受庄禅思想影响的"意象批评"法。①张伯伟《中国古代文学批评方法研究》一书在此基础上修正出版，此书创造性地以比较文学的视角来审视中国传统批评方法，试图将其放在中西对比的角度阐释其民族特色，使其在文学研究中具有现代意义。② 综观前人古代文学批评方法的研究，以批评方法分类、批评方法探源和批评比较研究为主，着眼于整体研究时，对《文心雕龙》批评方法的聚焦并不多。

《文心雕龙》批评方法研究国内成果较多，海外研究以美国和日本为研究中心，虽然限于骈文外译的语言壁垒，美国和日本的《文心雕龙》研究仍然以文本译介为主，但其间也有一些涉及《文心雕龙》批评方法的研究。早在平安时代初期，《文心雕龙》便已传入日本并对日本传统文学理论产生深远影响。其中以铃木虎雄、波斯六郎、户田浩晓、兴膳宏、林田慎之助、冈村繁和古田敬一为代表的学者对《文心雕龙》进行了较为深入的研究探讨。在对批评方法的研究中，户田浩晓《文心雕龙中文章载道说的构造》一文提到，刘勰以六义作为文学批评的尺度而评论古今作品。③以美国为中心的欧美研究从文本译介和刘勰体系观文学观的宏观阐释，逐渐走向局部篇章和文本细节的修辞，趋向于中西比较研究。虽然没有对批评方法集中系统的阐释，但西方"龙学"研究中聚焦理论、结构和术语的阐发中也涉及一些对批评方法或批评方法原则的讨论。1973 年，施友忠在《淡江评论》上发表《刘勰的有机观》一文，指出刘勰将有机整体观作为全篇运思的总体原则。④但是，以美国为中心的《文心雕龙》研究仍然以译介为基础，以美国学者宇文所安《中国文

---

① 程千帆、周勋初、张伯伟：《中国古代文学批评方法三论》，《文献》1990 年第 1 期。

② 张伯伟：《中国古代文学批评方法研究》，中华书局 2002 年版。

③ 参见冯斯我：《〈文心雕龙〉在日本的传译与研究》，暨南大学 2020 年博士学位论文，第 100 页。

④ 参见戴文静、古风：《中国传统文论的海外传播现状研究——以西方〈文心雕龙〉的译介及传播为例》，《贵州社会科学》2017 年第 2 期。

论：英译与评论》中论述《总术》为例，对于《文心雕龙》"术"方法论的内涵，宇文所安认为："刘勰领悟到在作品中一定存在另一种东西，本质性的东西，使佳作从平庸之作中脱颖而出。他把这个称为'总术'，至于这个'总术'是什么样，他也解释不清。"①事实上，对于"总术"为何，刘勰虽然没有对此下明晰的定论，但综观全书，刘勰对于"术"的认识是相当深入的，并非解释不清。所以，《文心雕龙》的海外研究仍然以译介和文本细读为主，限于语言壁垒，未能深入《文心雕龙》的批评方法研究。

聚焦中国学界近四十年来的《文心雕龙》批评方法研究，一派以张少康、周勋初为代表的学者将"折衷"（又言"折中"）②作为《文心雕龙》批评方法的总纲领和切入点，后学承其余绪，论著颇多。这些成果大多集中探讨"折衷"研究方法的思想来源，以周勋初为代表的学者将"折衷"的思想来源主要归为儒家"叩其两端"思想的延续，着重关注对立矛盾的融合统一；③以张少康为代表的学者注意到儒家"折中"和《文心雕

---

① ［美］宇文所安：《中国文论：英译与评论》，王柏华、陶庆梅译，上海社会科学院出版社 2003 年版，第 286 页。

② 以周勋初、张少康为代表，学界大多数学者认为"折衷"与"折中"同义。参见以下论文：王焕然：《中庸与刘勰的"唯务折衷"——对〈文心雕龙〉思想方法的一种考察》，《辽宁大学学报》1999 年第 1 期；陶礼天：《试论〈文心雕龙〉"折中"精神的主要体现》，《镇江师专学报》（社会科学版）2000 年第 1 期；王振复：《"唯务折衷"：〈文心雕龙〉文论思想的文化品格》，《求实学刊》2003 年第 2 期；高华平：《也谈"唯务折衷"——刘勰〈文心雕龙〉的研究方法新论》，《齐鲁学刊》2003 年第 1 期；侣同壮：《再论〈文心雕龙〉"折衷"论的文化涵义——兼与高华平先生商榷》，《思想战线》2005 年第 3 期；罗剑波：《折衷：刘勰释读、品评经典的重要视角与方法》，《复旦学报》（社会科学版）2016 年第 1 期。

③ 周勋初：《刘勰的主要研究方法——"折衷"说述评》，载中国古代文学理论学会编《古代文学理论研究》第 11 辑，上海古籍出版社 1986 年版，第 1-29 页；高文强：《试论佛教论争对刘勰折衷方法的影响》，《华中科技大学学报》（社会科学版）2004 年第 3 期；李建中：《中国文学观念的兼性特征》，《湖北大学学报》（哲学社会科学版）2022 年第 2 期。

龙》"折衷"的区别，指出刘勰"折衷"批评总原则是"势"与"理"；①以
王运熙为代表的学者将"折衷"归纳为刘勰批评的思想派别，认为刘勰
持以较为温和的折中态度进行文学批评。②着重关注这两派对于"折
衷"之义的争论会发现，不论是"叩其两端"还是"势""理"为总原则，
均有其理论依据。周勋初认为"折衷"是刘勰《文心雕龙》一书论文的基
本态度和主要方法，作为基本方法和重要原则的"折衷"与儒家学派密
切相关，"折衷"等于"折中"，意为"折断其物"，使之与"度"相当，由
于"折中"最开始出现在司马迁《史记·孔子世家》以"中国言六艺者折中
于夫子"论孔子，所以后世多以"折中"来论孔子之言或以圣贤之道为准
则，因此，周勋初以《文心雕龙·序志》中刘勰随仲尼而南行之梦的写
作决心为依据，认为刘勰《文心雕龙》以圣贤之道为准则。而张少康则
认为刘勰的"折衷"论和儒家的"折中"论有很大差别，其内容之丰富难
以"折中"二字所能囊括，儒家的"折中"论重在以符合儒家的圣人之道
作为是非标准，但刘勰的"折衷"论并非全然以圣道为标准，而是符合
客观的"势"和"理"，"势"是事物本身所具有的一种内在客观规律，不
为人的意志为转移，"理"是事物内在的客观自然之理。

　　但是进一步来说，不论是"扣其两端"还是"势""理"的说法，都难
以"折衷"（折中）完全统摄《文心雕龙》具体的批评方法。因此，亦有
不少学者试图跳出"折衷"的范畴，以其他方法尝试对《文心雕龙》批评

---

①　张少康：《擘肌分理　唯务折衷——刘勰论〈文心雕龙〉的研究方法》，《学
术月刊》1986 年第 2 期；王焕然：《中庸与刘勰的"唯务折衷"——对〈文心雕龙〉思
想方法的一种考察》，《辽宁大学学报》（哲学社会科学版）1999 年第 1 期；陶礼天：
《试论〈文心雕龙〉"折中"精神的主要体现》，《镇江师专学报》2000 年第 1 期；高华
平：《也谈"唯务折衷"——刘勰〈文心雕龙〉的研究方法新论》，《齐鲁学刊》2003 年
第 1 期；罗剑波：《"擘肌分理，惟务折衷"——〈文心雕龙〉论文方法初探》，《山
东科技大学学报》（社会科学版）2007 年第 2 期。

②　王运熙：《刘勰文学理论的折中倾向》，《暨南学报》（哲学社会科学版）
1989 年第 1 期；汪洪章：《"擘肌分理，唯务折衷"——谈谈〈文心雕龙〉的体系特
征》，《浙江社会科学》2019 年第 6 期。

方法进行归纳，出现了不少成果。如李清良《〈文心雕龙〉方法论体系之梳理与评价》一文将《文心雕龙·总术》看做全书方法论之概论，将《文心雕龙》方法论分为"研究方法"与"叙述方法"。研究方法主要包括三个方面："鉴必穷源""原始要终"；"圆鉴区域，大判条例"；"乘一总万，举要治繁"，李清良认为刘勰主张铺观列代，全面占有材料，再通过详细分析和综合，得出"纲要"及结论，最后通过"举要治繁"的方法上升为一个完美的理论体系。叙述方法则在研究方法的基础上，同样遵循"务先大体"的方法，从抽象上升到具体，达到"首尾圆合"的境界。①但是，以《文心雕龙·总术》作为《文心雕龙》方法论中心的缺点亦显而易见，"总术"是对创作方法的归纳总结，文体论和鉴赏论又无法以"总术"作为概括，所以这一归纳方法仍然有缺陷。胡大雷在《重"徵"求"验"——〈文心雕龙〉批评方法之一》和《"见异"——〈文心雕龙〉批评方法之二》这两篇文章中以"重徵求验"和"见异"作为《文心雕龙》单一的批评方法进行论述，②但也没有构成完整体系，无法以此串联起整体批评方法。此外，陶礼天以《知音与知味：论〈文心雕龙〉的知音批评模式》《论〈文心雕龙〉的经典批评模式》等数篇论文，拟系统总结《文心雕龙》的批评模式，③可以看作跳出"折衷"范畴、试图对《文心雕龙》批评方法进行归纳总结的代表。陶礼天将《文心雕龙》文学批评模式概括为"经典批评模式""文体批评模式""才性批评模式""知音批评模式"四种，四者各有侧重，相互之间又构成一种以作者情志批评与作品文本批评相结合的整体范式，这种归纳方式跳出前人框架，可谓独具体系。

---

①　李清良：《〈文心雕龙〉方法论体系之梳理与评价》，《中国文学研究》1994年第 3 期。

②　胡大雷：《重"徵"求"验"——〈文心雕龙〉批评方法之一》，《广西师范大学学报》(哲学社会科学版)2001 年第 4 期；胡大雷：《"见异"——〈文心雕龙〉批评方法之二》，《广西师范大学学报》(哲学社会科学版)2002 年第 2 期。

③　陶礼天：《知音与知味：论〈文心雕龙〉的知音批评模式》，《文史哲》2015年第 5 期；陶礼天：《论〈文心雕龙〉的经典批评模式》，《安庆师范学院学报》(社会科学版)2016 年第 5 期。

综上可以看出，《文心雕龙》素有"体大虑周"之称，其内容囊括文体论、创作论、批评鉴赏论乃至才性、文学发展等问题，其中的批评方法既多且杂，前人对于"折衷"的争论，显示出《文心雕龙》批评方法的驳杂和难度，前人对于跳出"折衷"总方法，试图以各种角度重新对《文心雕龙》进行批评方法的总结和努力，亦从侧面显示出《文心雕龙》批评方法的难以归纳。我们认为，固然以分类式方法对《文心雕龙》全书涉及的批评方法进行归纳并无不妥，然而简单通盘式的方法归纳不仅会使观照和分析流入细碎与失焦之中，也丧失了解读文论话语的民族特色。在《文心雕龙》众多批评方法之中找到一个共性将之串联，并从中提取出最具代表性的几大批评方法，是本书所进行的尝试，也就是以某一关键词串联起《文心雕龙》的批评方法。

什么是关键词？从语言学的角度来说，关键词是语言存在的核心词，它们虽然数量有限，但创生于文化的起源时期，随着时间不断扩展演变，从核心词中派生、演化出大量词语，核心词也依旧活跃在现今语境之中，具有深厚的内涵与强大的生命力。以关键词作为切入点和线索进行文学研究，除了能对研究对象有进一步深入探索外，也可由极具生命力的关键词入手，探寻关键词背后涉及政治、经济、文化等一系列民族特色。然而，以某一关键词总结《文心雕龙》的批评方法，所面临的首要问题是，为什么选择此字而非他字？这一字与《文心雕龙》的批评方法有什么联系？因此，在总括《文心雕龙》批评方法之前，实有必要对"通"这一关键词进行字义梳理和内涵阐释，并对其与《文心雕龙》批评方法之间的关系进行阐释，这是本书第一章着力解决的问题。本书第二章至第五章论述《文心雕龙》批评方法，第二章以"通其不通"为脉络，主要探讨刘勰行文之志、问题意识与对批评方法形成的影响。第三章以"古今贯通"为主题，探讨《文心雕龙》溯源法的内涵、理论来源、形态与特征。第四章以"圆照博通"为主题，探讨《文心雕龙》博观法的内涵及其在文学创作与鉴赏之中的具体应用与特征。第五章以"执正兼通"作为关键词，主要探讨《文心雕龙》折衷法的内涵及其"执正以驭奇"和

"兼解以俱通"两大特征。

有学者指出，遴选关键词的标准在于"命大""幅大""力大"。①
"通"字的概念自先秦产生至今，一直活跃在中华文化的语境之中。
2022 年，"通"字被遴选为"一带一路"的年度汉字，证明它在现代社会
生活中仍然具有旺盛的生命力。"通"字内涵丰富，辐射面广，其语义
使用具有长久的生命力和广阔的阐释空间。以"通"作为关键词串联起
刘勰批判时代之"不通"的问题意识与《文心雕龙》"通其不通"的解决方
法，对以往将"折衷"作为《文心雕龙》批评方法总纲领的龙学研究来说
是一次不同视角的尝试。以"通"字来观照《文心雕龙》批评方法，能对
中国古代文论批评方法贯通古今、圆照博通和执正兼通的鲜明特色予以
系统阐解，既可以彰显中国古代文论的民族特色，或也可以应用于现代
文论批评，使古代文论进行现代转换，在新时代焕发盎然生机。

① 李建中：《元典关键词研究的中国范式》，《河北学刊》2020 年第 2 期。

目　　录

第一章　以"通"作为关键词

以"通"字作为关键词阐释《文心雕龙》的批评方法，首先需要以"通"字为对象，进行由本义至衍生义的流变梳理；其次需要将之放置于先秦元典的语境中去进一步细致考察，以充分阐释"通"字在中国传统哲学思维与文化中的丰富内涵与旺盛的生命力；最后，亦需要阐述为何要以"通"作为关键词归纳《文心雕龙》的批评方法，以及以关键词释之的合理性和正当性。

第一节　为"通"释名

"通"字，《说文解字》："达也。从辵，甬声。"①"辵"古同偏旁"辶"，指乍行乍止。"通"的甲骨文有两种写法，一种是左部"行"字与右部"用"字结合（"用"形如工具，后化为"甬"）；另一种是左部"行"字，右部上"用"下"足"，后"足"与"行"相结合形成"通"。两种甲骨文写法中的"行"字状如十字路口，形象展现了四通八达的交错形态，与滞留、壅塞之状相反。

"通"的本义为行至、到达某处，《孙子·地形》："地形，有通者。"梅尧臣注曰："道路交达。"②《国语·晋语》："道远难通，望大难

---

① （汉）许慎：《说文解字》（附检字），中华书局1963年版，第40页。
② （春秋）孙武撰，（三国）曹操等注，杨炳安校理：《十一家注孙子》，中华书局2012年版，第195页。

通的两种甲骨文写法

走。"韦昭注："通，至也。"①《淮南子·时则训》："道路不通，暴兵来至。"②《韩非子·存韩》："城固守，则秦必兴兵而围王一都，道不通则难必谋，其势不救。"③"通"与"达"同义，《史记·郦生陆贾列传》载有"四通五达"④的表达，直至现代汉语的表达中，仍沿用"四通八达"的表述。

由名词作动词，"通"表疏通、开通。早期先民苦于水患，"通"表疏通河道，《庄子·天下》："昔禹之湮洪水，决江河而通四夷九州也。"⑤《吕氏春秋·仲夏纪》载"通大川，决壅塞"⑥，"通"又表开拓道路，如《史记·五帝本纪》："天下有不顺者，黄帝从而征之，平者去之，披山通道，未尝宁居。"⑦作名词使用时，"通"侧重于疏通堵塞，使水道、陆路转而通畅，便于到达。可以看出，"通"字的本义与道路

① （三国）韦昭注，徐元诰集解，王树民、沈长云点校：《国语集解》，中华书局 2019 年版，第 298 页。

② 刘文典撰，冯逸、乔华点校：《淮南鸿烈集解》，中华书局 2013 年版，第 204 页。

③ （清）王先慎撰，钟哲点校：《韩非子集解》，中华书局 2013 年版，第 21 页。

④ （汉）司马迁：《史记》卷九七，中华书局 1959 年版，第 2693 页。

⑤ （清）郭庆藩撰，王孝鱼点校：《庄子集释》，中华书局 2012 年版，第 1071 页。

⑥ 许维遹撰，梁运华整理：《吕氏春秋集释》，中华书局 2009 年版，第 126 页。

⑦ （汉）司马迁：《史记》卷一，中华书局 1959 年版，第 3 页。

这一交通概念密切相关，具有行走的动态特征。

由本义中行走含义所具有的动态特征，"通"字义项由单向的到达逐渐衍生出双向流通的含义，再通过双向不断互通衍生出循环不穷的含义。《孙子·地形》释"通"曰："我可以往，彼可以来，曰通。"①就不再只是表示单向的行至，而指出"通"是双方往来式的顺畅连通。由地形进一步推及人事，"通"衍生出双方交换、交往的含义，如《荀子·儒效》："通财货，相美恶，辨贵贱，君子不如贾人。"②这里的"通"是交换财物。又如《史记·魏其武安侯列传》："灌夫亦倚魏其而通列侯宗室为名高。"③这里的"通"是人员交往。又如《汉书·张骞传》："大宛闻汉之饶财，欲通不得。"④这里的"通"是经济互通。从单项的到达延展为双方的互达，"通"的义项发生了延展，并初步确立了二元对立的格局。"通"的双向互通的内涵强调二元对立，最早的建立可以追溯到《周易》对"通"的解释。

"通"字义项由双向互通衍生为循环无穷，与道的特质相联系，衍生出全、总、整体、普遍、共同等含义。《周易·系辞上》："一阖一辟谓之变，往来不穷谓之通。"⑤指事物在闭合、开放（一阖一辟）两种状态间转换，产生变化，由于两种状态之间其变化不断进行转换，无穷无尽不会停止，形成一种动态的平衡和发展。《周易》认为阴阳二气之交融构成万物，万物通于道，而道广泛运用于天地之间，无不遗漏、无所不知，"曲成万物而不遗，通乎昼夜之道而知"⑥，由此，"通"也具有全、总、整体、普遍、共同等含义。《淮南子·本经训》："通本于天

---

① （春秋）孙武撰，（三国）曹操等注，杨炳安校理：《十一家注孙子》，中华书局2012年版，第196页。

② （清）王先谦撰，沈啸寰、王星贤点校：《荀子集解》，中华书局2013年版，第145页。

③ （汉）司马迁：《史记》卷一百七，中华书局1959年版，第2847页。

④ （汉）班固：《汉书》卷六一，中华书局1962年版，第2688页。

⑤ 黄寿祺、张善文：《周易译注》，上海古籍出版社2007年版，第392页。

⑥ 黄寿祺、张善文：《周易译注》，上海古籍出版社2007年版，第379页。

地，同精于阴阳。"①通体乃整体之义。《墨子·尚同下》："岂能一视而通见千里之外哉，一听而通闻千里之外哉。"②《论衡·谢短》："晓知其事，当能究达其义，通见其意否？"③通见指总览、总观。《论衡·超奇》："通书千篇以上，万卷以下，弘畅雅闲，审定文读，而以教授为人师者，通人也。"④《后汉书·卓茂传》："究极师法，称为通儒。"⑤《吕氏春秋·爱类》："圣王通士不出于利民者无有。"⑥《汉书·律历志上》："至元始中王莽秉政，欲耀名誉，征天下通知钟律者百余人。"⑦通人、通儒、通士、通知指学识渊博、通晓遍览群书之人。《楚辞·招魂》："肴羞未通，女乐罗些。"⑧《孟子·告子下》："弈秋，通国之善弈者也。"⑨"通"为全之义。《史记·平津侯主父列传》："智、仁、勇，此三者天下之通德，所以行之者也。"⑩"通"还有普遍、共同之含义。

考之"通"的字源流变，不得不提及外来文化尤其是佛教的传入带来的影响。佛教传入与佛典翻译为古代词汇注入了大量新鲜的血液。魏晋时佛典传入并大量翻译，为"通"增加了新的组合词汇，如"神通"和"圆通"。佛教传入之前，"神通"指通过神灵感应沟通，《史记·孝武本

---

① 刘文典撰，冯逸、乔华点校：《淮南鸿烈集解》，中华书局 2013 年版，第294 页。

② 吴毓江撰，孙启治点校：《墨子校注》，中华书局 2006 年版，第 139 页。

③ 黄晖：《论衡校释》，中华书局 1990 年版，第 567 页。

④ 黄晖：《论衡校释》，中华书局 1990 年版，第 606 页。

⑤ （宋）范晔撰，（唐）李贤等注：《后汉书》卷二五，中华书局 1965 年版，第869 页。

⑥ 许维遹撰，梁运华整理：《吕氏春秋集释》，中华书局 2009 年版，第 594 页。

⑦ （汉）班固：《汉书》卷二一，中华书局 1962 年版，第 955 页。

⑧ （宋）朱熹：《楚辞集注》，上海古籍出版社 1979 年版，第 141 页。

⑨ （清）焦循撰，沈文倬点校：《孟子正义》，中华书局 2015 年版，第 840 页。

⑩ （汉）司马迁：《史记》卷一一二，中华书局 1959 年版，第 2952 页。

纪》："（黄帝）百余岁然后得与神通。"①"神通"源于佛教典籍中梵文的意译，为转移借词，即"意义是借用的，但是形式是来自本国语"②，是用汉语本有之词汇反映佛教义理，或借用或引申出新的意思。"神通"在佛典中亦翻译为"神通力""神力"，指佛、菩萨、阿罗汉等通过修持禅定所具有的一种神奇能力，《大萨遮尼乾子所说经·如来无过功德品》将这种神力归纳为"天眼通""天耳通""他心通""宿命通""如意通""漏尽通"。宋苏轼《六观堂赞》："我观众生，神通自在。"③"圆通"为佛教用语，谓觉悟法性，圆乃不偏不倚的意思，通谓无阻碍。"圆通"又为"圆融"，印度中观派"二谛圆融"说强调真、俗二谛互相通融，不落一端。中国天台宗"三谛圆融"说强调连"中谛"也不执著，"中谛"与真、俗二谛均是融通的。④ 佛教传入与佛典翻译，尤其是词汇"圆通"的产生，加强了"通"字融通无碍的特性。

以上梳理了"通"由本义至衍生义的流变，通的本义是到达，与交通道路的概念紧密相连，有本义中行走含义所具有的动态特征，"通"字义项由单向的到达逐渐衍生出双向流通的含义，衍生出交换、交往的衍生义，再通过双向不断互通衍生出循环不穷的含义，衍生出全、总、整体、普遍、共同等含义，显示出由日常具体的物象向抽象的哲学思维的演进路径。然而，仅仅梳理"通"字的本义与衍生义，尚不能完全诠释出"通"字的内蕴，需进一步回到元典中，探寻其创生路径与深厚内涵，方能彰显"通"这一关键词在中国文化中旺盛的生命力与美感。

---

① （汉）司马迁：《史记》卷一二，中华书局 1959 年版，第 468 页。
② 胡壮麟主编：《语言学教程》，北京大学出版社 2007 年版，第 73 页。
③ 孔凡礼点校：《苏轼文集》，中华书局 1986 年版，第 608 页。
④ 参见祁志祥：《佛教美学》，上海人民出版社 1997 年版，第 220-227 页。

第二节 元典中"通"的深厚内涵

在古代典籍所构筑起的语境中，"通"除了字面意义外，还代表什么？这一概念如何产生，是否具有旺盛的生命力？"通"这一概念内在是否有丰富的阐释空间，可以成为一个分析文本的方法与钥匙，这是需要厘清的问题。此外值得注意的是，元典也常以同义表达或反义表达来论述与"通"相似的概念，同义表达如《周易》以"亨"论"通"，反义表达如"蔽""塞""滞""穷""困"等字常与"通"形成对举，它们也应一并纳入研究范围，作为"通"字的外延使用予以关注。

一、通：中国古代哲学元范畴的"筋骨"

"通"做名词解，指一种畅通无阻、四方皆可行至（甲骨文"行"与"辶"都为十字路口的象形）的状态，"通"作动词解，指"使……畅通"，这是上文对"通"作字义梳理时的大致情况。但是，如果将"通"作为一个关键词，我们所面临的一大问题是，"通"是否具有可以作为关键词的特质？它是否可以作为一个范畴或类似一个范畴来进行阐解？

在中国哲学研究中，"通"得到的关注甚少。究其原因，有学者认为中西哲学思维的差异性导致"通"在西方哲学并无与之对应的范畴。西方哲学思维以原子论为宇宙起源，万物的实体孤立且分离，而中国哲学思维中，万物的实体莫不处在相互联系、互相转换变动之中。而且，"通"更多作为动词使用，不具有范畴的形式。但是，也有学者指出，"通"的概念"是不同实体间的联系；以网络比喻来说，是连接网上纽结的网线。它像中医的经络，而非一个实体范畴，亦非作为存在的存在（being as being）。中国哲学既重视那些存在论意义上的实体、认识论意义上作为范畴的纽结，又重视各个纽结之间的连线"，① 或可以作为一种合理解释。

（一）天

"天"是中国最古老的哲学概念之一，《说文解字》："天，颠也。至高无上，从一大。"②天本义指人的头顶，其象形也形似一个小人。由头顶的本义，天也衍生成为人头顶上方的天穹。与天有关的早期文献显示出古人对天的无尽好奇和积极探索。《庄子·逍遥游》："天之苍苍，其正色耶？"③《诗经·小雅·大东》："维天有汉（银河），监亦有光。"④早期生民在恶劣的自然环境中苦求生存，将对自然环境的敬畏之情投射到天穹这一至高、至大的物象上，将天理解为具有自我意志、统领万物的最高主宰和超自然力量，由此形成了中国传统文化独有的天命观。《论语·季氏》："君子有三畏：畏天命，畏大人，畏圣人之言。"⑤《诗经·邶风·北门》："出自北门，忧心殷殷。终窭且贫，莫知我艰。已焉哉！天实为之，谓之何哉！"⑥天命不仅具有自我意志，主宰大众的命运，且被看作能授予君主权力的超自然力量，并作为考问君主德行的标准。如君主德行有亏，天会降下天谴以示之，《尚书·甘誓》云："今予惟恭行天之罚。"⑦所以统治者通过维护天命的正统性来巩固王朝的统治地位，并以祭祀、祈祷和各种仪式以通天命，通过修德来获得天命的庇佑。

春秋中后期，随着社会矛盾急剧激化，人们对天的崇拜开始掺杂怀

---

① 乔清举：《论儒家自然哲学的"通"的思想及其生态意义》，《社会科学》2012 年第 7 期。

② （汉）许慎：《说文解字》（附检字），中华书局 1963 年版，第 7 页。

③ （清）郭庆藩撰，王孝鱼点校：《庄子集释》，中华书局 2012 年版，第 5 页。

④ 高亨：《诗经今注》，上海古籍出版社 1980 年版，第 310 页。

⑤ （清）刘宝楠撰，高流水点校：《论语正义》，中华书局 1990 年版，第 661 页。

⑥ 高亨：《诗经今注》，上海古籍出版社 1980 年版，第 57 页。

⑦ （清）孙星衍撰，陈抗、盛冬铃点校：《尚书今古文注疏》，中华书局 1986 年版，第 212 页。

周朝大盂鼎铭文上的"天"

疑与否定。春秋战国时，天的概念逐渐糅杂进道的观念，天道指自然界运动的普遍规律，"天道运而无所积，故万物成"①，指自然以它独有的规律化成万物。天是四季周行、万物化生的源头，人的生命由此诞生，因此孔子说："天何言哉？四时行焉，百物生焉，天何言哉？"②"万物成""百物生"是春秋战国时期人们对自然属性的天的理解。天道具有不变的属性，《管子·形势》："天不变其常，地不易其则。"③然而天道内万物又无时无刻不在变化，《吕氏春秋·大乐》言天"浑浑沌沌，离则复合，合则复离，是谓天常"④。天由天命转向天道的过程，其中权威性的消解和自然意义上的转向，来源于道家"道"这一概念的提出。

（二）道

"道"本义为道路，《说文解字》："道，所行道也。一达谓之道。"⑤

---

① 《庄子·天道》，（清）郭庆藩撰，王孝鱼点校：《庄子集释》，中华书局2012年版，第462页。

② 《论语·阳货》，（清）刘宝楠撰，高流水点校：《论语正义》，中华书局1990年版，第698页。

③ 黎翔凤撰，梁运华整理：《管子校注》，中华书局2004年版，第21页。

④ 许维遹撰，梁运华整理：《吕氏春秋集释》，中华书局2009年版，第108-109页。

⑤ （汉）许慎：《说文解字》（附检字），中华书局1963年版，第42页。

道由本义的道路引申为人或者物行走必须遵循的轨道，又引申为规则。道作为中国哲学范畴的重要概念，指代宇宙的本原，由老子首先提出：

> 有物混成，先天地生，寂兮寥兮，独立不改，周行而不殆，可以为天下母。吾不知其名，字之曰道，强为之名曰大。大曰逝，逝曰远，远曰反。①（《老子·二十五章》）

> 道冲而用之或不盈，渊兮似万物之宗。②（《老子·四章》）

> 道之为物，惟恍惟惚。惚兮恍兮，其中有象；恍兮惚兮，其中有物。窈兮冥兮，其中有精；其精甚真，其中有信。③（《老子·二十一章》）

老子首先超越了天命最高的观念，认为天地之上还存在一个更高层次的宇宙本原，它"先天地生"，"渊似万物之宗"，因其大，取名为道。道就是自然之道。从老子对道的描述来进一步分析，"通"是道的重要属性之一，以表现道周行四处、无所不至的特点。

所列的第一段文献中，老子对道的特质归纳为"大曰逝，逝曰远，远曰反"，《说文解字》释"逝"为"往也"④，本义具有行走之义，为去、往某处地方，远，极也。王弼注释此句为道"周行无所不至""周行无所

---

① （魏）王弼注，楼宇烈校释：《老子道德经注校释》，中华书局 2008 年版，第 62-63 页。
② （魏）王弼注，楼宇烈校释：《老子道德经注校释》，中华书局 2008 年版，第 10 页。
③ （魏）王弼注，楼宇烈校释：《老子道德经注校释》，中华书局 2008 年版，第 52 页。
④ （汉）许慎：《说文解字》（附检字），中华书局 1963 年版，第 39 页。

不穷极，不偏于一逝"①，也就是说，道在天地、宇宙这个空间内周行四处、无所不达，不会着重偏向于某一个方向前行，同时，道行至极点又会折返复归，以此形成无尽不穷的循环往复。"通"本义为行、至，但以"通"作为道的属性更侧重于道无处不通、无处不往的特质，偏重于"通"的状态。

老子画像

对于道于天下万物无所不通的属性，《老子》中多有论述。《老子·三十四章》："大道泛兮，其可左右。"②王弼注曰："言道泛滥无所不适，可左右上下周旋而用，则无所不至也。"③《老子·十四章》："视之不见名曰夷，听之不闻名曰希，搏之不得名曰微。"④王弼注曰："（道）

---

① （魏）王弼注，楼宇烈校释：《老子道德经注校释》，中华书局 2008 年版，第 63 页。

② （魏）王弼注，楼宇烈校释：《老子道德经注校释》，中华书局 2008 年版，第 85 页。

③ （魏）王弼注，楼宇烈校释：《老子道德经注校释》，中华书局 2008 年版，第 85 页。

④ （魏）王弼注，楼宇烈校释：《老子道德经注校释》，中华书局 2008 年版，第 31 页。

无状无象，无声无响，故能无所不通，无所不往。"①《老子·十六章》："知常容，容乃公，公乃王，王乃天，天乃道，道乃久。"②王弼曰："无所不包通也。无所不包通，则乃至于荡然公平也。荡然公平，则乃至于无所不周普也。无所不周普，则乃至于同乎天地。与天合德，体道大通，则乃至于(穷)极虚无也。穷极虚无，得道之常，则乃至于不穷极也。"③道无所不包，无所不往，正因道具有这样的属性，冲扩于天地之间，所以才能同乎天地，代表万物。因此，"通"实为道的属性之一，它是以道无所不包、无所不往的形式出现的。

《庄子》在《老子》的基础上对道进行了更为深入的阐解，《庄子》释为天道，天"在太极之先而不为高，在六极之下而不为深，先天地生而不为久，长于上古而不为老"④，"无所不在"⑤，无处不达。无处不通达是天道的属性之一，《庄子·天道》云："天道运而无所积，故万物成。"⑥成玄英疏曰："积，滞也。蓄也。言天道运转，覆育苍生，照之以日月，润之以雨露，鼓动陶铸，曾无滞积，是以四序回转，万物生成也。"⑦因此，积就是滞积不通，天道运转而不会滞积，所以能通行四方。

以老子为首的道家学派以"道"为核心概念，消解了自夏朝以来古

---

① (魏)王弼注，楼宇烈校释：《老子道德经注校释》，中华书局 2008 年版，第 31 页。

② (魏)王弼注，楼宇烈校释：《老子道德经注校释》，中华书局 2008 年版，第 36 页。

③ (魏)王弼注，楼宇烈校释：《老子道德经注校释》，中华书局 2008 年版，第 36-37 页。

④ 《大宗师》，(清)郭庆藩撰，王孝鱼点校：《庄子集释》，中华书局 2012 年版，第 252 页。

⑤ 《知北游》，(清)郭庆藩撰，王孝鱼点校：《庄子集释》，中华书局 2012 年版，第 745 页。

⑥ (清)郭庆藩撰，王孝鱼点校：《庄子集释》，中华书局 2012 年版，第 462 页。

⑦ (清)郭庆藩撰，王孝鱼点校：《庄子集释》，中华书局 2012 年版，第 463 页。

人对天的崇拜和权利，使天更多地回归到自然属性中来。道与天道均具有无所不达、无所不通的特质，也正因此，天、道、天道等概念，都具有广泛存在的内涵与化育万物的前提，这种广泛存在、通达四方的特质，在元典中也会与"气"结合起来讨论。

（三）气

气同样是中国古代哲学的一个重要概念。气是一个象形字，拟云气飘浮在空中之状，《说文解字》："云气也，象形，凡气之属皆从气，去既切。"①气来源于天上的云，因此，气首先从属于天地，属于一种自然现象，古人观摩天地，认为"天有六气"②，为"阴""阳""风""雨""晦""明"六种气象，这是对气象的直接观察。此外，气也源于自然所造，如《庄子·齐物论》认为"夫大块噫气，其名为风"③，"大块"就是道，是自然这一造物主的称谓，由道（自然）产生的气称之为风。

甲骨文　　金文　　小篆　　楷书（繁体）
"气"的字形演变

气无色无味，原不可观察触摸，但正因气出于天，出于道（自然之道），所以也具有天、道无所不通达的特性。首先，气是流动变化的。天有六气，气候变化，天地得以在"阴""阳""风""雨""晦""明"这六种气象中历经四时转换。古人观察自身，虽肉眼不见体内之气，但人鼻

---

① （汉）许慎：《说文解字》（附检字），中华书局1963年版，第14页。
② 杨伯峻编著：《春秋左传注》（修订本），中华书局2009年版，第1222页。
③ （清）郭庆藩撰，王孝鱼点校：《庄子集释》，中华书局2012年版，第51页。

息翕合，呼吸之间就有气。《论语·乡党》："屏气似不息者。"①"息"指人呼吸时气息的进出流动。《庄子·逍遥游》对"息"也有描述："野马也，尘埃也，生物之以息相吹也。"②野马为一种游气，指春天阳气升腾之时空中浮动的气，尘埃则比灰尘还要细小，或许是古人观察到飘浮在空中的细小微末在风的气息中飞舞。其次，正因为气具有流动的特性，因此古人认为在天圆地方的天地之间，气于其中运化流转，万物莫不以此化生，人也在其间。《庄子》以"无""一""精"来论气："泰初有无，无有无名；一之所起，有一而未形。"③《左传·成公十三年》："民受天地之中以生，所谓命也。"④杨伯峻注曰："天有中和之气，人得之而生。"⑤天地之间有"中和之气"，人因此得到此气而得以产生，而且人的情志也受到天地之气的感召与影响，《左传·昭公二十五年》："民有好恶、喜怒、哀乐，生于六气。"⑥人体内也存在气。身体之气又为血气或体气，体内之气如壅塞不通，身体就无法正常运转，《左传·昭公元年》："于是乎节宣其气，勿使有所壅闭湫底以露其体。"杨伯峻注："壅闭湫底四字义近，意谓勿使血气集中壅塞不通。"⑦如若"筋骨沉滞，血脉壅塞"，则"虽有彭祖，犹不能为也"⑧，因此，天地之气与体气同一且相通，气与天、道都具有无所不至、无所不在、无所不化生的特质。古人对气的来源认识表现出气这一概念出自宇宙本原（天或道），因此，

---

① （清）刘宝楠撰，高流水点校：《论语正义》，中华书局 1990 年版，第 377 页。

② （清）郭庆藩撰，王孝鱼点校：《庄子集释》，中华书局 2012 年版，第 5 页。

③ 《庄子·天地》，郭庆藩撰，王孝鱼点校：《庄子集释》，中华书局 2012 年版，第 430 页。

④ 杨伯峻编著：《春秋左传注》（修订本），中华书局 2009 年版，第 860 页。

⑤ 杨伯峻编著：《春秋左传注》（修订本），中华书局 2009 年版，第 860 页。

⑥ 杨伯峻编著：《春秋左传注》（修订本），中华书局 2009 年版，第 1458 页。

⑦ 杨伯峻编著：《春秋左传注》（修订本），中华书局 2009 年版，第 1220 页。

⑧ 许维遹撰，梁运华整理：《吕氏春秋集释》，中华书局 2009 年版，第 43 页。

气也是古人对万物创始这一过程总结的概念之一。

二、"交而后通"：天地创成

"通"是中国古代哲学思维元范畴（天、道和气）的共同属性之一，同时也是中国古代哲学思维天地创成的重要前提。早期生民对天地、自然乃至自身的探索中，世界如何形成是一个重要命题。其中，五行杂成万物是一种创生论，其中最为著名的当属《国语·郑语》中史伯论百物如何创成：

> 夫和实生物，同则不继。以他平他谓之和，故能丰长而物归之，若以同裨同，尽乃弃矣。故先王以土与金木水火杂，以成百物。是以和五味以调口，刚四支以卫体，和六律以聪耳，正七体以役心，平八索以成人，建九纪以立纯德，合十数以训百体。①

这段著名论述展示出古人认为万物创生的基础是不同性质的东西交通而结合。"以同裨同"是以性质相同之物，如单一的色、声、味交杂，并不能产生美，"和"是由不同性质的物体结合产生的，"以他平他谓之和""土与金木水火杂"，百物因此而生。《左传·昭公二十年》中齐国晏婴论述："清浊、小大、短长、疾徐、哀乐、刚柔、迟速、高下、出入、周疏，以相济也。……若以水济水，谁能食之？若琴瑟之专一，谁能听之？同之不可也如是。"②正是这种观念的延续。

这种对立统一矛盾交而通之的观念或许来自《周易》。冠居群经之首的《周易》分为"经""传"两部分：成书于商末周初的《易经》由六十四卦与卦爻辞组成，是筮占之书；陆续形成于春秋战国之间的《易传》又

---

① （三国吴）韦昭注，徐元诰集解，王树民、沈长云点校：《国语集解》，中华书局 2019 年版，第 498—499 页。

② 杨伯峻编著：《春秋左传注》（修订本），中华书局 2009 年版，第 1420 页。

称"十翼",①犹"经之羽翼",是阐释《易经》经义的文章,其中尤以《系辞传》对"经"文做了较为深入的辨析和阐释,对后世影响至深。《周易》恍惚窈冥,蕴意无穷,其哲学思维方式,诸如天人合一思维、阴阳辩证思维、八卦推演思维、通变思维、取象思维、整体思维、象数思维等,几乎对中国文化的各个方面都产生了深刻影响,可以说"《易经》是中国人经验最原初的模型,是中国哲学的原点"。②

《易经》书影

《周易》中也有"相济"的卦象,"水火相济"来自《革》卦,《革》卦下离(火)上兑(泽),卦象火在下,泽在上,水火二性相战,故相济以生变,郑玄云:"革,改也,水火相息而更用事。"③《易》将天地理解为刚柔二气,乾为天,坤为地,天地二气上下交感,得以亨通。《周易》每卦以卦辞作整体总结,对发展顺利的卦象予以"元亨""亨""光亨"等评价。"亨","通"也,《正义》引《子夏传》释曰:"元,始也;亨,通也;

① 《易传》共有《文言》、《象传》上下、《彖传》上下、《系辞传》上下、《说卦传》、《序卦传》、《杂卦传》七种。
② 张岱年、成中英:《中国思维偏向》,中国社会科学出版社1991年版,第198页。
③ 黄寿祺、张善文:《周易译注》,上海古籍出版社2007年版,第285页。

利,和也;贞,正也。"①"亨"寓意着顺利,《乾卦》喻天,彰显天元始、亨通、和谐有利、贞正坚固的特质,亨通指天之阳气在天地间运行不息,不滞不积,因此能无所不通,化成万物。因此,"亨"在《周易》中也具有天、道通行天下的特质。至今,亨通仍然作为我们日常广泛使用的吉祥语,比喻事物发展顺畅。观之《周易》,刚柔交而通之才能产生亨通的局面。

在象征天、地的《乾》《坤》二卦后,第三卦《屯》象征初生,因初生之物长势壮猛,势头亨通,所以卦辞言:"元亨,利贞。"②《象》言:"刚柔始交而难生。"③对此《正义》释曰:"以刚柔二气始欲相交,未相通感,情意未得,故曰'难生'也。若刚柔已交之后,物皆通泰,非复难也。"④朱熹的解释勾勒出中国传统文化对于万物生发的路径解释——阴阳、刚柔二气相交并进行充分融合。可以看出,刚柔相交并不等于通泰,如要通泰,需要二者充分通感,因此"始交"所以难生,"已交"才能"通泰"。

《周易》中以阴阳二气交感而得亨通的卦象还有《咸》卦。《咸》卦下艮(山)上兑(泽),上兑以泽为卦象,因水泽柔,代表阴卦;下艮以山为卦象,因山刚硬,代表阳卦。因此,《咸》卦的卦象呈现出阴阳二气相互交合的景象,以示交感之义,因交感而得亨通,所以《咸》卦云:"亨,利贞;取女吉。"《象》曰:"咸,感也;柔上而刚下,二气感应以相与。止而说,男下女,是以亨,利贞,取女吉也。"⑤《正义》云:"艮刚而兑柔,若刚自在上,柔自在下,则不相交感,无由得通;今兑柔在上而艮刚在下,是二气感应,以相授与。"⑥不交则不通,交则通而得亨

① 黄寿祺、张善文:《周易译注》,上海古籍出版社2007年版,第1页。
② 黄寿祺、张善文:《周易译注》,上海古籍出版社2007年版,第27页。
③ 黄寿祺、张善文:《周易译注》,上海古籍出版社2007年版,第28页。
④ 黄寿祺、张善文:《周易译注》,上海古籍出版社2007年版,第28页。
⑤ 黄寿祺、张善文:《周易译注》,上海古籍出版社2007年版,第181页。
⑥ 黄寿祺、张善文:《周易译注》,上海古籍出版社2007年版,第182页。

通的概念在《泰》《否》二卦中以更为明显的对比展现出来。《泰》卦乾在下，坤在上，乃地上天下的卦形；《否》卦坤在下，乾在上，是天上地下的卦形。按理来说，《泰》卦天地颠倒，似不符合天尊地卑的观念，但是《序卦传》解《泰》卦云："泰者，通也。"《泰》卦云："小往大来，吉，亨。"①《否》卦却云："否之匪人，不利，君子贞；大往小来。"②《泰》卦天地颠倒仍得亨通，核心在于阴阳二气得到充分交感。《集解》引何妥释《泰》卦："此明天道泰也。夫泰之为道，本以'通'生万物。若天气上腾，地气下降，各自闭塞，不能相交，则万物无由得生。明万物生由天地交也。"③《折中》引邱富国曰："天地之形不可交而以气交，气交而物通者，天地之泰也；上下之分不可交而以心交，心交而志同者，人事之泰也。"④因此，《泰》卦强调先"交"而后"泰"，"交"在前，才有"通"在后，在《泰》卦卦爻中，下卦阳而应上，上卦阴而应下，所以上下交通，正因上下交通、阴阳交合，方能生化万物。《否》卦虽然有天地正位之卦象，但违背了二气交合的道理，"天气上升而不下降，地气沉下又不上升，二气特隔，故云'否'也"。⑤

观此二卦可以清楚看到，《周易》十分注重亨通的先决条件——二元对立之间的交合、交融，它们是万物创生的基础。《周易》阴阳二气交合得以创生万物、乃得通泰的观点影响深远，并成为中国传统文化对宇宙起源的理解，《庄子·田子方》："至阴肃肃，至阳赫赫；肃肃出乎天，赫赫发乎地；两者交通成和而物生焉，或为之纪而莫见其形。"⑥《管子·内业》："气，道乃生，生乃思，思乃知，知乃止矣。"⑦戴望

① 黄寿祺、张善文：《周易译注》，上海古籍出版社 2007 年版，第 73 页。
② 黄寿祺、张善文：《周易译注》，上海古籍出版社 2007 年版，第 79 页。
③ 黄寿祺、张善文：《周易译注》，上海古籍出版社 2007 年版，第 73 页。
④ 黄寿祺、张善文：《周易译注》，上海古籍出版社 2007 年版，第 74 页。
⑤ 黄寿祺、张善文：《周易译注》，上海古籍出版社 2007 年版，第 80 页。
⑥ （清）郭庆藩撰，王孝鱼点校：《庄子集释》，中华书局 2012 年版，第 709 页。
⑦ 黎翔凤撰，梁运华整理：《管子校注》，中华书局 2004 年版，第 937 页。

云:"道,通也。"①至汉代则发展为王充的元气说。《论衡·自然》:
"天地合气,万物自生。"又说:"天覆于上,地偃于下,下气蒸上,上
气降下,万物自生其中间矣。"②这是《周易》二气交合以生万物观念的
延续。

有学者指出,老子"万物负阴而抱阳,冲气以为和"③就是阴在上、
阳在下的特定配置,所形成的对立关系引起阴阳二者之间的对流,就是
"冲气","盖阳的本性是往上,阴的本性是往下,阴阳如此配置,就能
发生'冲气'的运动变化。故'冲气'并非另一种与阴阳并列的'气'。如
果是'背阳而负阴',或是平列,就不能交通成和,使万物相生相继。
故'和'乃'和实万物,同则不继'之和,乃'交通成和而万物生焉'之
'和'"。④ 与《周易》中亨通也需要对立双方交而通之对照来看,在古代
哲学思维中,交通是创生的前提条件,物质相和而进行充分融通是万物
化成的路径之基础。

三、天人相通:天人合一的整体观和生命力

"通"与中国古代哲学的元范畴(天、道、气、人)联系紧密,同时
也是古代宇宙创生论中阴阳二气交合创生万物的基础条件,此外,
"通"还是古代天人合一整体观的基础,在天人合一整体观中"通"代表
着万物勃勃生长的生命力量。

(一)天人合一的整体观

古人认为万物都在天地构筑的这方空间中化育生长,阴阳二气交而

---

① 黎翔凤撰,梁运华整理:《管子校注》,中华书局 2004 年版,第 940 页。
② 黄晖:《论衡校释》,中华书局 1990 年版,第 775、782 页。
③ 《四十二章》,(魏)王弼注,楼宇烈校释:《老子道德经注校释》,中华书局 2008 年版,第 117 页。
④ 金春峰:《〈周易〉对中国哲学史研究之重要意义——以若干重要问题为例兼论重写中国哲学史》,《周易研究》2018 年第 3 期。

通之，产生了"天地相合以降甘露"①的自然变化，更将万物都囊括其中，因此古人认为"天地者，万物之父母也"②。阴阳二气的交通决定天地万物的起源，阴阳二气交通之后的充分融合也导致了万物在创生之后的积极生长。正是因为古人二气交合的创生论，借由气之通为媒介，天地与万物产生了紧密的联系。前文提到，气具有流动的特性，且气与天、道等宇宙本原都具有无所不在、无所不至的特点，人得天地之气以生，情志亦受天地之气所影响，体内之气亦称为血气或体气。因此，二气交通的宇宙创生论使宇宙本原与万物产生了一种特殊的连接，这种天人相通的特殊连接形成了中国传统文化中最为重要的哲学思想基础——天人合一。

天人相通的"通"，具体分析又可分为三重内涵：

第一，同质同构之"通"。

道(天、宇宙本原)独立存在，是万物得以创生的源头，"道生一，一生二，二生三，三生万物"③。在创生过程中，道降灌万物之中，万物亦在其统摄之下"莫不尊道而贵德"④。老子对道的论述使道与天地万物之间形成了上下贯通的链接，因为创生，道也将其特质附着于万物之中，以万物各具其形、各存其性的方式，将道彰显出来。所谓道，老子认为就是自然之道，万物莫不在自然中蓬勃生长，自然也同于道。因此，即使万物各有其外形与天性，但由于他们均归于道之统摄，所以道与万物具有相同的本质，也具有相同的结构。

故《庄子·齐物论》说："故为是举莛与楹，厉与西施，恢诡谲怪，

---

① 《三十二章》，(魏)王弼注，楼宇烈校释：《老子道德经注校释》，中华书局 2008 年版，第 81 页。

② 《达生》，(清)郭庆藩撰，王孝鱼点校：《庄子集释》，中华书局 2012 年版，第 631 页。

③ 《四十二章》，(魏)王弼注，楼宇烈校释：《老子道德经注校释》，中华书局 2008 年版，第 117 页。

④ 《五十一章》，(魏)王弼注，楼宇烈校释：《老子道德经注校释》，中华书局 2008 年版，第 137 页。

道通为一。其分也，成也；其成也，毁也。凡物无成与毁，复通为一。唯达者知通为一，为是不用而寓诸庸。庸也者，用也；用也者，通也；通也者，得也；适得而几矣。因是已。已而不知其然，谓之道。"①简要来说，庄子认为世间万物虽殊形各异，且物有成毁，但跳出不同的外形来看，其内部的特质都是相同的，都复归于"道"这一整体，也就是"道通为一"，此"道"庄子认为就是自然，就是天地本来的规律。

中国传统文化对道和万物同质同构的理解，离不开前文提到的宇宙创生论。正是由于天、道和气都无所不通、无处不达，这种通达不仅指涉整个空间范围，还囊括了天地间的所有生物。万物既然俱为其所化生，自然也是其反映，与其同质同构。

第二，其情一体之"通"。

道与万物同质同构，是道与万物之间的"通"。在这种理解下，万物莫不是由阴阳二气相冲相合得以产生、消亡与彼此转化的，因此万物都具有同一来源。既然具有同一来源，那么万物虽然各有其形，但在整体观照下，天地之间没有任何一类生物处于全然隔绝或孤立的状态，隔绝与孤立意味着停滞与死亡。因为道具有不积不滞、通达四方的特有属性，所以万物与道同质同构，亦在自然这片天地中与外界积极地保持着联系。万物如与外界不通，则不存在于天地所构筑、道所垂范的这片生态网络之中。所以《吕氏春秋·情欲》云："人之与天地也同，万物之形虽异，其情一体也。"②"其情一体"的观念使自然万物均处于紧密联系、互相转化的一体中，这是天人相通的整体生态。

第三，天地与我共生之"通"。

世界既是一个万物互相维持着紧密联系的巨大网络，而人作为万物之灵长，与天地并称的"三才"之一，也不可能处于隔绝孤立之中，而

① （清）郭庆藩撰，王孝鱼点校：《庄子集释》，中华书局 2012 年版，第 75 页。

② 许维遹撰，梁运华整理：《吕氏春秋集释》，中华书局 2009 年版，第 45 页。

是与自然、天地无时无刻不发生身心的交相呼应。"天地人,万物之本也。天生之,地养之,人成之"①,这就是中国古人特有的、天人合一的生机整体观。"天道远,人道迩"②,天道与人道很早就开始并举。天与人联通在一起,"通"为"同"也。《老子·二十三章》说:"故从事于道者,道者同于道,德者同于德,失者同于失。"③举动与道相合的人,与道同体,也就具有了道之属性,王弼注曰:"行得则与得同体。"④《庄子》认为:"天地与我并生,而万物与我为一。"⑤都是这种同质同构的天人合一论的反映。

(二)天人相通的生命力

正是因为道具有垂范万物、通于万物这一"通"的属性,所以在中国古代哲学思想天人合一的整体观中,道的属性通行于世间万物,万物亦莫不以其形复归于道,天道与人道得以同质同构。在天人合一的整体生机观中,人道和天道、万物与道的联结并不是一种简单的双向联系,而具有生机和力量。道垂范万物,化成万物,具有原始的创生力,这是一种基本动力;万物复归于道,是一种体悟式、顺应式的主动生发行为。在这两者动力的交互中,中国传统哲学思维中天人相通的世界是一个生机勃勃、万物生发的整体。

1. 道的创生力

"道"具有"通"的属性,化成万物代表"创生宇宙万物的一种基本动

---

① 《立元神》,(清)苏舆撰,钟哲点校:《春秋繁露义证》,中华书局 2015 年版,第 165 页。

② 《昭公十八年》,杨伯峻编著:《春秋左传注》(修订本),中华书局 2009 年版,第 1395 页。

③ (魏)王弼注,楼宇烈校释:《老子道德经注校释》,中华书局 2008 年版,第 57 页。

④ (魏)王弼注,楼宇烈校释:《老子道德经注校释》,中华书局 2008 年版,第 57 页。

⑤ 《齐物论》,(清)郭庆藩撰,王孝鱼点校:《庄子集释》,中华书局 2012 年版,第 85 页。

力"①。不论是阴阳交融形成万物，还是道之下落化成万物，这些路径都展现出天道的创生力量。在老子看来，这种创生力源源不绝，"道冲（虚）而用之或不盈"②，"虚而不屈，动而逾出"③，"冲"释为"虚"，与"实"相对，老子认为，道犹如虚空之物，正因为虚空，所以能够容物而不满溢，虚而不得穷屈，动而不可竭尽。除了以虚比喻这种不可竭尽的创生动力，老子还以流动不滞的水比喻道无所不至的动力，"上善若水，水善利万物而不争"④，"大道泛兮"⑤，水流动不止息，道亦如水，具有绵绵不绝的动力，《淮南子·原道训》云："是故能天运地滞，轮转而无废，水流而不止，与万物终始。"⑥这就是道的创生力。同时，《周易》中宇宙观阴阳二气化生万物，"万物皆禀天地之气以生，一切物体可以说是一种'气积'（庄子：天，积气也）。这生生不已的阴阳二气织成一种有节奏的生命"⑦。阴阳二气的交合"表现的是生命的内核，是生命内部最深的动，是至动而有条理的生命情调"⑧，只有含于道才能赋予艺术以深度和灵魂。在阴阳的节奏中，生命本身的体道流淌着无尽的生动气韵，在二元对立统一的绵延交替和反复循环中，天道带来源源不断的创生力量。

---

① 徐复观：《中国人性论史·先秦篇》，九州出版社 2014 年版，第 298 页。

② 《四章》，（魏）王弼注，楼宇烈校释：《老子道德经注校释》，中华书局 2008 年版，第 10 页。

③ 《五章》，（魏）王弼注，楼宇烈校释：《老子道德经注校释》，中华书局 2008 年版，第 14 页。

④ 《八章》，（魏）王弼注，楼宇烈校释：《老子道德经注校释》，中华书局 2008 年版，第 20 页。

⑤ 《三十四章》，（魏）王弼注，楼宇烈校释：《老子道德经注校释》，中华书局 2008 年版，第 85 页。

⑥ 刘文典撰，冯逸、乔华点校：《淮南鸿烈集解》，中华书局 2013 年版，第 2-3 页。

⑦ 《论中西画法的渊源与基础》，宗白华：《宗白华全集》（第 2 卷），安徽教育出版社 2008 年版，第 109 页。

⑧ 《论中西画法的渊源与基础》，宗白华：《宗白华全集》（第 2 卷），安徽教育出版社 2008 年版，第 98 页。

2. 合于道的生命力

万物创生并不是终点，在万物创生之后，更为重要的过程是"成生"。《老子·五十一章》说：

> 道生之，德畜之，物形之，势成之。是以万物莫不尊道而贵德。道之尊，德之贵，夫莫之命而常自然。故道生之，德畜之：长之、育之、亭之、毒之、养之、覆之。生而不有，为而不恃，长而不宰，是谓玄德。① （《五十一章》）

王弼注曰："物生而后畜，畜而后形，形而后成。何由而生？道也。何得而畜？德也。何因而形？物也。何使而成？势也。唯因也，故能无物而不形；唯势也，故能无物而不成。凡物之所以生，功之所以成，皆有所由。有所由焉，则莫不由乎道也。"②"势"由力义，引申为事物所显示出的力量。"势"使万物生而后成。

有学者指出，这种"创物过程是内发的而非外成的，是无止境的而非有尽头的""是天道的自行运作演化出万物"③，而成生的关键在于顺应道（自然）的模式调整生存模式，才能"合于道"。《管子·五行》："人与天调，然后天地之美生。"④什么是与天调？《老子·二十五章》说："人法地，地法天，天法道，道法自然。"⑤"法"谓法则也，天地顺应道的法则自然化生万物，人顺应天地的法则乃能得全，顺应意味着不违背。因此，"通"于道也就是"合"于道，当然，这种"通"不是简单地

---

① （魏）王弼注，楼宇烈校释：《老子道德经注校释》，中华书局 2008 年版，第 136-137 页。

② （魏）王弼注，楼宇烈校释：《老子道德经注校释》，中华书局 2008 年版，第 136-137 页。

③ 冯天瑜：《中华元典精神》，武汉大学出版社 2006 年版，第 153 页。

④ 黎翔凤撰，梁运华整理：《管子校注》，中华书局 2004 年版，第 865 页。

⑤ （魏）王弼注，楼宇烈校释：《老子道德经注校释》，中华书局 2008 年版，第 64 页。

联通与链接，而是一种体悟式、顺应式的主动生发行为，是一种有意识的"不离于道"。

万物与道不离，通于道，方能和。"故通于天地者，德也；行于万物者，道也。"①郭象注："万物莫不皆得，则天地通。"成玄英疏："通，同也。同两仪之覆载，与天地而俱生者，德也。"道是抽象的，反映在万物中便是德，德与天地俱生，与天地相通相同，这是《庄子》对道垂降万物的论述。道虽然是抽象的宇宙本原，"不见其形，不闻其声，而序其成"②，但离不开具体事物的反映，《老子》认为道"其中有象""其中有物""其中有精""其中有信"③。《管子》认为，道常在而不离，化用于万物之中与人的日常之中，"彼道不远""彼道不离"④，天地万物各有形貌，精气内存于体，则自然长生，平和荣茂，管子将精气于内比喻为"泉原""气渊"，只要"渊之不涸""泉之不竭"便能"九窍遂通""穷天地，被四海"⑤，"九窍虽通"是与道相合，体道，合于道。《庄子·天道》论述自然的规律，将天道与人道联系起来："天道运而无所积，故万物成；帝道运而无所积，故天下归；圣道运而无所积，故海内服。"⑥庄子认为，万物自动自为，圣人道法自然，以明静之心观照万物，就能体道，"夫虚静恬淡寂寞无为者，万物之本也"⑦。所谓以明

① 《天地》，(清)郭庆藩撰，王孝鱼点校：《庄子集释》，中华书局 2012 年版，第 411 页。

② 《内业》，黎翔凤撰，梁运华整理：《管子校注》，中华书局 2004 年版，第 932 页。

③ 《二十一章》，(魏)王弼注，楼宇烈校释：《老子道德经注校释》，中华书局 2008 年版，第 52 页。

④ 《内业》，黎翔凤撰，梁运华整理：《管子校注》，中华书局 2004 年版，第 935 页。

⑤ 《内业》，黎翔凤撰，梁运华整理：《管子校注》，中华书局 2004 年版，第 938-939 页。

⑥ (清)郭庆藩撰，王孝鱼点校：《庄子集释》，中华书局 2012 年版，第 462 页。

⑦ (清)郭庆藩撰，王孝鱼点校：《庄子集释》，中华书局 2012 年版，第 462 页。

静之心观照万物，也就是使心能够涤除玄览，以更好地合道和观道。"夫明白于天地之德者，此之谓大本大宗，与天和者也；所以均调天下，与人和者也。与人和者，谓之人乐；与天和者，谓之天乐。"①以虚静推于天地，通于万物，此之谓天乐。

宇宙的本质是生命力，人的本质也是生命力，人的文学作品也需要表现的（宇宙的道）归根到底就是生命力。因此，"知行合一，分别成为人与宇宙、与社会主体创造活动的源泉和目标"②。生命力的强弱，是评判某一作品是否得以合道的关键因素。天人合一的观念，浸入文学艺术，使之在整体结构上，表现为对它的归附和顺应。③ 有学者将之总结为"循天道，尚人文"："构成中国式宇宙生成论主体的，是天道演运、万物自然化成的观念，也即一种自然生机主义的宇宙观，这种宇宙观又推及对人类起源和人类文化发生的说明，成为'天道'与'人文'彼此契合的宇宙—人生论。"④因此，"通"是古代天人合一整体观的基础，在天人合一整体观中"通"代表着万物勃勃生长的生命力量。

四、"感通"：观象的思维模式

在前文，我们分别从不同角度论述了"通"字在元典中的三重内涵：第一，"通"与中国哲学元范畴诸如"天""道""气"的属性紧密相关，它仿佛筋骨，在中国传统哲学思想里，串联起天、地和人之间的关系，也是元范畴的共同属性。第二，"通"是万物交合得以创生的基础。第三，"通"是中国古代哲学思维天人合一的基础，是天道与人道相联系的桥梁。下面要论述的是第四点："感通"是中国古代哲学思维里一个非常

---

① （清）郭庆藩撰，王孝鱼点校：《庄子集释》，中华书局 2012 年版，第 463 页。

② 汪涌豪：《中国古代文学理论体系：范畴论》，复旦大学出版社 1999 年版，第 432 页。

③ 汪涌豪：《中国古代文学理论体系：范畴论》，复旦大学出版社 1999 年版，第 433 页。

④ 冯天瑜：《中华元典精神》，武汉大学出版社 2006 年版，第 145-146 页。

独特的环节，乃是由道感通万事万物的思维过程。

"感通"一词出自《周易》：

> 《易》有圣人之道四焉：以言者尚其辞，以动者尚其变，以制器者尚其象，以卜筮尚其占。是以君子将有为也，将有行也，问焉而以言，其受命也如响，无有远近幽深，遂知来物。非天下之至精，其孰能与于此？参伍以变，错综其数；通其变，遂成天地之文；极其数，遂定天下之象。非天下之至变，其孰能与于此？《易》，无思也，无为也，寂然不动，感而遂通天下之故。非天下之至神，其孰能与于此？夫《易》，圣人之所以极深而研几也。① （《周易·系辞上》）

> 古者包牺氏之王天下也，仰则观象于天，俯则观法于地，观鸟兽之文与地之宜，近取诸身，远取诸物，于是始作八卦，以通神明之德，以类万物之情。② （《周易·系辞下》）

《说文解字》："易，蜥蜴蝘蜓，守宫也，象形。秘书说日月为易，象阴阳也。"③以许慎为代表的学者将"易"释为"蜥蜴"的象形含义，而另一种观念认为"易"为日月相易的形象，"易"之上部"曰"像"日"，下部"勿"像"月"，中间"一"是日月相替的分界线，合起来代表日出月落、月出日落的一种自然现象，为一种符号表征。④ "易道"形而上本体寂然不动，但是本体的运行之所以能生成天下万物，其化成途径就是观象、取类和感通的思维方式，其主体是人。"仰则观象于天，俯则观法

---

① 黄寿祺、张善文：《周易译注》，上海古籍出版社 2007 年版，第 390 页。
② 黄寿祺、张善文：《周易译注》，上海古籍出版社 2007 年版，第 402 页。
③ （汉）许慎：《说文解字》（附检字），中华书局 1963 年版，第 198 页。
④ 王维平、朱岚：《道通天地有形外，思入风云变态中——论〈周易〉美学的基本精神》，《周易研究》1994 年第 3 期。

于地，观鸟兽之文与地之宜，近取诸身，远取诸物"，是为"观象"，古人观察自然万物，取具体的物象化为八卦，但是用八卦这类具体的物象以表达抽象的思维，显然这种抽象思维是主观的；"观象"的过程之后，在天人合一的整体观下，古人又将由具体物象提炼出的抽象思维广泛运用于世间万物，也就是"以通神明之德，以类万物之情"，将这种抽象思维更进一步转化为能够适用于人事的普遍法则，此为"取类"；最后，由此，古人完成了由自然具体物象进而总结出抽象概念、并进一步将其推演至人事乃至万物的思维过程。用具体的意象来作抽象的思维，以简驭繁，以显示幽，以常摄变，完成了与天相通、与自然相通的思维过程。

考之元典，"通"字具有极其深厚的内涵，它与中国哲学思想的宇宙形成观念有关，是世界本原的属性之一，是中国古代哲学元范畴（天、道、气）的属性与"筋骨"，是中国古人天人合一思想的基础，内含万物创生的丰沛活力，以及"感通"的哲学思维。"通"首先表示畅通的状态，如果将中国古代宇宙观比喻为一张庞大复杂的网，那么"通"的概念类似于对这张网状态的表达，与气一样，类似于无形的构筑这张网的丝线。"通"作畅通解，是中国哲学思想生机整体观的体现。万物来自阴阳二气的交合，交而通之是创生的基础和本原。从最基础的原子——阴阳二气的创生延展开来，天地之间的万事万物莫不是在代表阳气的天和代表阴气的地之间生老病死、聚散离合，那么自然以气作为基础，天地这个庞大的空间里，万物也莫不是在连接、互通和转换中，万物也莫不是道的反映。人作为万物之灵，亦同样包括在内。"通"虽然不是一个元范畴，但是与元范畴紧密相连，是古代哲学思想元范畴的内涵，因此，它是一个产生早、阐释空间比较大的一个关键词。如果没有"通"这一属性，天道与人道不能打通，道与人事亦无法相通，也就没有天人合一的整体生机观，也没有感通的传统了。

首先，"通"与中国古代哲学思维的元范畴紧密相连。有学者总结认为，中国古代哲学思维的元范畴是文学理论体系的枢纽，之所以称之为"元"（始也，大也），应当从天人合一这一传统哲学与文化的最基本特征予以考察，最好能够"足以反映传统文学的基本特征，那种主客合一、进而'天人合一'的根本艺术精神"①，不应偏狭一端，能在"天人凑泊、主客观相互交融浃洽方面"②做到圆满和谐，且产生与定型的时间不宜太晚，不应分属某家某派谈论，而应由诸家诸派都予以讨论，形成一个广阔的阐释空间。因此，元范畴如"道""气""兴""象"与"和"等范畴，"包蕴了古人对天人关系比较早且深刻的探索，指涉力和衍生力均极强，其所涉及的问题几乎涵盖了传统文学创作最主要的方面，对具有悠久的感性、抒情传统，同时形式感分明，程式化倾向强烈的古代文学，具有深远的影响和制约、规范作用，在逻辑层次上要明显高于'风骨'、'意境'等范畴许多，可以确立为古代文学范畴体系的逻辑起点和理论基元"③。那么，"通"虽然并非一个元范畴，但的确可以看做元范畴的逻辑起点和理论基元。"通"类似于筋骨或脉络，连接起天、道、气和人的诸多范畴，是天、道和气这些范畴的属性之一。

此外，"通"也指涉中国哲学思维中的宇宙创生理论，在中国古人的宇宙创生理论中，万物产生于天（阳）、地（阴）二气交而相通、进而充分融合的过程。"通"也包含古人对天人关系早期且深刻的探索，由于古人认为代表着宇宙本原的天道具有通乎万物、无所不包、无所不往的特性，且将天道与人道并举，因此天道与人道相通，万物与道相通，形成了中国古代哲学思维最具特色的天人合一模式，并具有创生的生命力，形成了一个生机勃勃的生机整体观。《周易》的道器关系亦形成了"感通"的中国古代哲学思维模式，古人通过观象、取类和感通进而达

---

① 汪涌豪：《中国古代文学理论体系：范畴论》，复旦大学出版社 1999 年版，第 445 页。

② 汪涌豪：《中国古代文学理论体系：范畴论》，复旦大学出版社 1999 年版，第 445 页。

③ 汪涌豪：《中国古代文学理论体系：范畴论》，复旦大学出版社 1999 年版，第 445-446 页。

到同天的境界，用具体的意象来作抽象的思维，并以简驭繁，以显示幽，以常摄变。

论"通"的意蕴，大体归之有三：阴阳相交得以生，与道通之得以和，循环往复得以久。它们产生了创生之美，体道之美和畅达之美。《淮南子·俶真训》："有未始有有始者，天气始下，地气始上，阴阳错合，相与优游竞畅于宇宙之间，被德含和，缤纷茏苁，欲与物接而未成兆朕。"①畅，达也，通也。万物在阴阳相交中得以创生，与道通之得以和谐，在宇宙源源不断的创生力中不断变化发展，畅达于天地之间。

综上，"通"字产生在久远的先秦时期，它与中国哲学思想中对宇宙、世界的二气交合形成万物的观念紧密相连，是事物顺利发展、达到亨通的先决条件。"通"与宇宙本原的内涵相同，属于宇宙本原的属性之一，在二元对立统一的绵延交替和反复循环的运动中，"通"为万物带来源源不断的创生力量。作为关键词，"通"的概念起源久，与天、道、气等宇宙起源的概念相联，其内涵丰富，辐射面广，其语义使用具有长久的生命力和广阔的阐释空间。"通"作为名词，代表一种理想的状态，与中国哲学思维里天人合一的整体观有关。在中国哲学思维里，古人不仅关注宇宙是如何创生的（阴阳二气相交得以生），关注人在自然中是如何生成的（"民受天地之中以生"），也将宇宙、天地与人身、人心紧密绑定在一起。正因作为名词的"通"（亨通、畅通）是如此重要，它是中国哲学里生机整体观运行的重要概念，所以"不通"成为一种困境，而"使之通"就是一种意识进而演化出的方法。在中国古代哲学思维里，"通"是一个非常重要的常态化的概念，它的起源非常久，对中国古代思维、哲学和文学乃至各个方面都影响深远，通的反面，淹留或者停滞都是一种危机和困局。"通"是一种状态，也意味着中国生态网络中的重要连接或者重要的筋骨。面对"通"，人们所想的是如何维持

---

① 刘文典撰，冯逸、乔华点校：《淮南鸿烈集解》，中华书局 2013 年版，第 52 页。

这种状态和创生力，维持"生"和"久"。因此，"通"同样蕴含着一种努力、方向和方法。"通"代表的是一种理想状态和观念，而背后则蕴含着"方法"的意味。这也是"通"可以作为关键词来阐释《文心雕龙》批评方法的主要原因和前提条件。

第三节　以"通"释《文心雕龙》的批评方法

选择以"通"字切入阐释《文心雕龙》的批评方法，与"通"字深厚的内蕴与阐释空间有关，但"通"字之所以能成为开启《文心雕龙》批评方法的"金钥匙"，还与作者刘勰强烈的问题意识和与之形成的批评方法有关。

《文心雕龙》是一部具有强烈的现实针对性的文论巨著，是刘勰试图纠正南朝宋齐时期重文轻质、辞趋浮靡的不良风气而创作出的救弊之作。齐梁时期弥漫着形式主义文风，文学趋于纤巧靡丽，"雕琢涂泽愈甚矣"①，《文心雕龙》的成书源于刘勰强烈的问题意识。《序志》是《文心雕龙》五十篇的最后一篇，所序刘勰的行文之志，也为全书之序言。在此篇里，刘勰以彩云之梦和随孔子南行之梦表达他追随孔圣之心志，行文一则因君子立世，"名逾金石之坚"②，这是古人以立言著述作为超越生命以获不朽声名这一传统思想的体现；二则，刘勰明确表示："唯文章之用，实经典枝条，五礼资之以成，六典因之致用，君臣所以炳焕，军国所以昭明，详其本源，莫非经典。而去圣久远，文体解散，辞人爱奇，言贵浮诡，饰羽尚画，文绣鞶帨，离本弥甚，将遂讹滥。盖《周书》论辞，贵乎体要；尼父陈训，恶乎异端；辞、训之异，宜体于要。于是搦笔和墨，乃始论文。"③《文心雕龙》成书之旨，首要在于面对"去圣久远"之当世，重新匡扶"将遂讹滥"的文风。刘勰评论当代文

① 吕思勉：《两晋南北朝史》，上海古籍出版社 2005 年版，第 1268 页。
② 范文澜：《文心雕龙注》，人民文学出版社 1958 年版，第 725 页。
③ 范文澜：《文心雕龙注》，人民文学出版社 1958 年版，第 726 页。

论各有弊病，统而言之，指当世文学落入"不通"的困境，或蔽塞，或滞留，或穷困，在去圣离本的道路上越行越远，无法顺应文学的规律得以长久发展。

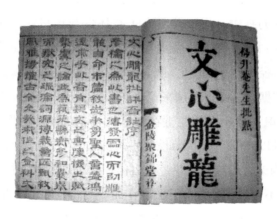

《文心雕龙》书影

通观《文心雕龙》，刘勰捻出当代文学之三层"不通"的困境与相应之解决方法：

第一层"不通"的困境症结在于"未能振叶以寻根，观澜而索源"①，也就是没有溯源意识。这种"不通"的困境源于"文""道"割裂，才会"去圣久远，文体解散"。因此，《文心雕龙》开篇即以《原道》《征圣》《宗经》三篇"文之枢纽"将"文"的来源溯至"与天地并生"，认为"人文"是"天文"彰显，乃"道"之垂范："道沿圣以垂文，圣因文而明道，旁通而无滞，日用而不匮"②。刘勰认为，文章唯有师圣宗经，方能"正末归本"③，才能具有道的特性，旁通无滞，日用不匮，具有强大的生命力。正末归本，即为使文的源头重新回到圣人所著的经典之中去，以经

① 范文澜：《文心雕龙注》，人民文学出版社1958年版，第726页。
② 范文澜：《文心雕龙注》，人民文学出版社1958年版，第3页。
③ 范文澜：《文心雕龙注》，人民文学出版社1958年版，第23页。

典为效仿。这种寻根索源式的溯源意识影响了《文心雕龙》的行文构架、立论模式和批评方法，共同组成了《文心雕龙》最基本的根骨血肉。从行文构架来说，刘勰开篇三文着重对文进行溯源，开宗立意，为文学拔高地位，为整本书的文论构架打上宗经的底色，全书具有整饬严密的构架与恢弘纵深的视野，也因此具有了整体性与连贯性。从立论模式而言，"道—圣—文"的溯源路径支撑了刘勰论文宗经的主要观点，层层递进的溯源路径使《文心雕龙》既具有理论上的宏观溯源，也同时具有具体的实践依据。从批评方法来论，正因刘勰具有"去圣久远，文体解散"的问题意识，因此格外注重在文体论中，以溯源的形式进行"原始以表末，释名以章义"①。因此，刘勰溯源的问题意识，不仅影响了《文心雕龙》构架上的溯源立论，也具体影响了刘勰对文体的书写路径。

第二层"不通"的困境在于文论作品"各照隅隙，鲜观衢路"②，使创作鉴赏都陷入"东向而望，不见西墙"③的窘境。刘勰在《序志》篇中也有意识地认识到了在创作论与批评鉴赏论中存在着视野狭窄的问题，也就是"鲜观衢路"："详观近代之论文者多矣：至于魏文述典，陈思序书，应场《文论》，陆机《文赋》，仲治《流别》，宏范《翰林》，各照隅隙，鲜观衢路。或臧否当时之才，或铨品前修之文，或泛举雅俗之旨，或撮题篇章之意。"④刘勰对近代文论进行整体评价与归纳，简而言之，众文各有所长，然而只偏重一隅，未有一个更为广阔的行文视野，总结起来评述为四字：浅、谬、蔽、杂。"浅"指行文或者鉴赏的深度不够，李充《翰林论》"浅而寡要"是创作上的浅；"谬"指因为视野或者学识受限，因此在创作上或者批评鉴赏上存在错误的创作倾向或者鉴赏眼光，如曹植《与杨德祖书》与应场《文质论》当属此类；"蔽"也可以理解为"狭"，如刘勰所说的"贵古贱今""崇己抑人"与"信伪迷真"；"杂"，例

① 范文澜：《文心雕龙注》，人民文学出版社 1958 年版，第 727 页。
② 范文澜：《文心雕龙注》，人民文学出版社 1958 年版，第 726 页。
③ 范文澜：《文心雕龙注》，人民文学出版社 1958 年版，第 714 页。
④ 范文澜：《文心雕龙注》，人民文学出版社 1958 年版，第 726 页。

如陆机《文赋》结构散乱。当时的文学风气,在刘勰看来,有"浅",也就是未能学古,有"谬",也就是在文学态度上的整体错误倾向与鉴赏的整体错误倾向,有"弊",也属于文学态度的整体错误倾向,也有"杂",也就是杂乱无章。"鲜观衢路"的文论困境所反映出的正是一种"不通"的现状,视野的狭隘会带来深度不足与广度不够的问题,使创作受限,主客体无法进行良好的沟通与交流;使鉴赏受限,也会让偏狭和谬论阻碍鉴赏的深度,无法雅鉴。"鲜观衢路"的文论困境,有赖于以博观扩展视野,尽力减少视野遮蔽的情况。刘勰认识到"鲜观衢路"的时代困境,一方面固然来源于文学创作和鉴赏本身的困难,另一方面也源于视野上的遮蔽,源于在离本去圣的时代中,人们忽略了"文"的源头与"经"广阔的涵容性。溯源与博观的概念在此有一些相通之处,不重视对"文"进行溯源的同时,从"文"的发展历程来看,就形成了一种遮蔽的视野。而不重视对"文"进行溯源,也就是不重视经在文学的鉴赏、创作环节的指导作用,使文学鉴赏、创作并没有一个广袤的源头,也并无一个固定的文学纲领和准则来指导写作、鉴赏等具体的文学实践活动。不注重博观法,在创作论的具体表现上是不注重创作的积累,无博观的积累,也就没有博练、博见的可能性。不注重博观法,在批评鉴赏论的具体表现上是没有智识,容易形成以"我"为重心与参照点的鉴赏批评。

第三层"不通"的困境是时人"多欲练辞,莫肯研术"①,正因对术之轻视,创作鉴赏无法兼解俱通。"莫肯研术"的文论困境源于重辞轻术的时代风气,作者多以辞藻争胜而忽视文术的研究和学习。"术"指行文谋篇的方法和创作的规则技巧,刘勰也言"司南""关键""恒数""经略"等词,统摄为"术",因此,术不仅仅是行文技巧,在《文心雕龙》中又是更高层次的准则和纲领,在"文术"的指引下,创作不再纷繁无方,文章亦能贯通不滞。面对文苑波诡、万象丛生的局面,随时而变

---

① 范文澜:《文心雕龙注》,人民文学出版社1958年版,第655页。

才能适应不同的情况，因此刘勰提出"抑引随时，变通适会"。具体来说，这种变通是遵循文体特征和个人情性来考量，刘勰论为"折衷"。《序志》云："同之与异，不屑古今；擘肌分理，唯务折衷。"①"折衷"又名"折中"，学界认为有两层内涵：第一，折中，即取其中间之意；第二，折衷指批评的总原则是"势"与"理"，这两层内涵均在《文心雕龙》中得到应用。刘勰既以正为根本原则，也注重"兼解以俱通""随时而适用"②。

欲"通"当代文学之"不通"，刘勰的批评方法以溯源、博观和兼通为特点，分别成为"古今贯通"之溯源法、"圆照博观"之博观法和"执正兼通"之折衷法三种批评方法。事实上，《文心雕龙》中的批评方法并不只有溯源法、博观法和折衷法这三种方法，一些零碎纷杂的批评方法也经由刘勰提出，并在文中得到使用。但刘勰的批评方法既具有"秉持一道"的统一性，也具有"善兼众术"的多样性。溯源法、博观法和折衷法都是通过具体文本摘取而来，是刘勰在文中明确提及、反复使用的批评方法，在文中得到了广泛、大量的运用。作为文体论中最重要的批评方法，溯源法可以涵容一些细碎的批评方法，例如"释名""选文""举统"和"撮举同异"等，作为鉴赏批评和创作论中最重要的批评方法，博观法可以涵容"虚静"法、"六观"法等较为零碎的批评方法，而折衷法则更具有"道"层面的内涵，含括了全书中的对立概念与二元矛盾。溯源法、博观法和折衷法不仅可以看做是"道"（文章的本质、规律）与"术"（具体批评方法）的有机统一，而且这三大批评方法本身除了具有极强、极广的涵摄力之外，其深刻的内涵也赋予了中国传统文论以一定的理论深度。

---

① 范文澜：《文心雕龙注》，人民文学出版社 1958 年版，第 727 页。
② 范文澜：《文心雕龙注》，人民文学出版社 1958 年版，第 530 页。

第二章 通其不通：刘勰的问题意识

与西方文论批评方法理性化、系统化的特点不同，中国古代文论批评方法常呈现出意象化、零散化的特点。但是，意象式的言说方式和片段化的零散叙述并不意味着中国古代文论批评方法没有细密的逻辑推理和属于自己的批评体系。有学者指出，中国古代文论批评方法的显著特点是"理论的超然性往往被现实的针对性所替代或淹没"①，也就是说，中国传统文论作品往往并不是为了深入阐述某种理论而写，而是针对现实社会中某种现象而作。作品的成书目的（或曰现实针对性）会影响批评方法的许多方面，例如批评方法的选择和言说方式。我们在研究中国古代文论中的批评方式时，不得不考虑这一特点，对批评方法的内涵和模式上面的探索固然重要，但另一方面也需要考察批评方法所产生的社会、历史和文化环境等诸多因素。

《文心雕龙》是一部具有强烈的现实针对性的文论巨著，是刘勰试图纠正南朝宋齐时期重文轻质、辞趋浮靡的不良风气而创作出的救弊之作。本章主要考察刘勰所面对的现实环境对批评方法的影响。刘勰不仅看到他那个时代文学理论批评的三大困境：一是"去圣久远，文体解散"，二是"东向而望，不见西墙"，三是在古今、奇正、心物等问题上不能"兼解以俱通"；刘勰更认识到由此三大困境而酿成的批评方法的三种弊端：一是"未能寻根"，二是"各照隅隙"，三是"莫肯研术"。困境与弊端，是为"不通"，如何走出困境？如何解除弊端？如何"通"其

---

① 张伯伟：《中国古代文学批评方法研究》，中华书局2002年版，第1页。

"不通"？刘勰提出并践行文学理论批评的三大方法：溯源法、博观法和折衷法。刘勰的批评方法既具有"秉持一道"的统一性，也具有"善兼众术"的多样性。三大批评方法不仅是"道"与"术"的有机统一，本身也具有极强的涵摄力与理论深度。

本章共分为四个小节，前三节以时代困境、刘勰针对走出困境的解决之法和具体批评方法为顺序，论述刘勰三大批评方法的缘起和特征，第四节论述《文心雕龙》批评方法的统一性与多样性，并对三大批评方法之间的逻辑关系进行讨论。

第一节　并未能振叶以寻根，观澜而索源

刘勰在《序志》篇中评论当代文论各有弊病，并点出症结在于"并未能振叶以寻根，观澜而索源"①，也就是没有溯源意识。当代"去圣久远，文体解散"的文论困境使刘勰在批评方法上重视寻根索源的溯源法。本节有三个小节，分别从文论困境、溯源路径和溯源法三个部分进行讨论。

一、离本去圣的困境

宋齐时期"离本去圣"的时代背景与文学环境影响了溯源法的使用，本节从学术背景和文学背景两方面入手，考察"离本去圣"的时代困境对刘勰问题意识的启发。

（一）玄佛合流、儒学复兴的时代背景

历史上刘勰所在的南朝南北政权长期对峙，战争频繁，内外动荡，民不堪命，社会的动荡、人心的浮动与信仰的动摇为宗教带来了合适的生长土壤。汉初时清静无为的黄老之学逐渐与神仙道术糅杂，在迎合帝王长生不老的愿望后，自宫廷逐步走向民间。正始之后，曹马争权，名

---

① 范文澜：《文心雕龙注》，人民文学出版社 1958 年版，第 726 页。

士多亡，许多魏晋名士沉溺丹砂道术，祈养天年。魏晋时期道教颇盛，生活于两晋之交的葛洪尤好神仙之法，其著作《抱朴子·内篇》中详细记载了服食修炼之法与大量神仙思想。至南朝刘宋时期，道教仍然不断发展，宋明帝时期尤为兴盛。

佛教于西汉末、东汉初传入中国，自东晋开始玄佛合流，南朝刘宋以降更为鼎盛。齐梁帝王大多信奉佛教，其中齐竟陵文宣王萧子良、梁武帝萧衍尤为推崇佛教。齐武帝次子、竟陵文宣王萧子良与其兄文惠太子同好释氏，自名净住子，"招致名僧，讲论佛法，造经呗新声"，在任司徒后，"数于邸园营斋戒，大集朝臣众僧，至赋食行水，或躬亲其事，世颇以为失宰相体"①。梁武帝萧衍则广造佛寺，"大弘佛教，亲自讲说"②，四次"舍身"同泰寺，极力推动佛教的影响。在梁武帝的影响下，其子昭明太子萧统、简文帝萧纲、元帝萧绎均亲近佛教，此时佛教的发展到达了巅峰，各地兴建佛寺成为流行。

由老庄哲学发展而来的玄学是魏晋时期哲学思潮的主流，正始中，王弼、何晏好庄、老玄胜之谈，大开清谈之风，世遂贵焉。后以阮籍、嵇康为核心的"竹林七贤"谈论玄理，蔑视礼俗。这一时期，玄学家往往以注解《三玄》（《周易》《老子》《庄子》）为主，谈论的核心话题主要是"贵无"本体论、"才性之辨"、养生论、"声无哀乐论"、"言意之辨"等。西晋之后，清谈之风越加盛行，甚至有朝臣不务朝政、专注清谈之事。例如当时的王衍"妙善玄言，唯谈《老》《庄》为事"，在他的影响之下，"后进之士，莫不景慕放效。选举登朝，皆以为称首。矜高浮诞，遂成风俗焉"③，以至于当时形成了"口谈浮虚，不遵礼法，尸禄耽宠，

---

① 《齐竟陵文宣王子良》，（唐）李延寿：《南史》卷四四，中华书局 1975 年版，第 1103 页。

② 《昭明太子》，（唐）姚思廉：《梁书》卷八，中华书局 1973 年版，第 166 页。

③ 《王戎列传》，（唐）房玄龄：《晋书》卷四三，中华书局 1974 年版，第 1236 页。

仕不事事"①的风尚。其后五马过江，以丞相王导为首的亡臣南移江南，重操清谈，甚至有"既共清言，遂达三更"的记载。《世说新语·文学》有载："王丞相过江左，止道"声无哀乐"、"养生"、"言尽意"三理而已，然宛转关生，无所不入。"②其所论大多围绕《周易》《老子》《庄子》。刘宋以降，玄学虽然日趋式微，但是清谈之风仍然不减。清谈之风的盛行，对整个社会风气不无影响，尤其清谈是上行下效，从统治阶级转移到整个社会风气之中。刘宋时期对正始的清谈之风十分向往追慕，宋文帝曾经将羊玄保的两个儿子比作阮咸、荀粲，"欲令卿二子有林下正始余风"③。清谈之风使士人注重清谈胜过实务，刘宋时期谈风盛行，但于玄学理论上并无助益。

竹林七贤图

这一时期儒学逐渐复兴。汉武帝时，罢黜百家，独尊儒术，汉末动荡，儒学所赖以生存的大一统集权的政治土壤发生了巨变，礼乐分崩。虽然光武中兴，白虎观论道，但此时儒学充斥着谶纬之风，有士人也提

---

① 《裴秀列传》，（唐）房玄龄：《晋书》卷三五，中华书局 1974 年版，第 1044 页。

② （南朝宋）刘义庆撰，（梁）刘孝标注，王根林校点：《世说新语》，上海古籍出版社 2012 年版，第 43 页。

③ （梁）沈约：《宋书》卷五四，中华书局 1974 年版，第 1536 页。

出当时的时代背景："黄初以来，崇立太学，二十余年，而成者盖寡。由博士选经，诸生避役，高门弟子，耻非其伦，故无学者。虽有其名，而无其实，虽设其教，而无其功。"①这一时期，儒学逐渐式微。正始年间，玄学兴起，更加冲击儒学的地位。在当时，亦有士人提倡复兴儒学，然出于政治动荡等原因，效果甚微。西晋政治激荡，学术荒废，晋元帝即位时，王导上疏，言"皇纲失统，礼教陵替，颂声不闻，于今二纪"，主张"宜经纶稽古，建明学校，阐扬六艺，以训后生"②，从侧面反映出当时纲纪失统、丧乱无则的情况。儒学荒废，经学尤寡。不沦是王室还是士子，均注意到儒学荒废于国不利。③但玄风盛行，儒学难振。整体来说，"魏、晋浮荡，儒教沦歇"④是当时整体风貌的总结。

至刘宋时期，儒学式微的形势才有所变化。宋高祖刘裕选备儒官，弘振儒学，宋文帝设立玄、儒、史、文四学，齐梁时期，儒学开始呈现出复苏之态势。建元四年，齐高帝下诏"式遵前准，修建教学，精选儒官，广延国胄"⑤，梁武帝在永明三年下诏立国学，国子祭酒王俭"长于经礼，朝廷仰其风，胄子观其则，由是家寻孔教，人诵儒书，执卷欣欣，此焉弥盛"⑥，《梁书·儒林传》云：

> 汉氏承秦燔书，大弘儒训，太学生徒，动以万数，郡国黉舍，悉皆充满，学于山泽者，至或就为列肆，其盛也如是。汉末丧乱，

① （梁）沈约：《宋书》卷十四，中华书局 1974 年版，第 356 页。
② （梁）沈约：《宋书》卷十四，中华书局 1974 年版，第 358 页。
③ 参考史识，自正始年间至刘宋之间，有许多士人都曾上疏请求复兴儒学，如正始年间刘馥、晋武帝时期傅玄、晋元帝时期宰相王导、散骑常侍戴邈、太常荀崧，晋成帝时期太常冯怀、孝武帝时期尚书谢石等。
④ 《儒林传》，（唐）姚思廉：《梁书》卷四八，中华书局 1973 年版，第 662 页。
⑤ 《高帝本纪》，（梁）萧子显：《南齐书》卷二，中华书局 1972 年版，第 38 页。
⑥ 《王摛传》，（梁）萧子显：《南齐书》卷三九，中华书局 1972 年版，第 687 页。

其道遂衰。魏正始以后，仍尚玄虚之学，为儒者盖寡。时荀顗、挚虞之徒，虽删定新礼，改官职，未能易俗移风。自是中原横溃，衣冠殄尽，江左草创，日不暇给，以迄于宋、齐，国学时或开置，而劝课未博，建之不及十年，盖取文具，废之多历世祀，其弃也忽诸。乡里莫或开馆，公卿罕通经术，朝廷大儒，独学而弗肯养众，后生孤陋，拥经而无所讲习，三德六艺，其废久矣。①

在当时，有许多博通的大家，例如梁武帝萧衍"少而笃学，洞达儒玄"，天监四年下诏"置五经博士各一人，广开馆宇，招内后进"，使得"十数年间，怀经负笈者云会京师"，天监七年，又"大启庠学，博延胄子"②，当时皇太子、皇子及宗室王侯均纷纷效法。梁武帝推重儒术，例如据《梁书·儒林传》所载，崔灵恩遍通五经，天监十三年后，"高祖以其儒术，擢拜员外散骑侍郎，累迁步兵校尉，兼国子博士"，时"讲众尤盛"③。又如士人沈峻，笃志好学，尤长三礼，因"凡圣贤可讲之书，必以《周官》立义，则《周官》一书，实为群经源本"④，而沈峻精通《周官》，被命为五经博士。因此，当时的南朝学术背景道术发展，玄佛合流，儒家也逐渐由式微走向复兴。

（二）文学自觉与文学困境

在刘勰书写《文心雕龙》的齐梁时期弥漫着形式主义文风，文学趋于纤巧靡丽。吕思勉云："曹魏之世，文章虽尚华饰，去古尚不甚远。晋初潘、陆，稍离其真，然迄宋世，尚有雅正之作。至齐、梁而雕琢涂泽愈甚矣。北方文字，初较南方为质朴，至其末叶，乃亦与之俱化焉。"⑤非常准确地将这一文学走向进行总结。刘勰在《明诗》中也将这

① （唐）姚思廉：《梁书》卷四八，中华书局 1973 年版，第 661 页。
② （唐）姚思廉：《梁书》卷四八，中华书局 1973 年版，第 662 页。
③ （唐）姚思廉：《梁书》卷四八，中华书局 1973 年版，第 677 页。
④ （唐）姚思廉：《梁书》卷四八，中华书局 1973 年版，第 679 页。
⑤ 吕思勉：《两晋南北朝史》，上海古籍出版社 2005 年版，第 1268 页。

一情况进行了描述，"晋世群才，稍入轻绮"，至东晋，则"溺乎玄风"，宋初则"俪采百字之偶，争价一句之奇；情必极貌以写物，辞必穷力而追新"①。对于南齐文风，《南齐书·文学传论》载：

> 今之文章，作者虽众，总而为论，略有三体。一则启心闲绎，托辞华旷，虽存巧绮，终致迂回。宜登公宴，本非准的。而疏慢阐缓，膏肓之病，典正可采，酷不入情。此体之源，出灵运而成也。次则缉事比类，非对不发，博物可嘉，职成拘制。或全借古语，用申今情，崎岖牵引，直为偶说。唯观事例，顿失清采。此则傅咸五经，应璩指事，虽不全似，可以类从。次则发唱惊挺，操调险急，雕藻淫艳，倾炫心魂。亦犹五色之有红紫，八音之有郑、卫。②

宋齐梁时期文学风气趋于绮靡，主要有以下几点原因：

1. 齐梁时期的文学，是先秦两汉之后的延续与发展，同时也是诗词歌赋发展到一定繁荣程度的历史阶段，在这一时期，诗词歌赋数量繁多，写作内容进一步丰富，写作技巧亦有进一步提升。沈约与梁武帝萧衍同为竟陵王萧子良的"西邸八友"，是齐梁时期的文坛领袖，也是当时刘勰负书前往、希望得其赏识之人。南齐永明年间，沈约提出"四声八病"说，将声律学应用于诗歌，所谓"四声"，即作诗要讲究平上去入，所谓"八病"，是指作诗时应当规避平头、上尾、蜂腰、鹤膝、大韵、小韵、旁纽、正纽等八种弊病。沈约与同时代的谢朓、王融等人追求诗歌音韵上的和谐，形成了"永明体"的新体诗，讲究声律对偶、追求形式华丽的永明体，对后世诗歌产生了重要影响。从"永明体"的例子可以看出，当时文学对写作技巧有了进一步的探究。

2. 当时的文人集团多以王室贵族为主，多注重文学的辞采与文学

---

① 范文澜：《文心雕龙注》，人民文学出版社 1958 年版，第 67 页。
② （梁）萧子显：《南齐书》卷五二，中华书局 1972 年版，第 908 页。

性，并形成整体性的风气。在繁荣的文学发展与文学自觉的意识中，对先秦两汉时期的文学进行系统总结，是这一时期的重要特点。昭明太子萧统《文选》乃现存最早的诗文总集，《文选》是萧统身为东宫太子时合当时众多文学之士共同完成，全书三十卷，按照文体进行分卷，以赋、诗、表、启、赞、论、碑文、墓志、行状、祭文等共分为三十九类，以赋排其首，足以见到当时皇室对赋这一文体以及其美学特征的重视。

《文选》书影

在《文选》的编排上，萧统非常坚持入选作品的文学性，选品原则是选择"以能文为本"的作品，在《文选序》中，萧统指出，先秦的典籍多为"以立意为宗之作"，因此萧统把文学作品的范围作出了一个划分，强调文章的文学性与辞章的华丽。萧统非常偏重文采，《文选》所录，上起屈原离骚，下至萧梁众家，其中入选以晋宋作品居多，当代作品数量多于古代作品数量。在各类文体之中，赋的比重占九卷之多。对于赋的重视也同样反映出对骈体的重视，对仗的追求与华丽辞藻的欣赏，这反映出在当时社会风气和文学风气上来说，自上而下的风气都是欣赏华丽与繁靡的。

3. 文人聚会、隶事等活动也进一步加剧了文学活动的攀比，间接促进了在字句、辞藻上的推敲与琢磨。汉魏六朝间，士人聚会雅集是一个非常普遍的现象，而文学特点是以上层统治者作为雅集的主要人物。魏初以曹氏父子为核心而组成的文人群体开启了六朝文人的雅集之始，正始时期，名士雅集成风，以何晏为中心的士人集团聚集着王弼、钟会、荀粲等玄学名士，当时以阮籍、嵇康为首的"竹林七贤"也雅名在外。五马过江之后，以王导为核心构成了庾亮、谢尚等为主的清谈名家，会稽山一带有王羲之、谢安等为首的王谢子弟等。一直到刘宋之后，在统治阶级的喜好和提倡之下，文人聚会也是非常普遍的情况，其中宋文帝刘义隆、孝武帝刘骏等都爱好文学，广招文学之士，使天下文士拥而聚集。梁朝萧衍父子尤为明显，萧衍爱好文学，《梁书·文学》载：

> 高祖聪明文思，光宅区宇，旁求儒雅，诏采异人，文章之盛，焕乎俱集。每所御幸，辄命群臣赋诗，其文善者，赐以金帛，诣阙庭而献赋颂者，或引见焉。其在位者，则沈约、江淹、任昉，并以文采，妙绝当时。①

昭明太子萧统更是"引纳才学之士，赏爱无倦。恒自讨论篇籍，或与学士商榷古今；闲则继以文章著述，率以为常"，使当时的东宫"名才并集，文学之盛，晋宋以为未之有也"②。当时的文人集团很多，尤以谈玄作为主题，谈玄者不仅注重辨析玄理，也讲究辞藻的华丽。到了刘宋，"晋世以玄言方道，宋氏以文章闲业"③。《南史·王摛传》载"隶事"，类似于一种文学竞赛活动，在这种活动中，诗文创作也产生了

---

① （唐）姚思廉：《梁书》卷四八，中华书局 1973 年版，第 685 页。
② 《昭明太子列传》，（唐）姚思廉：《梁书》卷八，中华书局 1973 年版，第 167 页。
③ 《王摛传》，（梁）萧子显：《南齐书》卷三九，中华书局 1972 年版，第 686 页。

"竞须新事"的风尚，促进了文人们使用不常用的典故，并进一步促使文学走向雕砌文章、琢磨字句的不良风尚。刘勰清醒地察觉到当时南朝的不良文风，并自觉地站在批判南朝形式主义文风的高度，他的这一问题意识是当时文学自觉大环境下的产物。

二、追溯人文之元

在"离本去圣"的时代困境下，刘勰主张对"文"进行不同层面的溯源，在《原道》《征圣》《宗经》三篇中展示了"道—圣—文"的溯源路径，将"文"的源头由天地之道、《周易》推溯至孔子所删定之经，并进一步确立了经在"文"中的重要地位。"道—圣—文"的溯源路径是刘勰对"离本去圣"的时代困境作出的回应。

(一) 原道：文的溯源

作为《文心雕龙》首篇，《原道》在全书构架中具有特殊的意义。"原道"本有溯清源流之义。与其后《征圣》《宗经》二篇对应，"原"应作为动词使用，指推原与探究。"道"在先秦哲学中常用来指宇宙万物的本源和根本，如《周易·系辞上》"一阴一阳之谓道"①的"道"，《老子》"有物混成，先天地生"②的"道"，都指抽象的宇宙本原。在《原道》篇中，"道"也指本原，但指的是文之道，也就是"文"的本原。因此，"原道"指推原、探究"文"的本原。在整本书的开端，刘勰希望首先厘清文学的源头问题，这对一本围绕着文学进行阐发的文论宝典而言，是重要且必要的。

考察作为"文之枢纽"的前三篇(《原道》《征圣》《宗经》)，刘勰所说的"文"主要有以下四种含义：第一，花纹或纹理。《说文》："文，错画

---

① 黄寿祺、张善文：《周易译注》，上海古籍出版社2007年版，第381页。
② (魏)王弼注，楼宇烈校释：《老子道德经注校释》，中华书局2008年版，第62页。

毛公鼎之"文"

也，象交文。"注曰："象交文，像两纹交互也。"①"文"的甲骨文形似一
个站立人形，本义指文身，后引申为花纹、纹理等义。在《原道》篇中，
"日月叠璧""山川焕绮"等山川纹理是"道之文"，虎豹皮色、草木云霞
等"动植皆文"指的是纹理之文，也是《情采》篇所论的"形文"。第二，
人所创造出的广义文化。这种广义文化是"人文"，与"天文"相对应，
指人受到天地灵气之感召，由五性所自发产生的文化，也是人自觉创造
出来的由符号和文字组成的文化，是《情采》篇所说的"情文"。有学者
指出，对于与"人"相关的"文"也可细分为两类，一类是"心生而言立，
言立而文明"的"文"，它伴随人和语言的产生而来，另一类是"人文之
元，肇自太极"之后所论的"文"，它是由人的自觉创造而来，与符号、
文字的运用密切相关。② 这一观点是较为准确的，此处将这两类均列入
与人相关的广义文化。第三，具体的文章与文学。"唐虞文章"（《原
道》）、"圣人之文章"（《征圣》）、"极文章之骨髓"（《宗经》）等语都是
指具体由文字组成、载于典籍的具体篇章。与作为广义文化的"文"相

---

① （汉）许慎撰，（清）段玉裁注：《说文解字注》（第二版），上海古籍出版社
1988 年版，第 425 页。

② 参见张国庆、涂光社：《〈文心雕龙〉集校、集释、直译》，中国社会科学
出版社 2015 年版，第 8 页。

比，它是具体的文学作品。第四，文章的文采。与"质"相对应的"文"有时表示文学的音韵、修辞，如"逮及商周，文胜其质"（《原道》），有时也指具体文章中的辞藻。

梳理了"文"的多重内涵之后，再来看刘勰是如何对"文"进行溯源的。归纳来看，刘勰进行了三个层面的"文"之溯源：

1. 刘勰将"文"的来源追溯至"与天地并生"。在《原道》篇中，刘勰首句即言："文之为德也大矣，与天地并生者何哉？"①于全书之始，刘勰就为"文""与天地并生"的源头立下了看似确凿无疑的定论。刘勰模拟了老子"道—德"的言说路径，道显现于万物之中，附于万品之上，而人也为万物、万品之一，因此"人文"是"天文"的旁支与显现，其出现也是符合自然之道的。刘勰从"文"的本义出发展开论证，自"天之文"到"万品"之文，再到"人之文"，刘勰认为，人作为钟灵所孕的三才之一，也同样具有"天文"垂范万物而生的"人文"："夫以无识之物，郁然有彩；有心之器，岂无文欤？"②通过"天文"至"人文"，刘勰将"文"的来源追溯至天地乃至宇宙本原之中。

2. 刘勰将"文"的来源追溯至《周易》。刘勰言："人文之元，肇自太极。幽赞神明，《易》象为先。"③"元"乃开始，"肇"为开端。对于"太极"的解释，大多数学者将之解释为《周易》八卦。④ 在对人文的起源进行阐述时，刘勰多次以《周易》作为源头，例如"爰自风姓"也是类似的表达。

3. 从《周易》的源头开始推演，刘勰进一步将"文"的源头追溯至孔子所删定的经书。刘勰首先将伏羲与孔子一首一尾地纳入同一个发展轴

---

① 范文澜：《文心雕龙注》，人民文学出版社1958年版，第1页。
② 范文澜：《文心雕龙注》，人民文学出版社1958年版，第1-2页。
③ 范文澜：《文心雕龙注》，人民文学出版社1958年版，第2页。
④ 《文心雕龙新探》中对此的解释是："这里的'太极'是指的'易象'，即八卦。因为'太极—天地—人—文'这个道理在《原道》第一段中已经讲清楚了，第二段说的是最早的'人文'之产生和发展。这四句话中，'肇自太极'和'易象惟先'的含义是一样的，它是骈文常见的'互文见义'的表达形式。"

线上来："爰自风姓，暨于孔氏，玄圣创典，素王述训，莫不原道心以敷章，研神理而设教。"①伏羲与孔子主张的共通点在于"天文斯观"，观天文以极变，察人文以成化，换言之，他们都是"天文"的观察者，同时也是"人文"的创造者。刘勰对伏羲与孔子的对举，在《征圣》中也有所表现，如"先王"与"夫子"对举，又极言孔子地位："征之周、孔，则文有师矣。"②最后，刘勰成功地将"文"的源头追溯至孔子所删定的经书："三极彝训，其书曰经。经也者，恒久之至道，不刊之鸿教也。"③

通过对"文"进行不同层面的溯源，可以看出刘勰是如何将"文"的地位提升到"道"的高度，并由抽象的宇宙本原层层下落至经书这样具体的概念的。在这一过程中，三次溯源之间的巧妙转换，使刘勰成功地将"文"的源头转换至孔子删定的五经，这对他全书的立论具有极大的帮助。回首《原道》至《宗经》三篇可以察见，刘勰在全书开始即试图通过对"文"的溯源定下全书以经为宗的理论基础，并成功通过对"文"的溯源立下了源自五经的结论，溯源一法对《文心雕龙》的全书构架，实具有奠基之功。

（二）"道—圣—文"的溯源路径

在《原道》篇中，刘勰通过对"文"的溯源，将"天文"与"人文"之间进行巧妙地衔接与概念上的转移后，指出了由"道之文"而至"人之文"的路径："故知道沿圣以垂文，圣因文而明道，旁通而无滞，日用而不匮。……辞之所以能鼓天下者，乃道之文也。"④刘勰自《原道》至《宗经》所依照的行文路径，也正是"道沿圣以垂文，圣因文而明道"的溯源路径，而刘勰也正是利用了"道—圣—文"的溯源路径，以证明孔子与经书的重要性。

刘勰对儒家思想的尊崇，并不直接体现在对儒家思想典籍《论语》

① 范文澜：《文心雕龙注》，人民文学出版社 1958 年版，第 2-3 页。
② 范文澜：《文心雕龙注》，人民文学出版社 1958 年版，第 16 页。
③ 范文澜：《文心雕龙注》，人民文学出版社 1958 年版，第 21 页。
④ 范文澜：《文心雕龙注》，人民文学出版社 1958 年版，第 3 页。

的讨论上，有学者认为，"虽然(刘勰)也曾在《论说》篇开首对'论'这种文体进行释名彰义、原始表末时不无尊崇意味地述及了《论语》，但整体看，它从未对《论语》一书展开过正面的论述或进行过正面的推崇，而它所正面全力推崇的，是《诗》、《书》、《礼》、《易》、《春秋》等儒家经书"①，这一观点是十分正确且明显的。

试论其原因，首先要看刘勰对"经"的定义。如前文所言，刘勰将圣人所创之文的范围设在上古伏羲八卦之始，至孔子删定六经为终。典，就是基本的经典与法则，玄圣乃"创"，素王孔子乃"述"。《序志》篇也云："制作而已。"②古人对"制"和"作"有比较严格的区分，《征圣》篇有云："夫作者曰圣，述者曰明。"③《礼记·乐记》曰："作者之谓圣，述者之谓明。明圣者，述作之谓也。"④郑玄注曰："其文难识，其情难知。知其情，则得其本以达其末，而化裁变通，其文由之而出，故能作。"⑤"作"乃制作、创造之意，"述"乃继承、阐述之理。

一个较有意思的现象是，"经"就有"源头"的含义。何谓"经"？"经"为形声字，最早见西周晚期金文，原义指织布机上的纵线，又称为经线，与横线的纬线相对应。《说文解字》："经，织也。"⑥引申有治理之意，与义理、法则(principle)等同义，后从此义延伸至被奉为经典的著作，这一点，也可从"经也者，恒久之至道，不刊之鸿教也"⑦中得到验证。正因为"经"具有常道的内涵，古人对于"经"的定名也同样谨慎，且经与非经之间壁垒分明。经作为对《周易》《尚书》《诗经》《礼记》《春秋》的称谓得到定型之后，"经"就用来特指孔子所删定之后的经

① 张国庆，涂光社：《〈文心雕龙〉集校、集释、直译》，中国社会科学出版社 2015 年版，第 23 页。
② 范文澜：《文心雕龙注》，人民文学出版社 1958 年版，第 725 页。
③ 范文澜：《文心雕龙注》，人民文学出版社 1958 年版，第 15 页。
④ (清)孙希旦：《礼记集解》，中华书局 1989 年版，第 989 页。
⑤ (清)孙希旦：《礼记集解》，中华书局 1989 年版，第 990 页。
⑥ (汉)许慎：《说文解字》(附检字)，中华书局 1963 年版，第 271 页。
⑦ 范文澜：《文心雕龙注》，人民文学出版社 1958 年版，第 21 页。

书内容，并且与"传""记"等进行区分："孔子所定谓之经；弟子所释谓之传，或谓之记；弟子展转相授谓之说。"①简单来说，"经"是源头，而释经的文本称为"传""记"，其目的是不与"经"相混淆："史记称系辞为传，以系辞为弟子作，义主释经，不使与正经相混也。"②刘勰也是按照这一规则对经进行划定的。到了汉代，因《乐经》亡，官方立《诗》《书》《易》《礼》《春秋》为依据，设立五经博士，后增《论语》《孝经》。至唐分三《礼》、三《传》《易》《书》《诗》为九种。至宋逐渐分为三《礼》、三《传》《易》《书》《诗》《论语》《孝经》《孟子》《尔雅》合为十三经。但学者皮锡瑞言"经传当分别，不得以传记概称为经也"③，仍可见划分之严格。

虽然经传有别，《论语》亦非严格意义上的经书，但因孔子删定经书，于纷杂的流派中梳理出经之脉络，使之焕然严整，因此孔子的地位更贴近"述"的功德。虽然书中不乏有对《论语》的评价，然归其地位，始终不如孔子述作之功。刘勰言："（文章）岁历绵暧，条流纷糅，自夫子删述，而大宝咸耀。于是《易》张《十翼》，《书》标七观，《诗》列四始，《礼》正五经，《春秋》五例。义既极乎性情，辞亦匠于文理，故能开学养正，昭明有融。"④因此，刘勰对于孔子最为推崇的地方，是他作为圣人中的一员，为经书的发展奠定了不可磨灭的地位。

综上，通过对"文"进行历史发展层面的溯源，刘勰在《原道》《征圣》《宗经》三篇中展示了"道—圣—文"的溯源路径，将"文"的源头推导至宇宙本原的"道"，并进一步确立了"经"在"文"中的重要地位。

三、寻根溯源以通古今：古今贯通之溯源法

一个显而易见的事实是，艺术家无可避免地总会在某种文艺风气中

---

① （清）皮锡瑞：《经学历史》，中华书局 2008 年版，第 67 页。
② （清）皮锡瑞：《经学历史》，中华书局 2008 年版，第 67 页。
③ （清）皮锡瑞：《经学历史》，中华书局 2008 年版，第 68 页。
④ 范文澜：《文心雕龙注》，人民文学出版社 1958 年版，第 21 页。

进行创作，也必然会受到时代环境和社会条件的影响，这种影响，或表现为正面的呼应与唱和，或表现为反面的纠偏与推新。当我们谈论刘勰的问题意识对他批评方法的影响时，不得不注意到他站在时代风气的反面，不遗余力地进行纠偏与救弊。日本学者冈村繁提出，刘勰的观点与理论相较于《文选序》中那种向前看的诗文进化发展观点两相对立，对于汉魏六朝的思想文论来说亦非主流。①

什么是当时的主流呢？刘勰负书求见、地位尊崇的文坛领袖沈约，可以看做主流文风的代表者与阐释者。与刘勰宗经崇古、"向后看"的文学观念相比，沈约是一个非常积极、"向前看"的代表。刘勰"楚艳汉侈，流弊不还"②的观念中带有些许"道术将为天下裂"③的叹息，即使承认文体代变，能够客观地看待文学发展的循环往复，但在刘勰看来，新变的表象下文学的本质仍然循着由"一"裂"多"的路径往而不返，如不及时救弊，便会在"离本弥甚，将遂讹滥"④的道路上一去不回。诚然，对于"去圣久远，文体解散"的忧虑或许是刘勰推出征圣宗经论点的一种手段，但透过这段文字，我们也能清晰地察觉到他问题意识的强烈程度。与之对比，沈约对文学发展问题表现得更加乐观："周室既衰，风流弥著，屈平、宋玉导清源于前，贾谊、相如振芳尘于后，英辞润金石，高义薄云天。自兹以降，情志愈广。"⑤同一段文学发展史在刘勰和沈约眼中是一番截然不同的图景。

从刘勰和沈约对《离骚》的评判态度，也能佐证这一点。刘勰虽然承认屈原《离骚》的价值，但从"文之枢纽"的篇章构架来看，他将《离

---

① ［日］冈村繁：《汉魏六朝的思想和文学》，陆晓光译，上海古籍出版社2002年版，第585页。

② 范文澜：《文心雕龙注》，人民文学出版社1958年版，第23页。

③ 《天下篇》，（清）郭庆藩撰，王孝鱼点校：《庄子集释》，中华书局2012年版，第1064页。

④ 范文澜：《文心雕龙注》，人民文学出版社1958年版，第726页。

⑤ 《谢灵运传》，（梁）沈约：《宋书》卷六七，中华书局1974年版，第1778页。

骚》"惊才风逸，壮志烟高"的文学价值归结为"去圣之未远"、"楚人之多才"①，那柄评判《离骚》的隐秘标尺，仍然是原道、征圣和宗经。刘勰在对《离骚》的评判中始终将它看做原道、征圣、宗经这一源头下余波中的一朵雄伟的浪花。而在沈约看来，《离骚》不仅仅不是一个与"圣""本"有关的尾声，恰恰相反，它是一个崭新的、情志舒展的开始。

钱锺书先生在《中国诗与中国画》中提到文艺风气对艺术家的影响时说："风气影响到他对题材、体裁、风格的去取，给予他以机会，同时也限制了他的范围。就是抗拒或背弃这个风气的人也受到它负面的支配，因为他不得不另出手眼来逃避或矫正他所厌恶的风气。……风气是创作里的潜势力，是作品的背景，而从作品本身不一定看得清楚。我们阅读当时人所信奉的理论，看他们对具体作品的褒贬好恶，树立什么标准，提出什么要求，就容易了解作者周遭的风气究竟是怎么一回事。"②就像陆机从文学的审美感出发来反对浮夸的文学风气，而刘勰选择以溯源法举起"原道"的大旗一样，面对同样的、类似的文学风气，每一个文论家面对它时的反映与举措都各不相同，也正因此形成了百花齐放、各有千秋的文坛盛景。更进一步来说，问题意识也是创作的"潜势力"，它受到时代风气的感召与唤醒，也打上了作者鲜明的个人烙印，即使作者对时代风气投以厌恶的目光，他试图矫正和救弊的行为也同样受到了问题意识或时代风气的支配。问题意识是作者创作的潜在动力与潜在目的，并影响到他成书的方方面面：题材、风格、成书构架，写作内容等，几乎可以说，他的作品是他对这个时代的反馈。

刘勰对溯源的问题意识，并不仅仅表现在对当时文坛"浮诡""讹滥"之风气的批判上，更为明显地融入进了《文心雕龙》的行文构架、立论模式和批评方法中，共同组成了《文心雕龙》的根骨血肉。从行文构

---

① 范文澜：《文心雕龙注》，人民文学出版社 1958 年版，第 45 页。
② 钱锺书：《七缀集》，三联书店 2002 年版，第 1-2 页。

架来说，刘勰对文进行溯源的首要目的，是为《文心雕龙》开宗立意，为其大开大合的广阔构架奠定基础，为文学拔高地位，并提高经的地位，为整本书的文论构架打上宗经的底色。在这一框架下，使全书具有整饬严密的构架与恢弘纵深的视野，也因此具有了整体性与连贯性。从立论模式而言，"道—圣—文"的溯源路径支撑了刘勰论文宗经的主要观点，也使文从虚无高深的道之层面落实到人文，并进一步转入自觉产生的文学，又进一步转入具体的文学实践活动，层层递进的溯源路径使《文心雕龙》既具有理论上的宏观溯源，也同时具有具体的实践。从批评方法来论，正因刘勰具有"去圣久远，文体解散"的问题意识，所以他格外注重在文体论中，以溯源的形式进行"原始以表末，释名以彰义"①，因此，刘勰溯源的问题意识，不仅影响了《文心雕龙》构架上的溯源立论，也具体影响了刘勰对文体的书写路径。

综上，刘勰的问题意识是对时代风气的救弊与反馈，也直接影响他以溯源的形式追溯文的本原，并借以确立经的地位，因此，刘勰使用溯源法产生了"文之枢纽"的构建模式，对全书构架也产生了巨大影响。此外，刘勰的问题意识也影响了他对溯源法的看重和关注，这尤其表现在对文体论"原始以表末"的批评方法上。

第二节　各照隅隙，鲜观衢路

刘勰在《序志》篇中评论当代文论弊病，捻出第二大问题，即"各照隅隙，鲜观衢路"，也就是在批评方法上没有重视和使用"圆照""博观"的博观法。正是因为没有博观意识，创作与鉴赏都往往陷入"东向而望，不见西墙"的窘境。本节将从《知音》篇中"圆照之象"的内涵入手，讨论"鲜观衢路"的时代困境，并论述刘勰的问题意识与博观法之间的联系。

---

① 范文澜：《文心雕龙注》，人民文学出版社 1958 年版，第 727 页。

一、鲜观衢路的困境

通过分析"观"字的内涵能够看出，不论是"游观"的范围，还是"内观"与"外观"的广度与深度，又或者是"内观"与"外观"交融的通畅，"观"的内涵都涉及与"视野"有关的概念。而"鲜观衢路"的困境，也正是来自视野的狭隘。

（一）视野的困境

刘勰在《序志》篇中，也有意识地认识到了在创作论与批评鉴赏论中，存在着视野狭窄的问题，也就是"鲜观衢路"：

> 详观近代之论文者多矣：至于魏文述典，陈思序书，应玚《文论》，陆机《文赋》，仲治《流别》，宏范《翰林》，各照隅隙，鲜观衢路。或臧否当时之才，或铨品前修之文，或泛举雅俗之旨，或撮题篇章之意。①

刘勰对近代文论进行了整体评价与归纳，在他看来，这些文论作品诚然有众多优点，但也多少存在一些问题。如曹丕《典论·论文》虽然提出"文人相轻"，也评论建安七子之短长、提出文气说，但是谈论文体的部分比较简洁，亦有轻视文体之嫌，刘勰评其"密而不周"。曹植《与杨德祖书》品评群彦，但认为只有作者才能批评，又视辞赋为小道，因此结论不够恰当，因此"辩而无当"。有些轻重失衡，如应玚《文质论》认为质不如文，重文轻质，"华而疏略"。有些结构散乱，如陆机《文赋》虽然探讨文思，比之前人更为精细，但是韵文形式受限，结构不免散乱。又如挚虞《文章流别论》虽溯各体派别，但对文体规范没有过多篇幅。又如李充《翰林论》结合各家作品来品评各类文体的写作，然"浅而寡要"，文采一般。"各照隅隙，鲜观衢路"是他对这些文论作品整体的

---

① 范文澜：《文心雕龙注》，人民文学出版社 1958 年版，第 726 页。

评价，简而言之，就是各有所长，然而只偏重一隅，"或臧否当时之才，或铨品前修之文，或泛举雅俗之旨，或撮题篇章之意"，未有一个更为广阔的行文视野。

在刘勰"各照隅隙，鲜观衢路"的论点之后，紧跟着接上"并未能振叶以寻根，观澜而索源"的评论，此为一段。在分析了近代文论作品中的诸多弊端之后，刘勰下段便开始论述《文心雕龙》全书的构架：

> 盖《文心》之作也，本乎道，师乎圣，体乎经，酌乎纬，变乎骚，文之枢纽，亦云极矣。若乃论文叙笔，则囿别区分，原始以表末，释名以章义，选文以定篇，敷理以举统，上篇以上，纲领明矣。至于割情析采，笼圈条贯，摛神性，图风势，苞会通，阅声字，崇替于《时序》，褒贬于《才略》，怊怅于《知音》，耿介于《程器》，长怀《序志》，以驭群篇，下篇以下，毛目显矣。位理定名，彰乎《大易》之数，其为文用，四十九篇而已。①

刘勰在"鲜观衢路"和"并未能振叶以寻根"的问题之后，紧接着便提出了对于这两者的解决方案：第一，针对寻根索源，"本乎道，师乎圣，体乎经，酌乎纬，变乎骚"，这是总体的纲领，因为溯清了源头，亦有了相应的准则统摄全书，对文体既要寻根溯源，亦要区别分类，并选文定篇，敷理举统，上篇是在明确的纲领之下通过推源溯流来考察文体，这就规避了"密而不周""浅而寡要"、篇幅窄小等问题。第二，文体之外的零散内容，归入下篇进行专门探讨，由"毛目"这样专题的形式进行归纳，就创作论来说，涉及道德涵养、文学想象、文学特质、声韵规范，从批评鉴赏来说，涉及鉴赏原则和方法、品评文人才学，从文学的整体特征来说，亦有涉及时代政治与文学盛衰的关联……最后以《序志》总结全文，形成精细严密的整体构架。

---

① 范文澜：《文心雕龙注》，人民文学出版社 1958 年版，第 727 页。

因此，刘勰对近代文论缺点的观察与问题意识，并非评而不作，也并非借他人而夸己，可以看出，他对近代文论作品的缺憾有整体层面的清醒认识，并通过对这些问题的体察和总结，以具体优化自己的行文构架。所以在随后，刘勰亦较为谦虚地表示："夫铨序一文为易，弥纶群言为难。"他对于"鲜观衢路"的困境，并不认为自己能够全然解决，但在问题意识的指导下，也有意识地在《文心》的成书中规避，这是刘勰问题意识指导下所作出的尝试和努力，也正是因此，才成就了《文心雕龙》"体大虑周"的严密构架。

（二）视野的背后："窄"与"乱"

《文心雕龙》所说不够博观的困境，总结起来，可以简单评述为四个字：浅、谬、蔽、杂。所谓"浅"，是指行文或者鉴赏的深度不够，前文所提到的李充《翰林论》"浅而寡要"是创作上的浅，在第三章要提到的不登鉴赏之门径，也是一种浅。所谓"谬"，是指因为视野或者学识受限，因此在创作上或者批评鉴赏上存在错误的创作倾向或者鉴赏眼光，如前文所说的曹植《与杨德祖书》与应玚《文质论》，当属此类。所谓"蔽"，也可以理解为"狭"，如刘勰所说的"贵古贱今"、"崇己抑人""信伪迷真"，所谓"杂"，例如前文所提到的陆机《文赋》结构未免散乱。当时的文学风气，在刘勰看来，有"浅"，也就是未能学古，有"谬"，也就是在文学态度上的整体错误倾向与鉴赏的整体错误倾向，有"弊"，也属于文学态度的整体错误倾向，也有"杂"，也就是杂乱无章。

其实，刘勰也承认"弥纶群言"是一件非常困难的事，或者说任何时代、任何风气之下，要做到面面俱到本身就是一件近乎不可能完成的事。"鲜观衢路"除了指文论作品的框架不够完备之外，还指以下几方面的不完备：第一，"鲜观衢路"的文论困境之所以产生，最根本是缺少一个客观、通行的行文准则，而这正与当时文体解散、离本去圣的时代困境相互勾连。正是因为没有依则，才会有"百喙争鸣，互自标榜，胶固一偏，剿猎成说"①的情况出现，才会出现在文质关系、文体特征等方面的失衡与偏颇，从而使文论视野变得极度狭窄。第二，"鲜观衢路"的文论困境所反映出的正是一种"不通"的现状，视野的狭隘会带来深度不足与广度不够的问题，使创作受限，主客体无法进行良好的沟通与交流；使鉴赏受限，也会让偏狭和谬论阻碍鉴赏的深度，无法雅鉴。所谓"东向而望，不见西墙"，就是视野与认知的受限状态。

综上，"鲜观衢路"的文论困境，有赖于对文学进行一个圆备周全的总结，这也是刘勰以溯源法对文学来源进行溯源的目的之一，便是对文学的来源进行一个纵深性的概括，并树立行文准则，并通过创作实践、鉴赏实践中具体的博观，以扩展视野，尽力减少视野遮蔽的情况，这就是博观法。

二、标举圆照之象

"圆照之象"出自《知音》篇中，刘勰言："故圆照之象，务先博观。"②虽然《知音》篇主要是论文学鉴赏，但"圆照之象"所具有的深厚内涵，在《文心雕龙》中不仅涵容于批评鉴赏论中，其博观的倾向也广泛存在于创作论里。因此，首先分析"圆照之象"的内涵是较为必要的。

（一）"圆"的三种内涵

早在先秦时期，中国先民观象于天，观法于地，从对宇宙自然的观察中对"圆"这一图形赋予了特殊内涵。后佛教东渡而来，进一步丰富了"圆"的含义。随着玄佛合流和文学独立的演进进程，"圆"的内涵也延伸至古代文论之中。"圆"的内涵可以分为三个方面：

1. "天圆地方"的道体内涵

"圆"作为形状，与方相对。《墨子·法仪》曰："百工为方以矩，以

---

① （清）叶燮、薛雪、沈德潜著，霍松林、杜维沫校注：《〈原诗〉〈一瓢诗话〉〈说诗晬语〉》，人民文学出版社 2006 年版，第 3 页。

② 范文澜：《文心雕龙注》，人民文学出版社 1958 年版，第 714 页。

圆为规。"①《韩非子·功名》云："左手画圆，右手画方，不能两成。"②
"方"和"圆"从形状来看是一组对立概念，古代先民在对宇宙天地的观
察中，将方圆这一对概念引为对立统一的两极，因此，方圆这一对概念
也用来指代世界生成的元素，与阴阳具有相似的道体内涵。

　　从早期文献中可以清晰地看到人们是如何用"方"和"圆"来指代
"道"的，如《大戴礼记·曾子天圆》云："天道曰圆，地道曰方。"③《淮
南子·天文训》记载："天道曰圆，地道曰方。"④承接了《周易》论道精
神的《文心雕龙》在《原道》篇中也说："夫玄黄色杂，方圆体分。"⑤
"方"和"圆"也如同阴阳一样，构建、组成早期的宇宙秩序。

　　正因为"圆"可以用来代指"道"与宇宙，因此与具有宇宙含义的
"圜"义相通。《吕氏春秋·圜道》言："天道圜，地道方。"⑥《易经·说
卦传》："乾为天，为圜。"⑦《说文》："圜，全也。"⑧具有宇宙、天道意
义的"圜"与"圆"相通，两者意义交互，得到扩充与延展，使"圆"的道
体内涵进一步得到巩固。荀子就将"圆"赋予道体之内涵："圆者中规，
方者中矩。大参天地，德厚尧禹。精微乎毫毛，而盈大乎宇宙。"⑨由道
至万物的下行过程中，方圆规矩也赋予了一定的道德内涵，如《荀子·
王霸》曰："国无礼则不正，礼之所以正国也，譬之犹衡之于轻重也，

　　① 吴毓江撰，孙启治点校：《墨子校注》，中华书局 2006 年版，第 29 页。
　　② （清）王先慎撰，钟哲点校：《韩非子集解》，中华书局 2013 年版，第 224
页。
　　③ （清）王聘珍撰，王文锦点校：《大戴礼记解诂》，中华书局 1983 年版，第
98 页。
　　④ 刘文典撰，冯逸、乔华点校：《淮南鸿烈集解》，中华书局 2013 年版，第
96 页。
　　⑤ 范文澜：《文心雕龙注》，人民文学出版社 1958 年版，第 1 页。
　　⑥ 许维遹撰，梁运华整理：《吕氏春秋集释》，中华书局 2009 年版，第 78 页。
　　⑦ 黄寿祺、张善文：《周易译注》，上海古籍出版社 2007 年版，第 438 页。
　　⑧ （汉）许慎撰，（清）段玉裁注：《说文解字注》，上海古籍出版社 1988 年
版，第 277 页。
　　⑨ 《赋篇》，（清）王先谦撰，沈啸寰、王星贤点校：《荀子集解》，中华书局
2013 年版，第 560 页。

犹绳墨之于曲直也，犹规矩之于方圆也。"①就赋予了"圆"以礼的内涵。

2. 运而不穷的循环发展内涵

"圆"不仅具有道体之内涵，钱锺书先生曾论："吾国先哲言道体道妙，亦以圆为象。"②正因"圆"具有道体的内涵，常以言道，其周转圆润的外形似圆环，也常用来喻指首尾衔环、运动不穷之意。《周易·系辞上传》云："蓍之德圆而神。"韩康伯释曰："圆者，运而不穷。"③孔颖达《正义》曰："圆者，运而不穷者，谓团圆之物运转无穷已，犹阪上走丸也。蓍亦运动不已，故称圆也。"④圆形所代表的循环概念亦并非中国古代思维所独有，西方文化中，以圆形最为著名的形象是衔尾蛇，衔尾蛇图像中，一条蛇呈现出圆环状，并以嘴吞噬着自己的尾巴。这无疑是一种宇宙循环观的直观体现，代表着首与尾、生命与死亡的循环交替。在西方文化中，衔尾蛇的图案与所代表无限大的"∞"符号、莫比乌斯环等无限循环的图案含义较为类似，圆形的无限循环概念正是衔尾蛇图案的主要内涵，在西方文化中，它也象征着最原始的元素，从这一点来看，与中国传统文化中道以圆为象也有共通之处。

3. 完美周备、一切具足的空间内涵

在佛教尚未东渡之前，"圆"便具有"天圆地方"的道体内涵和"运而不穷"的发展观。极大丰富"圆"之内涵的，当属佛教。值得注意的是，佛教自印度东渡而来，在印度本土时，梵语"圆"为波利（pari），指圆形，取圆形完美周备、一切具足之意，与"天圆地方"的道体内涵和"运而不穷"的发展观既有细微的不同，也有共通之处。关于此点，在第三章第一节佛教"以圆为美"部分中另述。

综上，不论是"天圆地方"的道体内涵，还是"运而不穷"的发展内

---

① （清）王先谦撰，沈啸寰、王星贤点校：《荀子集解》，中华书局 2013 年版，第 248 页。

② 钱锺书：《谈艺录》，生活·读书·新知三联书店 2008 年版，第 277 页。

③ 黄寿祺、张善文：《周易译注》，上海古籍出版社 2007 年版，第 392 页。

④ 黄寿祺、张善文：《周易译注》，上海古籍出版社 2007 年版，第 393 页。

西方的衔尾蛇图腾

涵，又或是"一切具足"的周备完美，都说明"圆"内涵较为丰富，也是考察"圆照之象"的首要前提。

（二）"观"的三层阐解

"圆照之象，务先博观"一句，在《文心雕龙》的具体语境中，"照"与"观"之间有相似的含义，"照"字本义为手持火把，《说文》曰："照，明也。"①引申有明察、察看等义。但"观"之内涵较"照"更为丰富，且刘勰多次使用"观"以论述批评鉴赏与创作，又与"鲜观衢路"相照应，因此，此处选以"观"作为主要论述对象。

值得一提的是，在《文心雕龙》的具体语境中，"博观"其实只出现在《知音》篇中一次，论与"博观"相似的用法，"博见"在《文心雕龙》中出现了三次：

是以将赡才力，务在博见，狐腋非一皮能温，鸡蹠必数千而饱矣。是以综学在博，取事贵约，校练务精，捃理须核，众美辐辏，表里发挥。②（《事类》）

夫奏之为笔，固以明允笃诚为本，辨析疏通为首。强志足以成

① （汉）许慎撰，（清）段玉裁注：《说文解字注》（第二版），上海古籍出版社1988年版，第485页。
② 范文澜：《文心雕龙注》，人民文学出版社1958年版，第615-616页。

务，博见足以穷理，酌古御今，治繁总要，此其体也。① (《奏启》)

　　难易虽殊，并资博练。若学浅而空迟，才疏而徒速，以斯成器，未之前闻。是以临篇缀虑，必有二患：理郁者苦贫，辞弱者伤乱。然则博见为馈贫之粮，贯一为拯乱之药。博而能一，亦有助乎心力矣。② (《神思》)

《文心雕龙》中两个与"博"字连用的词组中，"博观"似乎并不是使用频率更高的那个，"博见"的使用频率更高。但此处与随后的第三章之所以选用"博观"法作为方法名称与论述主体，其原因与"观"的深厚内涵密不可分。

"观"与"见"在字义上有相似之处。"见"为会意字，甲骨文中的"见"字形似一个跪坐的人，以一双横放的大眼平视前方，本义为向前平视。"观"(觀)乃象声变形声兼会意字，"见"是形符表示看见，"雚"作声符，指一种拥有一双大眼睛、类似猫头鹰、夜间视力极好的鸟类，本义有凝视、谛视之义。两者都有看见之义，但是"观"之内涵较为深远。"观"本义为细看、谛视，《说文》曰："观，谛视也。"③《周易·系辞下传》："仰则观象于天，俯则观法于地。"④就是此意。由本义引申出审查、察看之义，如《论语·颜渊》："质直而好义，察言而观色。"⑤又引申出欣赏、观赏之鉴赏义，如范仲淹《岳阳楼记》："余观夫巴陵胜状，在洞庭一湖。"⑥也有游玩之义，如《诗经·郑风·溱洧》："女曰

① 范文澜：《文心雕龙注》，人民文学出版社 1958 年版，第 422 页。
② 范文澜：《文心雕龙注》，人民文学出版社 1958 年版，第 494-495 页。
③ (汉)许慎撰，(清)段玉裁注：《说文解字注》，上海古籍出版社 1988 年版，第 407 页。
④ 黄寿祺、张善文：《周易译注》，上海古籍出版社 2007 年版，第 402 页。
⑤ (清)刘宝楠撰，高流水点校：《论语正义》，中华书局 1990 年版，第 507 页。
⑥ (宋)范仲淹撰；薛正兴点校：《范仲淹集》，凤凰出版社 2019 年版，第 123 页。

‘观乎？’士曰‘既且。’”①“观”也可以指思考之义，指代对事物的看法。总体来说，“观”用作动词时，既有“看见”这样与“见”类似的含义，如“观察”“探究”“显示”“阅读”等义，同时也有“思考”“享受”等义。在第三章博观法中，通观《文心雕龙》博观法的使用，可将“观”的内涵分为三层进行阐解：

殷墟甲骨文“观”字

1.“游观”的空间性

这一部分涉及创作前期灵感想象的“游观”。“游观”在先秦两汉文本中已经出现，有学者提出，先秦两汉文本常兼用“遊觀”和“游觀”，两者的造字初文都为“斿”，取象于旗帜的飘动。凡用“游”的词组都侧重于自由不拘的无利害性，而用“遊”的组合则强调以足游览，侧重于人在空间中的移动。② 从这一发现来看，“游”与身心之间在先秦两汉时期就已经有意识地联系在一起。因为灵感想象活动具有无限的空间性，正符合自由不羁的“游”字特性，因此也常以“游心”来形容神思，如《南齐书·文学传论》就如此形容行文过程：“蕴思含毫，游心内运，

① 高亨注：《诗经今注》，上海古籍出版社1980年版，第126页。

② 刘苑如主编：《游观——作为身体技艺的中古文学与宗教》，中研院文哲所2013年版，第7-8页。

放言落纸，气韵天成。莫不禀以生灵，迁乎爱嗜，机见殊门，赏悟纷杂。"①从这一层面来看，刘勰在论述灵感想象的"游观"时，也十分侧重以博观扩大灵感想象的空间。

2."内观"的空间性

"内观"源自道教和佛教，自老庄思想始，道家思想即有虚静、听气等说法，佛教也有止观法、守意法。与传统儒家思想相比，道教和佛教更侧重于向内的"内观"。以道教为例，在道教的思维模式里，人的身体与外界一样有序，气对于人体内各部位的轮转流通，犹如人在外界的涉足游览。有学者指出："两汉的修行者因应流行一时的气化思想，在内修法上以观看身体内部行气，强调以视觉具象化气的修炼，无形需藉由有形而修，则视觉较听觉具体的观象法，即自然形成'内观'。"②刘勰在论述文学创作过程中的"内观"时，侧重关注通过博观以扩大"内观"的空间与层次，使作者通过积累才学，沉淀自我，进而更好地展开创作。

3."外观"的圆备周详

如果说"游观"和"内观"都较为侧重于从创作论中入手，那么"外观"则更适用于批评鉴赏论环节。不过，在批评鉴赏论范畴，往往呈现出"内观"与"外观"交融的过程。总之，刘勰的博观法既涉及创作论中灵感想象的"游观"的空间性，也涉及创作环节中以虚静养气为法的"内观"，更涉及批评鉴赏环节中与雅鉴相关的"外观"。

三、通观衢路：圆照博通之博观法

对"圆照之象"和"观"的内涵、刘勰"鲜观衢路"的问题意识进行讨论之后，最后再来探究一下刘勰的问题意识与对"圆备"的追求是如何影响博观思维与博观法的使用的。

---

①　《文学传》，（梁）萧子显：《南齐书》卷五二，中华书局 1972 年版，第 907 页。

②　李丰楙：《游观内景：二至四世纪江南道教的内向超越》，见刘苑如主编：《游观——作为身体技艺的中古文学与宗教》，中研院文哲所 2013 年版，第 248 页。

刘勰认识到"鲜观衢路"的时代困境，一方面固然来源于文学创作和鉴赏本身的困难，另一方面也源于视野上的遮蔽，源于在离本去圣的时代中，人们忽略了"文"的源头与"经"广阔的涵容性。溯源与博观的概念在此有一些相通之处，不重视对"文"进行溯源的同时，从"文"的发展历程来看，就形成了一种遮蔽的视野。而不重视对"文"进行溯源，也就是不重视经在文学的鉴赏、创作环节的指导作用，使文学鉴赏、创作并没有一个广袤的源头，也并无一个固定的文学纲领和准则来指导写作、鉴赏等具体的文学实践活动。

不注重博观法，在创作论的具体表现上是不注重创作的积累，无博观的积累，也就没有博练、博见的可能性。不注重博观法，在批评鉴赏论的具体表现上是没有智识，形成以"我"为重心与参照点的鉴赏批评。关于这一点，将在本书第四章更进一步进行阐述。

从构架上而言，《文心雕龙》"体大虑周"，具有宏大的构架和立论。在前文已经谈到，"文之枢纽"的五篇为全书立论，为"文"溯源，刘勰就以溯源法为全书奠定了一种高屋建瓴的文论基调。而为"文"进行溯源的过程，也同样是纵深地打开"文"的内涵的一项工程。刘勰在行文构架上进行上下总五十篇、条理清晰的设计，其本身就是刘勰的问题意识与注重博观的反映。在行文中具体的文学实践环节，刘勰也同样将博观法一以贯之地运用于创作和实践之中。鉴赏需要的是积累和勤练，创作也同样需要积累和勤练。然而，于何处积累？于何处取法以获得博观的素材？归根到底，还是要从"文"之道——宗经之中来。

如果说溯源法使刘勰将经的地位放置在一个很高的地位的话，那么在论述博观法的时候，刘勰就将如何学经典，非常彻底地落实到具体实践之中，而学的具体内容就是文术。

第三节　多欲练辞，莫肯研术

《文心雕龙》中，《神思》至《总术》十九篇文章集中论述了刘勰在创作论上的问题意识及观点。在《总术》篇中，刘勰认为第三大问题是时人"多欲练辞，莫肯研书"的弊端，也就是重辞轻术，没有重视术的意识，同时，在批评方法上也不注重使用文术。正因对术的轻视，创作鉴赏往往无法兼解俱通。本节将从"术"的内涵、"莫肯研术"的困境、刘勰的重术意识与折衷法之间的联系入手进行论述。

一、重辞轻术的困境

《文心雕龙》十九篇创作论中，《总术》篇是诸篇小结。综观诸篇，刘勰的创作论观点可以用"术"这一关键词进行串联，"术"一字出现次数较多，现简略摘录如下：

> 驭文之首术，谋篇之大端。
> 俊发之士，心总要术。
> 养心秉术，无务苦虑。（《神思》）
> 文术多门，各适所好。明者弗授，学者弗师。
> 熔铸经典之范，翔集子史之术。（《风骨》）
> 此附会之术也。（《附会》）
> 凡精虑造文，各竞新丽，多欲练辞，莫肯研术。
> 才之能通，必资晓术，自非圆鉴区域，大判条例，岂能控引情源，制胜文苑哉！
> 是以执术驭篇，似善弈之穷数；弃术任心，如博塞之邀遇。
> 况文体多术，共相弥纶，一物携贰，莫不解体。
> 文场笔苑，有术有门。（《总术》）

此外，刘勰也会用"司南""体""关键""恒数""经略"等词代替"术"，如"文术"与"文之司南"其实意义相通，更多例子摘录如下：

> 文之司南，用此道也。（《体性》）

夫设文之体有常，变文之数无方。

规略文统，宜宏大体。

拓衢路，置关键。(《通变》)

斯缀思之恒数也。

此命篇之经略也。(《附会》)

"术"指行文谋篇的方法和创作的规则技巧，但刘勰所论述的"术"涵义更广，"司南""关键""恒数""经略"等词都将"术"的内涵由简单的行文技巧扩展为更高层次的准则和纲领，在"文术"的指引下，创作不再纷繁而无方，文章亦能贯通而不滞。

《文心雕龙》中刘勰对"术"的强调，是基于他在创作论中的问题意识。《总术》篇云："凡精虑造文，各竞新丽，多欲练辞，莫肯研术。"[1]"莫肯研术"的文论困境，源于当时重辞轻术的时代风气。

刘勰反对当时重辞轻术的时代风气，认为当时精心构写文章的作者，多以辞藻的华丽争胜，大多注重锤炼字句，而忽视了对文术的研究与学习。《风骨》篇也进一步补充："然文术多门，各适所好，明者弗授，学者弗师。于是习华随侈，流遁忘反。"[2]《总术》篇又云：

知夫调钟未易，张琴实难。伶人告和，不必尽窕槬之中；动用挥扇，何必穷初终之韵？魏文比篇章于音乐，盖有征矣。夫不截盘根，无以验利器；不剖文奥，无以辨通才。才之能通，必资晓术，自非圆鉴区域，大判条例，岂能控引情源，制胜文苑哉！[3]

---

① 范文澜：《文心雕龙注》，人民文学出版社 1958 年版，第 655 页。
② 范文澜：《文心雕龙注》，人民文学出版社 1958 年版，第 514 页。
③ 范文澜：《文心雕龙注》，人民文学出版社 1958 年版，第 656 页。

刘勰认为文术在运用上呈现出鱼龙混杂、美丑难辨的现象，而改善这一现象的方法是掌握客观的审美规律，也需要懂得创作和鉴赏中的方法与规律，明白各种体式和方法的运用。

在了解了"术"的重要性与内涵之后，再进一步通过"术"这一关键词考察刘勰在创作论上的问题意识。简而言之，刘勰在创作论上所谈论的"术"是"文思常利之术"①。首先，刘勰认为，只要不断地领悟文之"术"，创作过程将呈现出一种畅通无滞的状态，就是上文提及的"枢机方通，则物无隐貌；关键将塞，则神有遁心"，达到"神与物游"的创作境界。进一步解释来说，作者的情志得以尽情挥洒，文字也能自如地抒发感情与描绘外物，物我合一而极尽和谐之貌。钱锺书先生将这一和谐之感描绘为"神来兴发，意得手随，洋洋祇知写吾胸中之所有，沛然觉肺肝所流出，人己古新之界，盖超越而两忘之。故不仅发肤心性为'我'，即身外之物、意中之人，凡足以应我需、牵我情、供我用者，亦莫非我有"②的境界。其次，刘勰认为，文之"术"不仅可以使创作过程畅通无滞，同样会让作品呈现出整体的和谐风貌，即文章有灵气与风骨。汤显祖将这一和谐的感觉形容为"如意"："天下文章所以有生气者，全在奇士。士奇则心灵，心灵则能飞动，能飞动则下上天地，来去古今，可以屈伸长短生灭如意，如意则可以无所不如。彼言天地古今之义而不能皆如者，不能自如其意者也。不能如意者，意有所滞，常人也。"③王夫之将其形容为"神理凑合时，自然恰得"④。再次，刘勰认为这种"文思常利"不仅表现在创作的思维迸发上，还要能够不断地适应整个写作进程的开展，乃至长久地贯穿作者的一生。《通变》云："名理

---

① 出自《文心雕龙札记》，转引自（南朝梁）刘勰著，詹锳义证：《文心雕龙义证》，上海古籍出版社1989年版，第1560页。

② 钱锺书：《谈艺录》，生活·读书·新知三联书店2008年版，第522页。

③ 《序丘毛伯稿》，（明）汤显祖：《汤显祖集》，上海人民出版社1973年版，第1080页。

④ 《姜斋诗话·夕堂永日绪论·内编》，（清）王夫之：《〈四溟诗话〉〈姜斋诗话〉》，人民文学出版社1961年版，第149页。

有常，体必资于故实；通变无方，数必酌于新声。故能骋无穷之路，饮不竭之源。"①"无穷之路"与"不竭之源"是文章滞而不通的反面，是作者得以长久创作的条件。

二、提倡执术驭篇

那么，"术"又具体指什么？《神思》篇云：

> 神居胸臆，而志气统其关键；物沿耳目，而辞令管其枢机。枢机方通，则物无隐貌；关键将塞，则神有遁心。

在"天人合一"思想的统摄下，中国传统文论认为文学的产生源于人内心之"情"与外界之"物"交相感应、相互激荡而生，锺嵘《诗品》"气之动物，物之感人。故摇荡性情，形诸舞咏"②正是描述这一过程。人由外物所激荡而生的情感，如"志""气""心""情"等，生发出来才表现为言语、音律与文字。刘勰论述文学创作也主要依循着这一路径。

再看《神思》这段话，创作所追求的正是最大化将情志表现出来，刘勰重点关注创作活动的两个方面：第一，藏于胸臆之中的"神"在"志气"的统摄下能否顺利地展开想象？第二，作者能否运用"辞令"使所思所想顺利地转化为文字？只有这两方面均顺利展开，文章才有可能呈现出通而不滞的和谐境界，刘勰将此形容为"驭文之首术，谋篇之大端"。因此，"术"之内涵可以从运思过程之"术"与行文过程之"术"两方面进行阐释：

1. 运思过程中，"术"导致和保证了想象活动的展开。不论是文论家还是创作者，对灵感与想象均倾向于描述它的神秘性与不可捉摸，或

---

① 范文澜：《文心雕龙注》，人民文学出版社 1958 年版，第 519 页。
② （梁）锺嵘著，曹旭集注：《诗品集注》，上海古籍出版社 1994 年版，第 1 页。

"意静神王，佳句纵横，若不可遏，宛若神助"①，或"待时而发，触物而成，虽幽寻苦索，不易得也"②，有时更是"或一往而尽，或积日而不能自休"③，朱光潜把灵感的特征总结为"突如其来""不由自主""突如其去"④，是相当精准的。《神思》篇也同样集中论述了灵感与想象的不可捉摸与来之不易："文之思也，其神远矣。故寂然凝虑，思接千载；悄焉动容，视通万里。吟咏之间，吐纳珠玉之声；眉睫之前，卷舒风云之色；其思理之致乎！"后紧接着说："思理为妙，神与物游。"是想象活动顺利展开的理想境界。想象构思使物我交融，情思与外物相互渗透，创作由此展开。

然而，神思既然神秘而又难以捉摸，又如何以"术"来总结呢？刘勰从"气"与"志"出发，主张"虚静"之术。既然创作是内在情志外显成为文字的过程，那么内在情志的"志"与"气"同样也是决定文风与文章质量的重要基础，《神思》《养气》《体性》《风骨》《情采》主要论述这一范围。

2. 行文过程中，"术"导致和保证了思想和情感的文本化。文章创作之难，不仅体现在想象的神秘与灵感的产生上，更体现在下笔这一环节，创作面临着"意不称物，文不逮意"之难。《神思》篇云："方其搦翰，气倍辞前，暨乎篇成，半折心始。何则？意翻空而易奇，言徵实而难巧也。是以意授于思，言授于意。密则无际，疏则千里，或理在方寸，而求之域表；或义在咫尺，而思隔山河。"这里涉及古代文论"言"与"意"关系的论题，古代先哲认为，语言无法完全地表达内心的思想，袁宏道形象地描述说："口舌代心者也，文章又代口舌者也。展转隔

① （唐）皎然著，李壮鹰校注：《诗式校注》，人民文学出版社 2003 年版，第 39 页。

② 《四溟诗话》，（明）谢榛：《〈四溟诗话〉〈姜斋诗话〉》，人民文学出版社 1961 年版，第 41 页。

③ （明）汤显祖：《汤显祖集》，上海人民出版社 1973 年版，第 1127 页。

④ 朱光潜：《朱光潜美学文集》第 1 卷，上海艺术出版社 1982 年版，第 528 页。

碍，虽写得畅显，已恐不如口舌矣；况能如心之所存乎？"①

正因为这一情况的存在，内心情思转化为文本这一过程需要作者本身的功底，而这一功底与语言运用的长期训练有关。"语言的奥秘，说穿了不过是长句子与短句子的搭配。一泻千里，戛然而止，画舫笙歌，骏马收缰，可长则长，能短则短，运用之妙，存乎一心。"②汪曾祺先生虽然如此说，但句子与句子的搭配之中蕴藏着无穷奥秘，语言本身也是作者才力的证明，因此民国诗人梁宗岱这样形容："一个艺术家，无论他是诗人、画家、音乐家、雕刻家或建筑家，如果他要运思或构想，决不能赤手空拳胡思乱想，而必须凭藉他底特殊的工具：文字，颜色，声音或木石——不独凭藉，还要尽量利用每种工具底特长和竭力迁就它底限制。所以在某一意义上，文字之于诗，声音之于乐，颜色线条之于画，土木石之于雕刻和建筑，不独是传达情意的工具，同时也是作品底本质。"③

所谓"行文"之术，更多侧重于作者在文字落实想象的过程中运用多种技巧来使想象至文字的这一进程顺利进行，并且使文章在作者严密、科学的操控之下变得趋于完美。《通变》《定势》《镕裁》《声律》《章句》《丽辞》《比兴》《夸饰》《事类》《练字》《隐秀》《指瑕》和《附会》等篇均是围绕着这一问题进行展开的。最后，《总术》是对这十九篇创作论的一个总结。

刘勰创作论的这两大部分，若仔细论述起来，可以看出第一个侧重于思维活动和作者本身，第二个侧重于写作过程和写作技巧，这两者可谓本质相合，互相影响勾连，缺一不可。没有思维活动的迸发，也就无

①　（明）袁宏道：《论文》，郭绍虞、王文生主编：《中国历代文论选》第 3 册，上海古籍出版社 1980 年版，第 196 页。

②　汪曾祺：《中国文学的语言问题》，《汪曾祺文集·文论卷》，江苏文艺出版社 1993 年版，第 6 页。

③　梁宗岱：《试论直觉与表现》，《梁宗岱文集》第 2 卷，中央编译出版社 2003 年版，第 323 页。

所谓写作过程和技巧的存在，然而没有技巧，思维活动也不可能落实成为文字。但是刘勰所谓的"术"始终侧重于训练与方法。朱光潜先生将文学作品分成"偶成"和"赋得"两类，"偶成"是作者凭借情思这一内心冲动写出的作品，"赋得"则是由于外力催促或满足实用需要的作品，如练习技巧："'赋得'是一种训练，'偶成'是一种收获。一个作家如果没有经过'赋得'的阶段，'偶成'的机会不一定有，纵有也不会多。"①刘勰的"术"强调的类似于这种"赋得"的阶段。

三、文思能通：执正兼通之折衷法

在刘勰看来，批评方法的三大偏向酿成文学理论和批评的三大困境：一是"去圣久远，文体解散"，二是"东向而望，不见西墙"，三是在古今、奇正、心物等问题上不能"兼解以俱通"。在本书第五章将要以折衷法为中心，谈论刘勰在古今、奇正、心物等对立范畴上的文术问题。

刘勰基于强烈的问题意识而形成的三大批评方法——溯源法、博观法和折衷法都是统摄全书、一以贯之的主要批评方法，同时也彼此涵容。例如溯源法，既作为刘勰全书的立论纲领，是"文之枢纽"，作为主轴贯穿全书，同时也广泛具体应用于文体论中；而博观法，除具体使用在批评鉴赏论与创作论中，也同样展现在原道宗经这种溯源路径带来的视野拓展中，也同样展现在折衷法以"尚中"破除"对立"、进而对视野的更进一步拓展中，这是批评方法之间相互涵容的反映。

再次回顾刘勰批评方法的问题意识，以溯源法、博观法和折衷法为主线，可以看到在全书的行文构筑上，刘勰遵循着由"道"至"术"、由"一"至"多"、由抽象恢弘的总纲降至具体细碎的实例这么一条路径。开篇《原道》至《宗经》所展示的、经由层层论证的原道宗经思想，既组

---

① 朱光潜：《朱光潜美学文集》第 2 卷，上海艺术出版社 1982 年版，第 288 页。

成《文心雕龙》构架的主纲，也草蛇灰线地贯穿在每一处论点和方法处，严密而紧凑地将看似零散的观点、方法和实例编织成一张细密的网。

而折衷法同样统摄《文心雕龙》全书的批评方法，是对文术的整体观照，折衷法既是统摄全书的重要意识，同时也具体地表现在实例论证上。如果说溯源法除了使用在全书立论与文体论上，博观法更为主要地使用在创作论与批评鉴赏论中，那么折衷法的使用范围则笼罩在文术之上。《文心雕龙》中有许多相互对立的范畴，例如心物、古今、奇正等，对此刘勰均以折衷法进行调和，折衷法具有极大的灵活性，从宏观的理论构建到具体的实践问题，都有所反映。

第四节　秉持一道与善兼众术

刘勰面临的时代风气和文论困境影响了《文心雕龙》的成书构架与批评方法，如果对《文心雕龙》的批评方法进行整体观照的话，刘勰的批评方法既具有"秉持一道"的统一性，也具有"善兼众术"的多样性。事实上，《文心雕龙》中的批评方法并不只有溯源法、博观法和折衷法这三种方法，一些零碎纷杂的批评方法也经由刘勰提出，并在文中得到使用。但溯源法、博观法和折衷法不仅可以看做"道"（文章的本质、规律）与"术"（具体批评方法）的有机统一，而且这三大批评方法本身除了具有极强、极广的涵摄力之外，其深刻的内涵也赋予了中国传统文论以一定的理论深度。本节分为三个部分，分别论述批评方法的统一性和多样性，并论述三大批评方法的选用标准与他们之间的逻辑联系。

一、《文心雕龙》批评方法的统一性

当我们谈到《文心雕龙》批评方法的统一性时，是指《文心雕龙》是否有涵容或整体统摄众多批评方法的特性，众多批评方法是否有相似性或共同的源头。又或者说，这些批评方法是否具有时代或作者本人的个人特色，从而与其他作品能够区分。

批评方法的统一性类似《周易》或《老子》中的"道"，前文曾经提到，"道"在《周易》《老子》等先秦著作中指宇宙本原，具有核心、本质的内涵。值得注意的是，"道"具有"总"与"一"的特点，与"总"对应的是"分"，与"一"对应的是"多"，据此，"道"就具有两个方面的内涵，它既是统摄万物的纲领和原则，同时也是万物产生的本原和源头。刘勰批评方法的统一性，也同样既是统摄众多方法的纲领与原则，也同样是众多批评方法产生的本原和源头。

刘勰批评方法的统一性是刘勰二元论的言说方式。在儒家经典典籍《周易》中，二元论是"道"成立的基础，《系辞上传》云："一阴一阳之谓道。继之者善也，成之者性也。仁者见之谓之仁，知者见之谓之知，百姓日用而不知，故君子之道鲜矣。显诸仁，藏诸用，鼓万物而不与圣人同忧。盛德大业至矣哉！"[1]"阴""阳"是《周易》成书的基本符号，在古人的思维方式里也是代表着宇宙本原的基本符号。通过《系辞上传》的这一段描述可以较为清晰地看出，阴阳之间的二元矛盾变化就是"道"，通过"道"得以开创万物，"道"潜藏于日用万物之中，而能够发现"道"的规律并顺应它的便是圣人和仁人。

《周易》中"道"的统摄性不仅表现在日用万物之中，同样也表现在由"道"而生的、无穷尽的变化之中，这就是"道"的孳生性。《周易》以阴爻、阳爻为基本符号，从二元对立的阴阳中演变出六爻、六十四卦，乃至卦象所演变出复杂万象的卦爻辞，并能够适用于天象、人事等言说方式，成为影响古人的一种重要的思维模式。《系辞上传》亦言："夫《易》广矣大矣！以言乎远则不御，以言乎迩则静而正，以言乎天地之间则备矣。"[2]说明《易》所代表的"道"具有广大深远，且变化无穷尽的特征。

---

[1]　黄寿祺、张善文：《周易译注》，上海古籍出版社2007年版，第381页。
[2]　黄寿祺、张善文：《周易译注》，上海古籍出版社2007年版，第383页。

《老子》中，二元论的言说方式是成书的鲜明特色。《周易》与《老子》二元论的言说方式，既是"道"所产生的源头，也是道所发展变化的原因，更具有"相济""调和"的特征。它生于二元论思维，同时类似黑格尔"正反合"的思维方式，可以说是中国传统文论中的元思维方式。本书认为，刘勰批评方法的统一性，是刘勰二元论的言说方式。《文心雕龙》批评方法的统一性，既是刘勰在"道"的意识下所产生的产物，也受到了言说方式的影响。

《文心雕龙》中，刘勰也具有道和术的意识。元人钱惟善在《〈文心雕龙〉序》中，虽然对刘勰所使用的骈文文体颇感不满，但是从他对此书的描述中，也能从侧面反映出《文心雕龙》试图有一个"道"的网络："《六经》，圣人载道之书，垂统万世，折衷百氏者也。与天地同其大，与日月同其明，亘宇宙相为无穷而莫能限量；虽后有作者，弗可尚已。自孔子没，由汉以降，老佛之说兴，学者日趋于异端，圣人之道不行，而天地之大，日月之明，固自若也。当二家滥觞横流之际，孰能排而斥之？苟知以道为原，以经为宗，以圣为征，而立言著书，其亦庶几可取乎？呜呼！此《文心雕龙》所由述也。……自二卷以至十卷，其立论井井有条不紊，文虽靡而说正，其指不谬于圣人，要皆有所折衷，莫非《六经》之绪余尔。"①自《文心雕龙》原文可见，经书对于文章而言，乃具有"文之道"这一原则性的内涵。同样"道"也是产生一切的源头，这在《原道》篇刘勰对文学的溯源中可以察见。

《文心雕龙》以骈文写成，骈文的言说方式受到自然二元对立的启发，与中国传统思维方式联系紧密，"造化赋形，支体必双，神理为用，事不孤立"②是刘勰对骈文来源的阐解。有学者指出，刘勰对骈文的论述的思想渊源"一方面与老庄的自然之道有密切关系，另一方面与中国古代传统哲学思维方式——二元对应思维以及传统艺术思维方式也

① 钱惟善：《〈文心雕龙〉序》，《〈文心雕龙〉资料丛书》，学苑出版社 2004 年版，第 155-158 页。
② 范文澜：《文心雕龙注》，人民文学出版社 1958 年版，第 588 页。

是密不可分的"①，二元对立、体植必两不仅是传自《周易》和《老子》这种儒道结合的哲学思维方式，同时也潜移默化地影响着人们的语言思维和艺术思维方式，由此产生了对仗的民谣歌谣，与文学作品中追求对称之美的骈体文。范文澜先生评论说："原丽辞之起，出于人心之能联想。既思'云从龙'，类及'风从虎'，此正对也。既想'西伯幽而演《易》'，类及'周旦显而制《礼》'，此反对也。正反虽殊，其由于联想一也。古人传学，多凭口耳；事理同异，取类相从；记忆匪艰，讽诵易熟。此经典之文，所以多用丽语也。凡欲明意，必举事证；一证未足，再举而成；且少既嫌孤，繁亦苦赘；二句相扶，数折其中。昔孔子传《易》，特制《文》《系》，语皆骈偶，意殆在斯。又人之发言，好趋均平；短长悬殊，不便唇舌；故求字句之齐整，非必待于偶对，而偶对之成，常足以齐整字句。魏、晋以前篇章，骈句俪语，辐辏不绝者，此也。"②也有学者认为："无论是刘勰博大精深的文学理论思想，还是其'擘肌分理，唯务折衷'的文学批评，都寓于骈文这一相对稳固的、美的整体构建形式之中。"③因此，刘勰选择以骈文写成《文心雕龙》，其言说方式也促使刘勰在行文时采取二元论的思维方式。

二、《文心雕龙》批评方法的多样性

与西方文论对批评方法的清晰界定不同，中国古代文论批评方法通常呈现出零散化、意象化与多样化的特点。许多文学批评方法的雏形来自只言片语的哲学思维方式，逐渐演化至文学批评之中，这使文论批评方法呈现出零散化的表达态势。例如"知人论世"的批评方法来自《孟子·万章下》："颂其诗，读其书，不知其人，可乎？是以论其世也，

①　于景祥：《〈文心雕龙〉的骈文理论和实践》，中华书局 2017 年版，第 3 页。
②　范文澜：《文心雕龙注》，人民文学出版社 1958 年版，第 590 页。
③　王毓红：《言者我也：〈文心雕龙〉批评话语分析》，商务印书馆 2011 年版，第 9 页。

是尚友也。"①原文内容围绕着"尚友"进行言说，孟子主张除通过了解诗歌的内容之外，也要了解作者本人的思想与生平，才能达到与古人为友、深入了解其思想的目的。原文并没有将"知人论世"作为一种特定的批评方法，也没有对此多加阐释。在原文中围绕着"知人论世"的尚友话题逐步延伸到文论批评之中，就变成了一种固有的批评方法，与魏晋时期才性论结合起来，使人们在鉴赏批评某一作品时，注重将知人和论世结合起来，在时代背景下深入了解作品的文本内容。

此外，受到诗性言说方式的影响，对于批评方法，文论家也往往使用片段式、意象式的表达，使批评方法难成体系，也往往并无特定的流派予以传承，甚至并没有一个固定的名称，因此其定名也往往呈现出多样化的趋势。例如张伯伟在论"意象批评"法时，称："前人已经指出，但称谓不同。或为'比喻的品题'，或为'象征的批评'，或为'意象喻示'，或为'形象性概念'，或为'形象批评'。"②古代文论批评方法具有的零散化、意象化与多样化的特点，也同样影响着《文心雕龙》的批评方法，在古代文论诗性表达的时代氛围之中，刘勰也不能完全免俗。虽然《文心雕龙》也常有散见于各处的零散方法，但从整体来说，刘勰对全书的行文方式有极为清晰的认知与严密的构思，并对具体方法给予极大的重视与最大程度的系统化，这一切都在《序志》篇中明白地展示出来：

> 盖《文心》之作也，本乎道，师乎圣，体乎经，酌乎纬，变乎骚，文之枢纽，亦云极矣。若乃论文叙笔，则囿别区分，原始以表末，释名以章义，选文以定篇，敷理以举统，上篇以上，纲领明矣。至于割情析采，笼圈条贯，摛神性，图风势，苞会通，阅声

---

① （清）焦循撰，沈文倬点校：《孟子正义》，中华书局 2018 年版，第 780 页。

② 张伯伟：《中国古代文学批评方法研究》，中华书局 2002 年版，第 196 页。

字，崇替于《时序》，褒贬于《才略》，怊怅于《知音》，耿介于《程
器》，长怀《序志》，以驭群篇，下篇以下，毛目显矣。位理定名，
彰乎《大易》之数，其为文用，四十九篇而已。①

在刘勰严密的行文逻辑里，《文心雕龙》分为上篇和下篇两个部分。上
篇论文之纲领，除文之枢纽的五篇外，皆为文体论，详细地介绍了各文
体的历史发展、文体特点与使用文体的关键；下篇则是通过各种不同的
角度，剖析文章的情理，研究文章的辞采，既涉及创作论，也涉及批评
鉴赏论，最后以《序志》篇驾驭群篇，进行首尾圆合的收尾。因此，本
书也将以刘勰的行文布局为依据，以上篇、下篇、整体来分论《文心雕
龙》的众多批评方法。

上篇专门论述文体论的篇目中，刘勰遵循严密的行文逻辑，即"原
始以表末，释名以章义，选文以定篇，敷理以举统"，所谓"原始以表
末"，是在论述文体时探究该文体的来源，并叙述它的历史发展流变过
程；所谓"释名以章义"，是通过对文体名称的字义理解，来阐明它的
本来意义；所谓"选文以定篇"，是指选择某一文体最具代表性的作品，
以此来探查该文体的流变历程和文体特征；所谓"敷理以举统"，是通
过陈述文体的创作原理，来总结该文体的创作规律。四者既可单独形成
一种批评方法，亦可以合起来形成对单一文体的整体研究，《文心雕龙》
自《明诗》至《书记》的二十篇文体论，都是以这样的行文方法写就的。

值得注意的是，刘勰在二十篇文体论的具体写作过程中，常常是以
"释名章义""原始表末""选文定篇""敷理举统"的顺序进行的，例如
《乐府》篇开头则言"乐府者，'声依永，律和声'也"②，为乐府这一文
体先进行释名，再论述其溯源与发展历程。二十篇文体论中皆是如此。
但在《序志》中，刘勰则将"原始以表末"放在首位，总领文体论批评方

---

① 范文澜：《文心雕龙注》，人民文学出版社1958年版，第727页。
② 范文澜：《文心雕龙注》，人民文学出版社1958年版，第101页。

法之首。细究原因，或许有三：第一，虽然"释名章义"放在文前，有
开篇提名之妙，但"原始表末"地位更为重要，也是"选文定篇"的载体
和"敷理举统"的基础，所以刘勰将"原始以表末"放在首位来谈；第二，
从"文之枢纽"的行文构架来看，刘勰原道、征圣和宗经的整体脉络即
遵循了原"道"、原"始"的路径，因此"原始以表末"的批评方法同样也
可以看作"文之枢纽"的一种具体展现，相比较于其他三种批评方法更
重要；第三，在首篇文体论《明诗》篇中，刘勰提到"故铺观列代，而情
变之数可监；撮举同异，而纲领之要可明矣"，"铺观列代"就是溯源
法，"撮举同异"法适用于通过溯源、以史的梳理方式对文体进行爬梳
之后，再通过对比各阶段同异之处，进而得到文体的创作规律。举列来
说，在《明诗》篇中，刘勰通过溯源法的使用，认识到诗各阶段具有不
同的特点，"四言正体，则雅润为本；五言流调，则清丽居宗"①。"撮
举同异"虽然也是一种批评方法，但也是在溯源的基础之上方能明其纲
领的，所以"原始以表末"也是对二十篇文体论中"铺观列代"重要性的
呼应。

因此，虽然在上部二十五篇中有诸多刘勰也明文点出的批评方法，
如"释名"法、"选文"法、"举统"法和"撮举同异"法等，但"文之枢纽"
与二十篇文体论中，刘勰核心的使用方法仍然是"铺观列代"法、"原始
表末"法，它们称呼不一，但本质上都是本书所要阐述的溯源法。前文
亦曾例证，"文之枢纽"中，刘勰对文学的起源进行溯源，提高了文学
的地位，溯源法为整部《文心雕龙》的构架打下了坚实的基础，也为《文
心雕龙》的创作意旨铺就了底色。它既是刘勰对文体论进行研究的主要
批评方法，也是能适用于其他文体研究的批评方法，更是刘勰构架《文
心雕龙》的主要批评方法，此外，它还是中国传统文论中一种颇为基础
的批评方法。因此，本书将"溯源法"作为三大批评方法之首，于第二
章进行论述，在论述过程中，亦将"释名""选文""举统""撮举同异"等

---

① 范文澜：《文心雕龙注》，人民文学出版社 1958 年版，第 67 页。

法含括其中。

下篇分门论述鉴赏论、创作论、才性论等其他的文学问题时，也有一些刘勰在文中明确提出的批评方法，例如创作过程中的"虚静"法、"博练"法、"博见"法（《神思》篇），论文学风格的"八体"法（《体性》篇），论文章裁剪的"三准"法（《镕裁》篇），论字句选择的"四择"法（《练字》篇），以及论文学鉴赏的"六观"法（《知音》篇）等，都可以算作具体的批评方法，亦能应用于具体实践，现简要进行说明。

"虚静"法出自《神思》篇"是以陶钧文思，贵在虚静"①一语中，"虚静"是创作初期的方法，试图通过自我意识上的去除和清扫，整理出一个虚空、可以容纳外物的空间，进而顺利展开创作。"博练"法出自同篇"难易虽殊，并资博练"②一句，"博见"法出自同篇"然则博见为馈贫之粮，贯一为拯乱之药"③一语，主张创作应当多加练习、多加阅读。"八体"法出自《体性》篇，论文体风格，刘勰认为文章风格总体可归纳为"典雅""远奥""精约""显附""繁缛""壮丽""新奇""轻靡"这八种风格，照此学习，"文辞根叶，苑囿其中"④。《镕裁》篇中论文章修剪，也提出"三准"法："履端于始，则设情以位体；举正于中，则酌事以取类；归余于终，则撮辞以举要。"⑤《练字》篇谈到字句提炼，主张"四择"法："一避诡异，二省联边，三权重出，四调单复。"⑥刘勰在《知音》篇中提出具体的鉴赏批评需从六个方面入手，因此成为"六观"法。观位体，是看作者对文章体裁的选用是否恰当，要根据作者所要表达的思想感情来确定相应的文体。观置辞，是看作品语言方面的特点。观通变，是将作品放在历史的坐标轴上，看作品在表现手法上对前人有

---

① 范文澜：《文心雕龙注》，人民文学出版社 1958 年版，第 493 页。
② 范文澜：《文心雕龙注》，人民文学出版社 1958 年版，第 494 页。
③ 范文澜：《文心雕龙注》，人民文学出版社 1958 年版，第 495 页。
④ 范文澜：《文心雕龙注》，人民文学出版社 1958 年版，第 505 页。
⑤ 范文澜：《文心雕龙注》，人民文学出版社 1958 年版，第 543 页。
⑥ 范文澜：《文心雕龙注》，人民文学出版社 1958 年版，第 624 页。

无继承与创新。观奇正，是看作品在奇异和正常、新奇与雅正等风格上面是否和谐统一，处理得当。观事义，是看文章中能否举出与论点相似的事例或者援引历史典故进行论证。观宫商，是看语言的音律美，也就是在诗赋与骈文中，词句的音律韵调是否和谐，朗朗上口。

通过梳理《文心雕龙》下部二十四篇（除掉《序志》篇）这些细碎的批评方法，本书注意到，刘勰在论批评鉴赏和创作时，都反复强调"博"，或"博见"，或"博观"，或"博练"，"博"之一字恰好能准确地概括出刘勰对于批评鉴赏与创作的整体要求。"博观"在于视野之扩展、空间之扩大，"虚静"法涉及创作过程中创作空间的扩展，"博见"法则侧重于学识的积累，"八体"法侧重对文学风格进行整体的了解与视野的完备，"六观"法也同样关注于批评鉴赏时视角的周全；"博练"强调重视文术、勤练文术，其中"三准"法或"四择"法也是具体对文术的要求。因此，在《文心雕龙》下篇中，或可统一将大部分较零散的批评方法列入博观法中进行讨论。据此，本书在"溯源法"之后，将"博观法"列为第二大批评方法，亦将"虚静"法、"六观"法等方法囊括其中。

除了《文心雕龙》中经由刘勰之笔明确提出的这些批评方法之外，还有一些刘勰并未明确提及、但在整体行文中可以察见的批评方法也需要我们关注，其中最重要的就是折衷法和"以少总多"法。

折衷法出自《序志》篇："同之与异，不屑古今，擘肌分理，唯务折衷。"① "折中"是中国古代的传统思维与基本原则，折衷法又具有极大的灵活性与内涵，从宏观的理论构建到具体的实践问题，都有所反映。"以少总多"出自《物色》篇"并以少总多，情貌无遗矣"②，有学者认为，"以少总多"说并非只是中国古代文论的一个方法论命题，而具有基元性质与本体论意义。③ "以少总多"说是一个具有中国传统特色和诗性

---

① 范文澜：《文心雕龙注》，人民文学出版社 1958 年版，第 727 页。
② 范文澜：《文心雕龙注》，人民文学出版社 1958 年版，第 694 页。
③ 曹顺庆、李清良、傅勇林、李思屈：《中国古代文论话语》，巴蜀书社 2001 年版，第 156-157 页。

智慧的历史概念，其思维方式源于《周易》，并具有"道"的性质。在《文心雕龙》中最能代表"以少总多"方法的是《总术》篇中"乘一总万，举要治繁"一句，也最能代表刘勰"道""术"之间的有机统一。

除了"以少总多"法之外，《文心雕龙》的行文中也使用了少量的意象批评法。意象批评法是中国古代文学批评中"一种颇为流行的……遍涉古代的诗歌、散文、戏曲以及书法、绘画批评"①的方法，是用具体的意象来比喻抽象的概念，在人物品评的汉魏六朝多为常见，如锺嵘《诗品》使用意象批评法较多。在《文心雕龙》中，限于骈文体裁上的对仗与字数限制，意象批评方法并没有以"如……""似……"这样的句式进行展开，但在某些句式中，也可见到类似于意象批评的影子，例如品评作者的《才略》篇云："张衡通赡，蔡邕精雅，文史彬彬，隔世相望。是则竹柏异心而同贞，金玉殊质而皆宝也。"②但整体来说，意象批评在《文心雕龙》中并不常见，亦并非主要的批评方法，因此本书并不列入讨论。又如弥纶法，"弥纶"一词出自《序志》篇："夫铨序一文为易，弥纶群言为难。"③"弥纶群言"是后人对《文心雕龙》"体大虑周"之特点的评价，弥纶法即刘勰试图使《文心雕龙》广博涵容的方法，与博观法类似，因此用以博观法作为代替。

通过梳理众多批评方法可以看出，《文心雕龙》中批评方法众多，除刘勰所言明的批评方法之外，亦有许多批评方法是中国古代文论批评方法的流行方法与惯有思维模式。

三、《文心雕龙》批评方法的逻辑关联

通过对刘勰批评方法"秉持一道"的统一性和"善兼众术"的多样性进行论述之后，有必要进一步解释一下本书为什么选择溯源法、博观法和折衷法作为主要的三种批评方法，并分章论述。上文提到，溯源法是

① 张伯伟：《中国古代文学批评方法研究》，中华书局2002年版，第194页。
② 范文澜：《文心雕龙注》，人民文学出版社1958年版，第699页。
③ 范文澜：《文心雕龙注》，人民文学出版社1958年版，第727页。

《文心雕龙》上篇"文之枢纽"和二十篇文体论的主要批评方法，同时也出现在下篇如《时序》篇等章节之中；博观法是《文心雕龙》下篇批评鉴赏论的主要批评方法，同时也被刘勰广泛应用于《文心雕龙》的行文构架之中，折衷法更是作为统摄众术之方法，广泛应用于《文心雕龙》全书之中。

　　之所以选择溯源法、博观法和折衷法作为最主要的三种批评方法来分章论述，原因有二：第一，溯源法、博观法和折衷法都是通过《文心雕龙》的具体文本摘取而来，也是刘勰在文中明确提及、反复使用的批评方法，无论是作为刘勰行文所使用的批评方法，或者是刘勰提出可以具体实践的批评方法，溯源法、博观法和折衷法都是《文心雕龙》中极为重要的三种批评方法，并在文中得到了广泛、大量的运用。第二，通过前文论述可知，作为文体论中最重要的批评方法，溯源法可以涵容一些细碎的批评方法，例如"释名""选文""举统""撮举同异"等方法，作为鉴赏批评和创作论中最重要的批评方法，博观法可以涵容"虚静"法、"六观"法等较为零碎的批评方法，而折衷法则更具有"道"层面的内涵，含括了全书中的对立概念与二元矛盾。因此，这三种批评方法本身可以看做"道"（文章的本质、规律）与"术"（具体批评方法）的有机统一，这三大批评方法本身除了具有极强、极广的涵摄力之外，其深刻的内涵也赋予了中国传统文论以一定的理论深度。这是本书以这三种批评方法作为主体论述的主要原因。

　　本书亦有必要对三大批评方法的顺序与它们之间的逻辑关系进行进一步的阐释。随后三章将按照溯源法、博观法和折衷法的顺序进行分章论述，这一顺序亦有所考量。按照刘勰《序志》篇中对行文的考量来看，溯源法主要应用于文体论，博观法主要应用于批评鉴赏论和创作论，因此仿照刘勰的行文顺序，也将溯源法放置于博观法之前，而折衷法是统摄全书的批评方法，其二元论基础与尚中、尚正思想为全书宗经的立论奠定了底色，也对刘勰"文之枢纽"的开篇形成呼应，放置于最后能构建出首尾圆合之态，因此本书按照溯源法、博观法和折衷法的顺序进行论说。

本书试图以一种意象化的言说方式来阐述三大批评方法的特色、内容和关系。如果说溯源法是一条以时间为节点的轴线，那么博观法则如一个追求无限扩张的满圆，折衷法可以看做一个圆形的圆心。

溯源法就像一条由古至今梳理开来的轴线，以时间为线索，以始、终作为首尾来梳理某一现象的发展过程是溯源法最鲜明的特点，史的意识也是它区别于其他批评方法的显著特征。一般来说，它遵循时间的发展线索进行演进，因此最适用于文体论的单篇论述之中，或关于历史发展的推演中。在《文心雕龙》中，刘勰既将这种批评方法应用于文学本质的溯源上，并借此立论，同时也将它广泛应用于二十篇文体论和涉及发展演变的《时序》《通变》等篇，以通过溯源总结文体特征和文学发展规律，"原始以要终，虽百世可知也"①。在这条轴线上，人们可以自始推终、由终溯源，原始要终又首尾圆合地观察问题，在这条轴线的带领下，人们以史的视角爬梳文体的发展规律，以形成历史性的发展的认识。第三章将从溯源法的释名、具体形态与应用和主轴意识入手，探寻溯源法的内涵。

与溯源法的线性特征不同，博观法就像一个追求无限扩张的满圆。追求空间的扩大和视角的周备是博观法的主要特征，博观法侧重于圆形面积的扩张。在这个满圆里，人们穷尽四方古今之空间，力求广阔周全的批评视野和丰富无遗的创作储备，以圆之视角进行观照，以周备的视野展开创作和文学鉴赏。不论是追求丰富的创作储备，还是对批评对象进行圆形的观照视角，博观法都适用于批评鉴赏和创作论中。第四章将从视角的周备和空间的扩张角度入手，通过对博观法的释名、创作论中的博观、批评鉴赏论中的博观进行分析，阐释博观法的内涵。

如果说溯源法是一条以时间为节点的轴线，博观法像一个追求无限扩张的满圆，那么折衷法可以看做一个圆形的圆心。之所以将折衷法比

---

① 范文澜：《文心雕龙注》，人民文学出版社 1958 年版，第 675 页。

喻为圆心，原因有三：第一，从数学概念来说，圆心是一个圆形的中心点，它始终在一个圆形直径的中间点上，由它割分出两个半径。圆形是由无数个点组成的，由圆心组成的圆形直径的两端，仿佛是折衷法中的一对对立矛盾，而折衷法最本初的含义便是在矛盾的对立双方之间取一个折中点。因此，在第四五开始，我们首先将要论述折衷法的尚中思维。第二，从圆形的数学特征来看，不论圆形的面积如何扩张，圆心始终是稳定不变的。《文心雕龙》的折衷法亦并非全然地在一对对立矛盾中取中间点进行折衷调和，而是具有尚"正"崇"经"的不变的中心点。第三，圆形不同于直线，它具有涵容性和空间性，折衷法虽然具有不变的圆心，但也在具体实践中具有相当大的灵活性和容纳众术的涵摄力。基于这三个原因，本书将折衷法比喻成一个圆形之中的圆心。

三大批评方法之间相互涵容、相互调和。例如溯源法虽然是一种线性的梳理方式，但它的开始与终点，也正是古今这一对对立矛盾，刘勰以溯源法立论的同时，也运用了折衷法，既具有崇古宗经的不变立论，同时也积极吸收今人文章之精华，也表现出"执正以驭奇"的特征；又例如，以线性的时间线索进行溯源推崇原道宗经，对齐梁时期的文风而言，同样也是打开视角的一种博观法；又例如，折衷法所强调的不偏重于一端，也就是不蔽于一端，也同样在方法论上强调对两端都有所了解，并加以调和折衷，也是一种与"东向而望，不见西墙"相反的博观视角。

综上，通过分析《文心雕龙》批评方法的统一性与多样性，可以看出刘勰既具有"秉持一道"的意识，同时也有"善兼众术"的多种批评方法，本书捻出其中最具代表性、最具涵摄性和使用最频繁的三种批评方法，分为专章论述。以"通"为关键词，此后三章将以古今贯通之溯源法、圆照博通之博观法和执正兼通之折衷法为顺序，逐一进行阐解。

第三章　古今贯通：溯源法

"贯"本义为古代串钱的绳索，《说文解字》："贯，钱贝之贯，从母贝。"①《史记·平准书》："京师之钱累巨万，贯朽而不可校。"②绳索是线性物体，"贯"又指穿连，《离骚》："擥木根以结茝兮，贯薜荔之落蕊。"③"贯"字有串连两端之意，也指将散落物体串联成为一个整体，引申为贯通、知晓的意思，《后汉书·张衡传》："遂通五经，贯六艺。"④"贯""通"互文，《汉书·司马迁传》："亦其涉猎者广博，贯通经传，驰骋古今，上下数千载间，斯以勤矣。"⑤"溯"意为逆流而上，常与"洄"连用。《诗·秦风·蒹葭》："溯洄从之，道阻且长。"⑥"源"指事物最初形成的地方，《说文》："原（源），水本也。"⑦因此，溯源是一个与水有关的词汇，含义是往上游探寻水流的源头。

作为文学批评方法的"溯源"法具有"史"的意识，有学者认为，溯源法是"从历史意识出发对文学现象进行史的回溯，以形成历史性的发

---

① （汉）许慎：《说文解字》（附检字），中华书局 1963 年版，第 142 页。
② （汉）司马迁撰：《史记》卷三〇，中华书局 1982 年版，第 1420 页。
③ （宋）朱熹：《楚辞集注》，上海古籍出版社 1979 年版，第 8 页。
④ （宋）范晔撰，（唐）李贤等注：《后汉书》卷五九，中华书局 1965 年版，第 1897 页。
⑤ （汉）班固：《汉书》卷六二，中华书局 2015 年版，第 2737 页。
⑥ 高亨注：《诗经今注》，上海古籍出版社 1980 年版，第 168 页。
⑦ （汉）许慎撰，（清）段玉裁注：《说文解字注》（第二版），上海古籍出版社 1988 年版，第 569 页。

展的认识"①，这一定义是相当准确的。溯源的目的是勾连古今，溯源法主要通过回溯某一文学现象的起源、发展与终结，贯通首尾，侧重于从这一发展过程中获取某些规律性的定论，并用于指导实践。老子论道说："能知古始，是谓道纪。"②"不出户，知天下；不窥牖，见天道"③，王弼注曰："道有大常，理有大致。执古之道，可以御今；虽处于今，可以知古始。"④梳理某一现象的发展过程是这一批评方法最鲜明的特点，也是与其他批评方法相区分的特色，通过贯通首尾以获得某种得以广泛适用的文学准则是溯源法的目的。本章共有三节，第一节通过探讨溯源法产生的背景，为"溯源法"释名。第二、三节从具体形态和主轴意识来分析溯源法的内涵。

第一节　溯源法的释名彰义

文学直至魏晋才获得独立地位，但文学理论的批评方法早已萌蘖于先秦哲学思维与历史意识之中。《周易》"原始反终"的哲学思维显示出原始生民初级思维中的始终与循环、继承与变化的线性模式。这种线性模式由先民对时间的觉知衍生而来，使先民于春夏秋冬、日夜更替的循环模式中察觉自然规律。《周易》所展现的就是先民通过探究事物始终、进而总结规律的思维方式进一步演化到人事上的过程。如果说《周易》侧重于观察事情始终进而探究规律，那么《庄子》则相对于周易更前

---

① 刘明今：《中国古代文学理论体系：方法论》，复旦大学出版社2000年版，第48页。
② （魏）王弼注，楼宇烈校释：《老子道德经注校释》，中华书局2008年版，第32页。
③ （魏）王弼注，楼宇烈校释：《老子道德经注校释》，中华书局2008年版，第126页。
④ （魏）王弼注，楼宇烈校释：《老子道德经注校释》，中华书局2008年版，第126页。

进了一步，对时间的理解不再是循环始终的模式，而是由一到多的思维方式。《史记》的史学思维更明显脱离了对万物的观察，而着重观人事的盛衰，其目的是通过观旧史之盛衰，寻求历史特定的发展规律。

一、《周易》：原始反终

《周易》"原始反终"的哲学思维建立在古人对天地万物循环往复的自然观察中。有学者研究认为，这一思维方式的形成与古人记录农事、观测天象的行为有关。我国文明发源自四季分明的黄河流域，素以农业立国，古人观察自然，形成春耕、夏种、秋收、冬藏的劳动方式，并由此产生循环往复、终而复始的思维模式。[1] 而《易经》首次以明确的文字形式表现了出来，此后邹衍"五德始终"说，汉代董仲舒"三统""三正""文质"说等都是这一思维方式的延续。在万物循环周始的自然观构建下，"原始反终"的哲学思维立足于事物完整的发展历程，通过对这一历程进行梳理，归纳出一定的方法或道理。现将从《系辞传》和《易经》卦爻两方面进一步论述其内涵。

"原始反终"一词来源于《周易·系辞传上》：

> 原始反终，故知死生之说；精气为物，游魂为变，是故知鬼神之情状。[2]

《系辞传》是对《易经》卦象的阐发。本句第一句中，"原"指推原、推测，"反"指反求、求索，意思是推原生命的起点，反求生命的终点，观察这两个方面，就能推测出生死之规律。古人认为"气"是产生和构成世间生命的基本元素，"精气"是事物开始凝聚形成的开始状态，"游

---

① 张岱年，成中英：《中国思维偏向》，中国社会科学出版社1991年版，第102-104页。

② 黄寿祺、张善文：《周易译注》，上海古籍出版社2007年版，第379页。

魂"则为物体离散变异、消亡变化的状态。朱熹《正义》云："精气为物者，谓阴阳精灵之气，氤氲积聚而为万物也。游魂为变者，物既积聚，极则分散，将散之时，浮游精魂，去离物形，而为改变；则生变为死，成变为败，或未死之间变为异类也。"①因此，下句旨在进一步阐释这一道理，认为考察一个物体从凝聚形成乃至变化离散的状态，亦能推断出某种规律。先人观察世界万物，认识到生命在时间上具有生与死、始与化（或变）两种形态，从这种时间上的衍变来看，《周易》提出要再三观测其由生至死、由始至终的进程，进而从中获取某种规律。《周易·系辞下》又将这种意识落实到方法论上，称之为"彰往而察来"，其实质内涵与"原始反终"并无二致。

再来看《易经》。《易经》中有两种卦内比象的组合方式，一类是取同一形象变化而形成的，一类是由完全不同的卦象配合而成②。如乾坤二卦中，乾卦以龙的形象一以贯之，而坤卦则由雌马、冰霜、囊口、黄裳和龙等诸多形象共同组成卦义。在探寻"原始反终"思维方式时，首先需要注意的是这类以同一形象变化形成的卦类。试举《乾》《井》和《渐》这三卦为例：

《乾》卦（☰）是《易经》第一卦，象征着"天"与"阳气"，全卦以龙的形象贯穿始终：

初九，潜龙勿用。

九二，见龙在田，利见大人。

九三，君子终日乾乾，夕惕若，厉无咎。

九四，或跃在渊，无咎。

九五，飞龙在天，利见大人。

---

① 黄寿祺、张善文：《周易译注》，上海古籍出版社 2007 年版，第 380 页。

② 陆海明：《中国文学批评方法探源》，中国社会科学出版社 1994 年版，第 24 页。

上九，亢龙有悔。①

本卦以龙为主要意象，实则以龙喻天与人。古人通过对自然的密切观察，认为"天"的本质是循环往复的阳气充盈而成，《象传》："大哉乾元！万物资始，乃统天。云行雨施，品物流行。大明终始，六位时成，时乘六龙以御天。乾道变化，各正性命，保合太和，乃利贞。首出庶物，万国咸宁。"②将此卦的内容与春夏秋冬的"万物资始""品物流形""大明终始""各正性命"等场景结合起来。在"天人合一"思维模式的影响下，③ 本卦又以天地刚健之特质比喻君子之美德，以龙之形态境遇比拟君子的处世变化，《文言传》将这一过程与君子的行为相对应，解释为君子保持阳刚正气而勤勉努力，身处低位时不自暴自弃，即孔子所言的"无德而隐者"，"不易乎世，不成乎名；遁世无闷，不见是而无闷；乐则行之，忧则违心，确乎其不可拔"④，便可静待境遇转佳，最终同类相应，腾跃而上。

本卦以"龙"为物象，展示出一幅有"始"有"终"的图景：龙以潜伏之状为始，以腾跃在空为终，暗喻君子从穷困低位逐步走向通达高位的过程。由下而上的爻辞显示，龙在"初九"的状态时潜于低位，比喻君子在时机未到之时耐心等候，隐忍待发；"九二"龙逐渐于田野中初展头角，比喻君子将有飞腾之机；"九三"虽未直言物象"龙"，但直言君子日夜警惕地修身明道，因此面临危害也能保全自身。"九四"龙或腾跃而上，或退守在渊，比喻君子在艰难的境遇中可动也可不动；"九

———————————

① 《易经》六十四卦，每卦各由六爻组成，自下而上，名为"初""二""三""四""五""上"，阳为"九"，阴为"六"。六爻由下而上的排列，古人也引为事物由低至高的发展。

② 黄寿祺、张善文：《周易译注》，上海古籍出版社2007年版，第4页。

③ 《说卦传》："昔者圣人之作易也，将以顺性命之理，是以立天之道曰阴与阳，立地之道曰柔与刚，立人之道曰仁与义。兼三才而两之，故易六画而成卦。分阴分阳，迭用柔刚，故易六位而成章。"

④ 黄寿祺、张善文：《周易译注》，上海古籍出版社2007年版，第7-8页。

龙的图腾

五"龙高飞于天，比喻君子终于有所成就；"上九"指巨龙飞跃极高之地，终将有所悔恨，比喻事物总有盛极而衰、君子亦有遭受挫折之时。全卦在状态上一以贯之，清晰明朗，而"上九"表现出事物发展盛极必衰、循环往复之态，又将"终"连续上了"始"，形成了闭环。

《乾》卦展示了有"始"有"终"的发展过程，也蕴含着"原始反终"以认识"变化"之意。"原始反终"则意味着追溯开始，返回终点，在"变化"与"发展"中来回逡巡探索的动态过程，它的目的是通过探寻"始""终"之间的变化发展以形成规律或者方法。当我们探寻《乾》卦本身"始"乃至"终"的目的时，可以看出，本卦虽以"龙"为物象，展示的是君子居于低位后逐渐发展至高位的动态过程，并且其目的是由"原始反终"进而引导人在处于低位时耐心等待、发展自身，抓住机会腾跃而上，并且注意盛极而衰的道理，这可谓通过溯源"始终"进而总结方法的思维方式。

能够通过"原始反终"进而获得事物的发展规律，这一能力也是《周易》对君子的要求。以《文言传》对《乾》卦的说明为例，《文言传》解释"九三"时说："子曰：'君子进德修业。忠信，所以进德也；修辞立其诚，所以居业也。知至至之，可与言几也；知终终之，可与存义也。'"①君子是可以和他人商讨事物发展变化的征兆，可以知道事物结束的时刻并且及时结束它的人，知道事物的始终，知道其中变化发展的规律，这也就是"知进退存亡"②的圣人所具备的能力。

因此，《乾》卦既从表面上描述了一个有始有终的动态过程，也蕴含着"原始反终"进而总结规律与方法的深刻内涵与思维方式。再举两例加以佐证。第四十八卦《井》卦（䷯）以"水井"为基本物象喻君子养德。本卦以水井无法移动的特性比喻君子的德行应当有常不变，始终不改，以水井源源不断的特点比喻君子的德行应当取之不竭，用之不尽，以水井在古代人民生活中的重要性比喻君子应当以德行泽被天下，造福众人：

> 初六，井泥不食，旧井无禽。
>
> 九二，井谷射鲋，瓮敝漏。
>
> 九三，井渫不食，为我心恻；可用汲，王明并受其福。
>
> 六四，井甃，无咎。
>
> 九五，井冽，寒泉食。
>
> 上六，井收，勿幕；有孚，元吉。③

本卦将井由"井泥不食"，不吸引禽鸟的废弃状态，比喻人处于卑下无援的境地，但君子养德，待时而发，即可境遇好转，井也逐渐开始变得洁净，井水清澈待用，到了"九五""上六"时，井水清澈，已经能够供人饮用。本卦同《乾》卦，展示出井水由废弃干枯逐渐丰盈至清澈可用的状态，描绘出一幅有始有终的图景，而"原始反终"此卦，则可以得

---

① 黄寿祺、张善文：《周易译注》，上海古籍出版社 2007 年版，第 9 页。

② 黄寿祺、张善文：《周易译注》，上海古籍出版社 2007 年版，第 14 页。

③ 黄寿祺、张善文：《周易译注》，上海古籍出版社 2007 年版，第 281-283 页。

出君子养德，在卑下柔弱之境应修养待发，终有可用之日的道理与规律。第五十三卦《渐》卦（☴☶）象征渐进，含有行事需缓的道理，指导人们行事应当逐渐前行，静止不躁，谦逊和顺，便可通达无碍：

> 初六，鸿渐于干；小子厉，有言，无咎。
> 六二，鸿渐于磐，饮食衎衎，吉。
> 九三，鸿渐于陆，夫征不复，妇孕不育，凶；利御寇。
> 六四，鸿渐于木，或得其桷，无咎。
> 九五，鸿渐于陵，妇三岁不孕；终莫之胜，吉。
> 上九，鸿渐于陆，其羽可用为仪，吉。①

本卦以"大雁"为意象，通过大雁飞行于水涯边（"鸿渐于干"）、磐石上（"渐于磐"）、小山上（"渐于陆"）、高树上（"渐于木"）、丘陵上（"渐于陵"）乃至高山之上（"渐于陆"②）的过程，比喻循序渐进，事物终将发展吉祥的道理。

最后，"原始反终"思维方式的最终目的，反映在以事物开始乃至结尾总结出来某一种规律与方法，再度指导于实践。诚如第十卦《履》卦"上九"所言："视履考祥，其旋元吉。"③本卦以"履虎尾"为意象，比喻处事小心，本爻"视履考祥"指上九处于《履》卦之终，能回顾整卦之始终，考察祸福得失之征象，这也是《周易》"原始反终"思维的反映。

二、《庄子》：古之道术

《庄子》最后一篇《天下》篇是最早讨论先秦各家学派学术的文章，

---

① 黄寿祺、张善文：《周易译注》，上海古籍出版社 2007 年版，第 311-314 页。

② 此"陆"与上一个"陆"含义并不相同，根据上下文之意，此陆乃高山，与之前的小山相区别。

③ 黄寿祺、张善文：《周易译注》，上海古籍出版社 2007 年版，第 72 页。

考证或为庄子生年至荀子生年中有儒家倾向的人所写，是"最早的一篇中国学术史"①。《天下》篇论述了"道术"与"方术"的区别，并彰显了由"道术"裂为"方术"的学术发展路径。

（一）道术与方术

"道术"与"方术"是《天下》篇中的一对重要的对立概念，对于"道术"的概念，书载：

> 古之所谓道术者，果恶乎在？曰："无乎不在。"曰："神何由降？明何由出？""圣有所生，王有所成，皆原于一。"②

"道术"具有与《老子》中"道"的相同内涵，指宇宙本原，在《天下》篇中指探讨宇宙、人生本原的最高学问，它指对宇宙进行全面性、整体性观照的学问。道术无处不在，涵容万物，使万物皆原于它。这样的形容与内涵，与《老子》之"道"和刘勰的"道"较为相似。而熟练掌握道术的人，就是"天人""神人""至人""圣人"的人格形态。四者名称有异，但皆为承载"道术"之主体。

"道"具有无所不包的内涵，"泽及百姓，明于本数，系于末度，六通四辟，大小精粗，其运无乎不在"③，"道"作为一个整体，有它彰显的方式，《天下》篇将其彰显方式归纳为《诗》《书》《礼》《乐》等著作。《诗》《书》《礼》《乐》承载着"道"不同的侧面，以其侧面反映出"道术"的存在，"《诗》以道志，《书》以道事，《礼》以道行，《乐》以道和，《易》以道阴阳，《春秋》以道名分。其数散于天下而设于中国者，百家

---

① 陈鼓应：《庄子今注今译》，商务印书馆 2007 年版，第 979 页。

② （清）郭庆藩撰，王孝鱼点校：《庄子集释》，中华书局 2012 年版，第 1060 页。

③ （清）郭庆藩撰，王孝鱼点校：《庄子集释》，中华书局 2012 年版，第 1062 页。

之学时或称而道之"①。"方术"与"道术"相对，指各家各派的学问。与"道术"的整体性观照相比，"方术"侧重于局限于各派之中的学术观点。林希逸《南华真经口义》："方术，学术也。"②蒋锡昌《庄子哲学》："'方术'者，乃庄子指曲士一察之道而言；如墨翟、宋钘、惠施、公孙龙等所治之道，是也。"③"道术"是一以贯之并"六通四辟"④，然而方术则为"一端之见"：

> 天下大乱，圣贤不明，道德不一，天下多得一察焉以自好。譬如耳目鼻口，皆有所明，不能相通。犹百家众技也，皆有所长，时有所用。虽然，不该不遍，一曲之士也。⑤

与"六通四辟"的道术相比，方术没有一以贯之的"道"之准则。天下大乱之时，"道术"隐匿，分歧顿生，正是因为"道术"没有圣贤得以彰显，天下学派多执其一端之解，欲以偏论全，混淆视听。从这段描述中，多少可见到一些刘勰论"各执一端之解，欲拟万端之变"的影子。

《天下》篇对于"道术"和"方术"的区别，尤为强调他们之间的"通"与"不通"，例如"方术"的存在数量远远多于"道术"，"道术"为一，而天下治方术者多矣，"多执一端以自耀"，"多得一察焉以自好"，"皆以其有为不可加矣"，"察"，谓察其一端而不知全体，文中强调了治方术者数量多，也颇为自傲，皆以为自身学术派别能傲然群雄，可比之道

① （清）郭庆藩撰，王孝鱼点校：《庄子集释》，中华书局 2012 年版，第 1062 页。
② （宋）林希逸著，陈红映点校：《南华真经口义》，云南人民出版社 2002 年版，第 463 页。
③ 蒋锡昌：《庄子哲学》，成都古籍书店 1988 年版，第 187 页。
④ （清）郭庆藩撰，王孝鱼点校：《庄子集释》，中华书局 2012 年版，第 1062 页。
⑤ （清）郭庆藩撰，王孝鱼点校：《庄子集释》，中华书局 2012 年版，第 1064 页。

术。然而最重要的是，治方术者多"譬如耳目鼻口，皆有所明，不能相通"，这是它与"六通四辟"的道术最显著的区别：

> 判天地之美，析万物之理，察古人之全，寡能备于天地之美，称神明之容。是故内圣外王之道，暗而不明，郁而不发，天下之人各为其所欲焉以自为方。①

因此，道术与方术最为显著的特征，在于"不该不遍，一曲之士"，治方术者割裂天地之纯美，离析万物的常理，也割裂了道术的完整性，也就无法做到整体性地观照宇宙本原，并无法对人生本原做整体性、全面性的把握，这种治理学术的方式也自然无法做到"天人""神人""至人""圣人"的境界。

（二）"道术将为天下裂"的思维方式

《天下》篇认为，学术的发展经历了一个由"道术"裂为"方术"的过程，由"一"也分裂为"多"：

> 悲夫，百家往而不反，必不合矣！后世之学者，不幸不见天地之纯，古人之大体，道术将为天下裂。②

从这里来看，文中对于道术和方术的区别，也不仅仅在于客观地描述其特征与不同，而是对于方术的出现报以悲观的态度。正因天下大乱，道术不明，才使治方术者分而立派，"裂"具有分裂之意，也具有破坏完整性的内涵。

---

① （清）郭庆藩撰，王孝鱼点校：《庄子集释》，中华书局 2012 年版，第 1064 页。

② （清）郭庆藩撰，王孝鱼点校：《庄子集释》，中华书局 2012 年版，第 1064 页。

"方术"对"道术"的分裂，具有破坏完整性的内涵。在《天下》篇中，道术也能够借由不同的侧面进行言说，例如"道"降至为人，有"天人""神人""至人""圣人"，虽名称不同，然内涵同一，但是在《天下》篇中赋予四种名称以不同的侧重点，例如"不离于宗，谓之天人。不离于精，谓之神人。不离于真，谓之至人。以天为宗，以德为本，以道为门，兆于变化，谓之圣人"①，通过这样的描述可以发现，天人、神人、至人和圣人虽然名称相同，也就是都能够体察道，但是描述他们的细微差别时，也是有的，他们既都能够代表道的一部分，也能够相互补充，成为道的内涵，同时，他们也因为是道的一部分，能溯源至道的根本，因而也能够代表道，即它们的本身也是道。但是，方术具有局部性的特点，它们"不该不遍，一曲之士"，对道术并非各自彰显其侧面的形式，而是以互相不通的特征分裂了道术的完整性。

从"百家往而不返"的论述中，可以察见《天下》篇试图由"方术"追溯至"道术"的溯源路径，也能看到由"道术"发展至"方术"的发展路径。在《天下》篇中，并没有对这种路径作出更为详尽的描述，而其中对于"方术"裂分，无法返回"道术"的哀叹，也通过"道术"与"方术"之间的区别来进行言说。

在传统易学的观念里，《周易》的卦爻对应了不同的时位，而个人在不同情势下需要顺势做出不同的行为，也均寓意着吉凶悔吝的道理。正因为《周易》所具有的这个特点，因此后世《周易》的阐解中衍生出一派专以史事为参证的义理派，俗称史事宗。此派兴于南宋。至少从这一点来看，可以看出两者具有历史的爬梳痕迹。而《庄子·天下》中对学术进行道术的追溯溯源路径，在汉代史学家司马谈的《论六家要旨》中出现过继承的痕迹，司马谈之子司马迁的《史记》也是论溯源意识必不可少的代表作品。

---

① （清）郭庆藩撰，王孝鱼点校：《庄子集释》，中华书局 2012 年版，第 1061页。

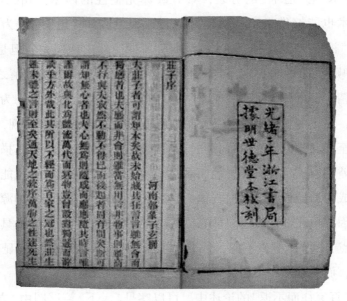

《庄子》书影

三、《史记》：原始察终

《文心雕龙·史传》形容史传的起源："乃原始要终，创为传体。传者，转也，转受经旨，以授于后。"①易学思维不仅深刻地奠定了中国古代民族思维的底色，也以它广蕴的思想内涵影响着学术与文化的方方面面，史学就在其中。史学思维受到周易思维的浸润已是共识，著名历史学家吴怀祺先生认为，史学的基本精神正构自易学"变"与"不变"的辩证统一思维，并认为："史家在这个问题上的理解深浅与差异，从根本上反映出历史见识的高下。"②

"原始察终"一词出自西汉历史家司马迁的《史记》，《史记》是中国历史上首部纪传体通史，记录了由黄帝时代至汉武帝太初四年间总共三

---

① 范文澜：《文心雕龙注》，人民文学出版社 1958 年版，第 284 页。
② 吴怀祺：《易学与史学》，中国书店 2004 年版，第 11 页。

千多年历史，为"二十四史"之首。因此，本节主要以司马迁《史记》为代表，从史学思维、易学传承、溯源方法论述"原始察终"这一思维方式的内涵、使用方式与价值。

（一）《周易》思维影响下的史学思维

远古先民从结绳记事至甲骨文等文字产生的过程中，解说与记录是出于本能的生存技巧，也是中华文明得以延续的重要前提，"史"在其中扮演着记录与解说的重要角色，西周时期即有"五史"①（大史、小史、外史、内史和御史）之载，重在管理典籍、发布告令。从"惟殷先人有册有典"②的殷代至司马迁生活的西汉，"史"始终与巫术、占卜有密切关联。在先秦史料记载中，"史"与"巫""祝"经常一起出现，有巫史、祝史、祝宗、卜史之称，如《左传·定公四年》："祝、宗、卜、史，备物、典策，官司、彝器。"③《左传·昭公十八年》："使公孙登徙大龟，使祝史徙主祏于周庙，告于先君。"④司马迁追溯自己家族起源也说："文史星历近乎卜祝之间。"⑤鲁迅也认为"史"从"巫"中脱胎发展而来，且以文字记录为主要职能，⑥这一说法也得到了后来学界的认可。可以说，史官最开始就同时兼有巫术与占卜的职能。

正因为"史"最初由"巫"的职责演化而来，最初以卜筮价值流传的《周易》也与"史"产生了关联。据吴怀祺先生总结，《易》与史官主要

---

① 《周礼·春官》："大史掌建邦之六典；小史掌邦国之志；内史掌王之八枋之法，掌书王命；外史掌书外令，掌四方之志；御史掌都鄙及万民之治令，掌四方之志。"

② 《尚书·多士》，（清）孙星衍撰，陈抗、盛冬铃点校：《尚书今古文注疏》，中华书局 1986 年版，第 429 页。

③ 杨伯峻编著：《春秋左传注》，中华书局 2009 年版，第 1536-1537 页。

④ 杨伯峻编著：《春秋左传注》，中华书局 2009 年版，第 1396 页。

⑤ 《汉书·司马迁传》，（汉）班固：《汉书》卷六二，中华书局 2015 年版，第 2732 页。

⑥ 鲁迅：《门外文谈》："原始社会里，大约先前只有巫，待到渐次进化，事情繁复了，有些事情，如祭祀，狩猎，战争……之类，渐有记住的必要，巫就只好在那本职的'降神'之外，一面也想法来记事，这就是'史'的开头。"

有：第一，史官精通《周易》是职能的需要，他们必须精通《周易》，才能承担起"巫"的职能；第二，史官通过运用《周易》，能解释历史的变化发展；第三，史官也是《周易》的体系、内容的创作者之一，他们的解说也丰富了《周易》的理论与内容。①

上文提到，《周易》"原始察终"的思维方式，实则是皆周观始终以总结出规律，并指导后世之活动，从这一点来说，"史"的内涵与《周易》成书之目的也颇有相通之处。《国语·周语》云："故天子听政，使公卿至于列士献诗，瞽献曲，史献书，师箴，瞍赋，蒙诵，百工谏，庶人传语，近臣尽规，亲戚补察，瞽史教诲，耆艾修之，而后王斟酌焉。"②由此可见，史官的职责是向天子进献有借鉴意义的史籍，与其他职能的官员一同使天子斟酌行为，进而修正，这就是"以史为鉴"的意义所在。

那么，史学又有什么与《周易》相关的思维方式呢？吴怀祺先生将《周易》的思维方式总结为以下几点：第一，"易与天地准"的思维；第二，通变思维；第三，"神无方而易无体"的思维；第四，"天下同归而殊途，一致而百虑"的思维。③从经世致用的角度而言，著史要求非空言著述，要求对事物发展富有卓见，又要能剖析规律，在复杂的发展状况中找到脉络，并用文字记录，再指导未来，这与上文《周易》的通变思维一致。司马迁著史也是在受易学思维影响的史学思维这一大背景下展开的。

（二）深受易学影响的家学渊源

司马迁在《太史公自序》中提到他的家学渊源也深受易学的影响。

---

① 参见吴怀祺：《易学与史学》，中国书店 2004 年版，第 17-19 页。

② （三国吴）韦昭注，徐元诰集解，王树民、沈长云点校：《国语集解》，中华书局 2019 年版，第 12-13 页。

③ 吴怀祺：《易学与史学》，中国书店 2004 年版，第 7-10 页。

在"司马氏世主天官"①的家族传承之下，其父司马谈"学天官于唐都，受易于杨何，习道论于黄子"②，天官即天文历法。司马谈《论六家之要旨》开头即以易经的思想统摄六家：

> 《易大传》："天下一致而百虑，同归而殊途。"夫阴阳、儒、墨、名、法、道德，此务为治者也，直所从言之异路，有省不省耳。③

从春秋战国的百家争鸣到汉武帝大一统时期，学术要求逐渐趋于贯通汇于一，司马谈不满于武帝建元、元封之间"学者之不达其意而师悖"④的学术风气，针对当时各家学派惑于所见、囿于院墙的现状，致力于从一个宏大的角度，建立一个囊括诸子的评价体系，显示出集大成的态势。在这种目的的指引下，也自然要以《周易》这一思维方式去统摄观点，这也是"成一家之言"的缘由。

因此，在《论六家之要指》中，司马谈探讨了阴阳、儒、墨、法、名和道这六家各自的优劣。因司马谈格外推崇道家，主张以道家思想为统摄，再博采众家之所长："道家使人精神专一，动合无形，赡足万物。其为术也，因阴阳之大顺，采儒墨之善，撮名法之要，与时迁移，应物变化，立俗施事，无所不宜，指约而易操，事少而功多。"⑤值得注意的是，司马谈并不是儒家的绝对拥趸，并认为儒家"主倡而臣和，主

---

① 《太史公自序》，（汉）司马迁撰：《史记》卷一百三十，中华书局 1982 年版，第 3319 页。

② 《太史公自序》，（汉）司马迁撰：《史记》卷一百三十，中华书局 1982 年版，第 3288 页。

③ 《太史公自序》，（汉）司马迁撰：《史记》卷一百三十，中华书局 1982 年版，第 3288-3289 页。

④ 《太史公自序》，（汉）司马迁撰：《史记》卷一百三十，中华书局 1982 年版，第 3288 页。

⑤ 《太史公自序》，（汉）司马迁撰：《史记》卷一百三十，中华书局 1982 年版，第 3289 页。

先而臣随"的观念会"主劳而臣逸"，而道家保有形神，更能长久。在推崇道家思想的时候，司马谈也更侧重于道家"与时迁移，应物变化"，这与《周易》的通变思维亦有相似之处。

司马迁雕像

在这样的背景下，司马迁深受易学浸染也有迹可循。司马迁有极强的家族认同感，他自豪于"司马氏世典周史"的事实，这或许是他父亲带给他的。司马谈临终托付司马迁："余先周室之太史也。自上世尝显功名于虞夏，典天官事。后世中衰，绝于予乎？汝复为太史，则续吾祖矣，今天子接千岁之统，封泰山，而余不得从行，是命也夫，命也夫！余死，汝必为太史；为太史，无忘吾所欲论著矣。且夫孝始于事亲，中于事君，终于立身。扬名于后世，以显父母，此孝之大者。……今汉兴，海内一统，明主贤君忠臣死义之士，余为太史而弗论载，废天下之史文，余甚惧焉，汝其念哉！"①司马迁则以"请悉论先人所次旧闻，

---

① 《太史公自序》，（汉）司马迁撰：《史记》卷一百三十，中华书局 1982 年版，第 3295 页。

弗敢阙"①的态度从父亲手中接过了这一使命，也不止一次提到过自己对家世的继承："余维先人尝掌斯事，显于唐虞，至于周，复典之，故司马氏世主天官。"在《太史公自序》中，司马迁追随司马谈"幽厉之后，王道缺，礼乐衰，孔子修旧起废，论《诗》、《书》，作《春秋》，则学者至今则之"的态度，以《春秋》为纲纪，虚拟出与壶遂的对话，并对《春秋》做出了极高的评价："夫《春秋》，上明三王之道，下辨人事之纪，别嫌疑，明是非，定犹豫，善善恶恶，贤贤贱不肖，存亡国，继绝世，补敝起废，王道之大者也。""拨乱世反之正，莫近于《春秋》。《春秋》文成数万，其指数千。万物之散聚皆在《春秋》。"②更言"故《春秋》者礼义之大宗也。"③但他也极高地评价了《周易》："《易》著天地阴阳四时五行，故长于变"，并"《易》以道化。"④把"正《易传》"放在了"继《春秋》"之前，这也是对《周易》重视的反映。

(三)《史记》中的溯源方法

"原始察终"出自《太史公自传》：

> 网罗天下放失旧闻，王迹所兴，原始察终，见盛观衰，论考之行事，略推三代，录秦汉，上记轩辕，下至于兹，著十二本纪，既科条之矣。⑤

司马迁在《报任安书》中也表达了类似的想法："网罗天下放失旧闻，考之行事，综其终始，稽其成败兴坏之理，凡百三十篇，亦欲以究天人之

---

① 《汉书·司马迁传》，(汉)班固：《汉书》卷六二，中华书局 2015 年版，第 2716 页。

② (汉)司马迁撰：《史记》卷一百三十，中华书局 1982 年版，第 3297 页。

③ (汉)司马迁撰：《史记》卷一百三十，中华书局 1982 年版，第 3298 页。

④ (汉)司马迁撰：《史记》卷一百三十，中华书局 1982 年版，第 3297 页。

⑤ (汉)司马迁撰：《史记》卷一百三十，中华书局 1982 年版，第 3319 页。

际，通古今之变，成一家之言。"①通过对史料详密的考究，借由它们探索成败兴坏的道理。变易的思想启发着司马迁做出了"一家之言"的启示。《太史公自序》中，司马迁借与壶遂之间的对话，从君臣父子这四个方面分别阐明《春秋》的指导作用，也就是"史"的作用。其中，国君若不了解《春秋》，则"前有谗而弗见，后有贼而不知"，臣子若不了解《春秋》，则"守经事而不知其宜，遭变事而不知其权。"②其在《史记》中也出现多次。《十二诸侯年表》："太史公曰：儒者断其义，驰说者骋其辞，不务综其终始。"③这里司马迁是说，孔子著《春秋》之后，虞卿、吕不韦等之后人截取《春秋》，著文颇多，然后并未致力于"综其终始"，乃至难以通观。于是司马迁立志以《十二诸侯年表》以写从孔子至《春秋》《国语》中所载之"盛衰大指"。《六国年表》："传曰'法后王'，何也？以其近己而俗变相类，议卑而易行也。学者牵于所闻，见秦在帝位日浅，不察其终始，因举而笑之，不敢道，此与以耳食无异。悲夫！"④司马迁在这里批驳了当时学者对秦国王朝短暂、因而讥笑但不察其发展，引以为戒的态度。《惠景间侯者年表》言："咸表始终，当世仁义成功之著者也。"⑤《平准书》亦言："是以物盛则衰，时极而转，一质一文，终始之变也。"⑥

司马迁在《史记》中也使用了"溯源"这一方法。具体来说，"溯源"有以下作用：第一，为司马迁"成一家之言"的理想提供佐证；第二，探寻历史与人事之间的联系。司马迁以溯源家世的方式，为自己"成一家之言"的理想提供佐证，在《太史公自序》的开始，司马迁将司马氏一族的血统一直追溯至上古颛顼的时代，将自己家族的历史也推演至周

---

① 《汉书·司马迁传》，（汉）班固：《汉书》卷六二，中华书局 2015 年版，第 2735 页。

② （汉）司马迁撰：《史记》卷一百三十，中华书局 1982 年版，第 3298 页。

③ （汉）司马迁撰：《史记》卷十四，中华书局 1982 年版，第 511 页。

④ （汉）司马迁撰：《史记》卷十五，中华书局 1982 年版，第 686 页。

⑤ （汉）司马迁撰：《史记》卷十九，中华书局 1982 年版，第 977 页。

⑥ （汉）司马迁撰：《史记》卷三〇，中华书局 1982 年版，第 1442 页。

代，得出"世典周史"①的结论，进而梳理家谱，一直写到父亲司马谈。《史记》体例也运用了溯源的方法，"十二本纪"遵循"述陶唐以来，至于麟止，自黄帝始"的原则，由黄帝开始的《五帝本纪》至《今上本纪》共十二篇。"十表"是"十二本纪"的延伸细化，选取关键的某个侧面进行阐释，如选择"事繁变众"的秦楚之际之事件为《秦楚之际月表》，也是遵循时间线索梳理。"八书"是司马迁选取的几个侧面对历史进行解读，其中也多为时间线索梳理，如《封禅书》与《平准书》。

从对《周易》"原始反终"的哲学思维和《史记》"原始察终"的历史意识的梳理中不难看出，溯源法的历史渊源由来已久，牢牢地扎根在古人的哲学思维和史识思维之中，成为广泛使用的思维方法。在通过梳理《周易》"原始察终"、《庄子》"由一到多"、《史记》"原始察终"的历史思维模式之后，再回到《文心雕龙》的文本之中。对于"由一到多"和"观始终之盛衰"这两种主要的模式，《文心雕龙》均有糅杂。刘勰一方面很重视由一至多的主轴结构，同时另一方面也具有史的意识，注重通过循环往复来总结其中的规律。因此可以看到，在对单一文本进行史的梳理时，刘勰着重于它的文体特点，但是跳出单一文本的循环发展之外，刘勰也能够注意到质文交变的规律和由一至多的整体脉络。此外，时间轴线是由古至今的时间轴，线性的一端是"古"，而线性的另一端是"今"，因此刘勰也主张以原道为主轴。

第二节 溯源法的形态与应用

通过前文对溯源法释名与形成的考察可以看出，《周易》"原始反终"的思维方式和《史记》"原始察终"的史学思维，都试图通过追溯"始"至"终"之间的发展变化，以形成规律认识，通过"见盛观衰"以进一步指导实践，溯源法因此也体现出作为一种方法的实践性和可操

① （汉）司马迁撰：《史记》卷一百三十，中华书局 1982 年版，第 3285 页。

作性。

　　"原始反终"的思维方式和"原始察终"的史学思维，在《文心雕龙》溯源法的具体使用中也多处可见。考察《文心雕龙》中溯源法的具体实践，需要进一步对它的具体形态和使用方法加以揭示，而探究溯源法使用得较多的部分，是《文心雕龙》的二十篇文体论，另外散见于《通变》《夸饰》《时序》等诸篇之中。因此，本节主要以二十篇文体论和《通变》等篇为重点，试图分析《文心雕龙》中溯源法的具体形态与应用。本节共分为三个小节，第一小节论述溯源法在文中所呈现出的四种具体形态。第二小节从横向角度梳理溯源法"撮举同异"的具体应用。第三小节从纵向角度论证溯源法"体有因革"的历史意识。兹论述如下：

一、溯源法的四种形态

　　学者张伯伟在《中国古代文学批评方法研究》中将钟嵘《诗品》的"推源溯流"法归纳为"字句""风格""诗派""变革"四种形态，① 这种分类形式对本书有所启发助益。事实上，综观《文心雕龙》，刘勰的溯源法使用频率极高，他在《序志》篇中对文体论的写作方法也有直截了当的介绍，总结为"原始以表末""释名以章义""选文以定篇""敷理以举统"四类，并言"上篇以上，纲领明矣"②。"原始以表末"的溯源法列于首位，其重要程度不言而喻。通过爬梳《文心雕龙》二十篇文体论，旁及其他散章，可将刘勰的溯源法归纳为以下四种角度。

（一）字句溯源

　　《通变》篇以"通变"为主题，在论述今人尚今疏古时，以汉代夸饰之风举例加以佐证，云：

　　　　夫夸张声貌，则汉初已极。自兹厥后，循环相因，虽轩翥出

---

　　①　张伯伟：《中国古代文学批评方法研究》，中华书局 2002 年版，第 149-154页。

　　②　范文澜：《文心雕龙注》，人民文学出版社 1958 年版，第 727 页。

辙，而终入笼内。枚乘《七发》云："通望兮东海，虹洞兮苍天。"相如《上林》云："视之无端，察之无涯，日出东沼，月生西陂。"马融《广成》云："天地虹洞，固无端涯；大明出东，月生西陂。"扬雄《校猎》云："出入日月，天与地沓。"张衡《西京》云："日月于是乎出入，象扶桑于濛汜。"此并广寓极状，而五家如一。①

刘勰举此五家，论述汉初的夸饰文风之后，虽然文章也有发展，但"循环相因"终究没有高于汉初夸饰之外的文章。溯源至汉初的对比过程中，刘勰从字句的使用方法上对这五家进行分析。例如东汉文学家马融"天地虹洞"之语与西汉辞赋家枚乘"虹洞兮苍天"相似，"月生西陂""固无端涯"等语与司马相如"月生西陂""察之无涯"相似，张衡"日月于是乎出入"也似承自扬雄"出入日月"等语，这是从字句的相似处进行的溯源方法。

(二) 修辞溯源

除了从相似的字句处进行比较，论述前代对后代的影响，刘勰也善于通过写作手法作为切入点进行溯源与比较。《夸饰》篇所论的"夸饰"并不是文体，而是一种写作手法。"夸饰"自古以来就作为写作手法存在于文学之中，"文辞所被，夸饰恒存"，这种写作手法也为各代文论家所注意，例如汉代王充反对"虚增"等。

刘勰除了承认夸饰自古存在的情况，也通过溯源法提到汉代之前"文亦过矣"的情况，例如"言峻则嵩高极天，论狭则河不容舠，说多则子孙千亿，称少则民靡孑遗"，比较形象地加以反映。但是总体来说，刘勰认为"辞虽已甚，其义无害也"，夸饰的作用限制在适当的范围内，并不损害文体本身的特点，无伤大雅。但是自汉代开始，夸饰的写作手法趋于滥用，因此刘勰以史的视角梳理夸饰之风的滥用：

① 范文澜：《文心雕龙注》，人民文学出版社 1958 年版，第 520-521 页。

自宋玉景差，夸饰始盛，相如凭风，诡滥愈甚。故上林之馆，
奔星与宛虹入轩；从禽之盛，飞廉与鹪明俱获。及扬雄《甘泉》，
酌其馀波，语瑰奇，则假珍于玉树，言峻极，则颠坠于鬼神。至
《东都》之比目，《西京》之海若，验理则理无不验，穷饰则饰犹未
穷矣。又子云《羽猎》，鞭宓妃以饷屈原；张衡《羽猎》，困玄冥于
朔野，变彼洛神，既非魍魉；惟此水师，亦非魑魅。而虚用滥形，
不其疏乎！此欲夸其威而饰其事义瞍剌也。至如气貌山海，体势宫
殿；嵯峨揭业，熠耀焜煌之状，光采炜炜而欲然，声貌岌岌其将动
矣。莫不因夸以成状，沿饰而得奇也。①

自宋玉、景差开始，夸饰之风开始有了滥用的苗头，司马相如继承了夸
饰风气，扬雄"酌其馀波"，又兼有张衡《羽猎》，滥用虚夸形容，使夸
饰的内容失去约束，逐渐超过它原本的事理。从这个例子来看，刘勰是
以溯源法来论写作手法的变化和使用。

(三) 文体溯源

《通变》篇云："凡诗赋书记，名理相因，此有常之体也。""诗赋书
记"是《文心雕龙》的二十篇文体论，所谓"名理相因"，是指各类文体之
间的名称、特征和写作理论呈现出历代因袭的规律，刘勰将之称为"有
常之体"，虽然并没有专篇论述各类文体之间的因袭，但零碎散落在二
十篇文体论中，兹简要叙述。

《明诗》列于二十篇文体论之首，中国是诗歌的国度，诗体因具有
教化作用，在中国文学史上一直是文人钟爱的重要文体。诗体自有其演
化路径，由四言至五言，又有三六杂言诗、回文诗等诗体分类。赋体是
诗体的演化，刘勰言："赋自诗出，分歧异派。"②对于诗、赋二体之间
的区别，亦是从溯源法对二体的梳理之中得来的。《诗》有六义，曰赋

---

① 范文澜：《文心雕龙注》，人民文学出版社1958年版，第608-609页。
② 范文澜：《文心雕龙注》，人民文学出版社1958年版，第136页。

比兴，从源头来说，赋最开始作为"铺采摛文"的写作手法，是源于诗体，因此刘勰认为赋体源自诗体。

(四)事义溯源

所谓"事义"，是指刘勰通过溯源法对文体进行梳理之后，能够"阅时取证"，即为自己的文论观念加以佐证。"阅时取证"源于《明诗》篇：

> 至成帝品录，三百余篇，朝章国采，亦云周备，而辞人遗翰，莫见五言，所以李陵、班婕妤，见疑于后代也。按《召南·行露》，始肇半章；孺子《沧浪》，亦有全曲；《暇豫》优歌，远见春秋；《邪径》童谣，近在成世：阅时取证，则五言久矣。①

刘勰通过追溯先秦诗歌中具有的一些片段式的五言句式，从《召南·行露》中可见的半章五言、《沧浪歌》中的全篇五言和春秋时期便有所记载的《暇豫歌》等作品，从诗歌的时代特征及其流变发展中，推断出五言句式历史悠久。

另一例来自《诔碑》篇，刘勰认为挚虞评扬雄《诔元后》"沙麓"四句是完整的篇章，这种观点有失偏颇："安有累德述尊，而阔略四句乎!"②这也是通过梳理诔文的发展历史，以溯源法确定诔文的文体特征，并据此进行判断的。

二、溯源时的横向比较

刘勰在《明诗》篇中说："故铺观列代，而情变之数可监；撮举同异，而纲领之要可明矣。""铺观列代"是通过溯源的方式观察文体的发展历程，"撮举同异"则是从横向的角度，对同时代之同异、异时代之同异和文体之同异进行列举、归类，也属于溯源法的使用范畴。

---

① 范文澜：《文心雕龙注》，人民文学出版社 1958 年版，第 66 页。
② 范文澜：《文心雕龙注》，人民文学出版社 1958 年版，第 213 页。

(一) 时代之同异

溯源法中对同一时代整体文学风格或同一时代里同批作家之间的对比，是"撮举同异"中使用频率较高的类型。现以《明诗》篇为例，察看刘勰是如何对同一时代背景下的作品进行同异比对的。《明诗》以诗歌的发展顺序为线索，全篇极具诗史特质，在论述建安文学的整体风貌时，刘勰言：

> 暨建安之初，五言腾踊，文帝陈思，纵辔以骋节；王徐应刘，望路而争驱；并怜风月，狎池苑，述恩荣，叙酣宴，慷慨以任气，磊落以使才；造怀指事，不求纤密之巧，驱辞逐貌，唯取昭晰之能：此其所同也。①

建安文学的整体风貌是通过同时期文人及其作品的共同特点所组成的，在论述建安文学时，刘勰注意到自曹植至门客所组成的文学集团在"怜风月，狎池苑，述恩荣，叙酣宴"的文学活动中，形成了"慷慨以任气，磊落以使才"这样相似的文学特征，这也是建安文学的总体特征，此为建安文学之"所同"。此后，在论述晋代诗歌的特色时，刘勰同样以对同代诗人的撮举同异中得出结论，认为晋代文学较建安文学更气力柔弱，"或析文以为妙，或流靡以自妍"。

值得注意的是，刘勰不但举"同"，同时也会注意到同时代背景下的"异"。例如同样是在《明诗》篇中，刘勰认识到正始文学呈现出较为复杂的面貌，其中既有"率多浮浅"的何晏等人，诗中夹杂玄学色彩，又有阮籍、嵇康等或文风清峻，或旨意遥深，更有应璩虽然在玄风正盛的时代背景下，依旧有建安文学"辞谲义贞"的特征。通过对《明诗》的分析可以看出，刘勰溯源法善用"撮举同异"之法来分析同一时代风气下文人风格之同异。

---

① 范文澜：《文心雕龙注》，人民文学出版社 1958 年版，第 66-67 页。

除了同一时代风气之下文人风格之同异，刘勰也对不同时代风气之下文人风格进行归纳总结，例如《诠赋》篇：

> 观夫荀结隐语，事数自环；宋发巧谈，实始淫丽。枚乘《菟园》，举要以会新；相如《上林》，繁类以成艳；贾谊《鵩鸟》，致辨于情理；子渊《洞箫》，穷变于声貌；孟坚《两都》，明绚以雅赡；张衡《二京》，迅发以宏富；子云《甘泉》，构深玮之风；延寿《灵光》，含飞动之势；凡此十家，并辞赋之英杰也。①

列举十个辞赋家就是从不同时代风气之下的相同文学成就进行归纳的。

(二) 文体之同异

除了对文学风貌之同异进行对比，刘勰还对文体之同异进行撮举比较。刘勰对文体之别区分严格。

《乐府》篇中说到对文体的区分和界限，就言"昔子政品文，诗与歌别，故略具乐篇，以标区界"②。刘勰对乐府诗歌和诗歌的区别也从源头开始加以厘清，乐府与诗的区别在，乐府是诗和歌的结合，也兼具了"诗"与"声"的特色。在上古时期，诗乐舞不分，《论语·泰伯》："兴于诗，立于礼，成于乐。"③在孔子的时代，诗礼乐就已经划分出不同的教化功能。根据诗和乐府的不同性质的区别，也必然决定了刘勰对于文体评价上的不同。例如诗的功能是教化，其侧重点在于文辞，所以刘勰更侧重于文辞上面的变化，从四言诗衍生出五言诗，以及他们之间的关系和互动是怎么样的。但是《乐府》篇对于乐府诗歌，因为乐府诗歌的特征，所以论述侧重点在于"中和"之响。

同时，值得注意的是，刘勰在对文体论进行史的梳理时，也并不完

---

① 范文澜：《文心雕龙注》，人民文学出版社 1958 年版，第 135 页。
② 范文澜：《文心雕龙注》，人民文学出版社 1958 年版，第 103 页。
③ （清）刘宝楠撰，高流水点校：《论语正义》，中华书局 1990 年版，第 298 页。

全依照源流来为文体区分做一个定论。例如在《颂赞》篇中，文体论有篇例变化，《通释》云："自《辨骚》以至《诠赋》，皆篇论一体，至此而二体合篇而分论，此篇例之变化也。颂赞异体，而源流亦殊；然义极相近，是以赞为颂之细条，故合为一篇。"

又如《颂赞》篇中，刘勰对颂、赞的本义、起源和流变都做了比较清楚的爬梳和整理："而仲治《流别》，谬称为述，失之远矣。及景纯注《雅》，动植必赞，义兼美恶，亦犹颂之变耳。"①颂和赞的本义和起源本来不同，但是至汉代之后，两者之间的界限就逐渐消融，具体来说，颂起源于周公所做的"宗庙正歌"，体式较为固定，其根本在于典雅，文辞要清丽。赞则不同，起源于早期的祭祀活动，最早使用于说明、辅助的场合，汉代之后，人们用赞来褒贬事物，其短小精悍，可以看做是颂的一种流派和分支。《铭箴》里面对于文体的区分，也并不是通过溯源法，从同一源头对这两个文体进行区分，而是通过梳理，发现他们在用途上有相似之处，所以归类到一起。

此外，刘勰还注重对文体特征的总结：

> 盖臧武仲之论铭也，曰："天子令德，诸侯计功，大夫称伐。"夏铸九牧之金鼎，周勒肃慎之楛矢，令德之事也，吕望铭功于昆吾，仲山镂绩于庸器，计功之义也；魏颗纪勋于景钟，孔悝表勤于卫鼎，称伐之类也。若乃飞廉有石棺之锡，灵公有蒿里之谥。铭发幽石，吁可怪矣！赵灵勒迹于番吾，秦昭刻博于华山，夸诞示后，吁可笑也！详观众例，铭义见矣。②

臧武仲讨论铭的内容，"天子令德，诸侯计功，大夫称伐"，梳理从夏朝至周朝铭文的情况，认为铭具有颂扬美德的特征，通过太公望、仲山

---

① 范文澜：《文心雕龙注》，人民文学出版社 1958 年版，第 158 页。
② 范文澜：《文心雕龙注》，人民文学出版社 1958 年版，第 193-194 页。

甫的例子表示铭具有记录功勋的作用等。

还有一点值得注意的是，溯源法是为文体进行定性的过程，但是在相似的文体上，刘勰对此有一些具体的规范。例如在一些文体功能和目的性比较强的文体中，例如诔文和哀文，通过溯源他们最初的文体特征可以看出，诔文和哀文都具有固定的写作对象，诔文是类列逝者之德行，表彰其不朽，是以下对上的哀悼；哀文是哀悼晚辈的逝去。这两类哀悼类文体都要尤其侧重内容上的简洁和体式上的传记，因为既然是有固定的写作对象和写作目的，那么在内容上就要极力避免繁琐、缓慢的写作。在哀文的梳理过程中，刘勰也对崔瑷怪诞的文体提出批评，言："然履突鬼门，怪而不辞；驾龙乘云，仙而不哀；又卒章五言，颇似歌谣，亦仿佛乎汉武也。"

综上所述，从溯源法的横向比较来看，刘勰善于运用"撮举同异"的方法，对时代之同异和文体之同异进行辨别厘清。

三、溯源时的纵向沟连

如果说"撮举同异"所讨论的内容侧重于横向对文体、文人之间的比较，且在大多数情况下具有论说范围，那么"体有因革"则是从纵向来看，侧重于史的梳理。

(一) 时代背景的影响

专门论及时代背景对文学产生影响的《时序》是一篇类似史传的文论，在《时序》篇中，刘勰概论了自唐虞至齐十代的政治变化对文学产生的影响。与二十篇文体论中对单一文体进行史的回溯不同，本篇重点聚焦在文学在政治因素等时代背景下被影响的情况。

《时序》篇在开篇表达了"时运交移，质文代变"的文论观点，并从唐虞上古时期的文学开始论述，逐一梳理至今。唐虞时期"德盛化钧"，由上而下"政阜民暇"，因此人民"心乐而声泰"，作为时代载体的歌谣亦尽显其美。刘勰认为："歌谣文理，与世推移，风动于上，而波震于下者也。"也就是说，文学的内容和形式均随着时代一同发展与演进，政治教化对文学如同风吹起湖面的波纹一样重要。这种文学的发展观点也是通过对十代文学的溯源法中提取的结论。据刘勰所考，政治教化对文学的影响，固然维系于当政者对文化的重视程度和时代风气对经义的推崇，更表现在时序更替的整个社会环境。

当政者重视文化程度对文学影响深远，春秋之后，正是因为群雄角逐的混乱政局，六经被弃，百家争鸣，齐国与楚国因为执政者对诗书礼乐的宽松政策，"齐开庄衢之第，楚广兰台之宫"，因而文化学术之风较盛，以这两国为重心，亦形成了文学史上的繁盛局面，"邹子以谈天飞誉，驺奭以雕龙驰响，屈平联藻于日月，宋玉交彩于风云"，这正是统治阶级对文化的推崇带来的结果。

进一步来说，当政者对经义文章的推崇程度，也会在一定程度上影响文学发展。例如刘勰在《时序》篇中强调，汉初高祖尚武轻文，"虽礼律草创，《诗》、《书》未遑"，文景之治时，偏向治经，而轻视文辞，直到汉武帝时期，罢黜百家，独尊儒术，更兼有执政者急需借助文学以歌颂大一统气象的时代背景下，文学才相对从沉寂状态开始腾飞，呈现出"礼乐争辉，辞藻竞骛""遗风馀采，莫与比盛"的繁荣局面。当然，推崇经义并非对文学全然是促进作用，刘勰也注意到东汉建立之后，崇尚儒学的文化风气使才士之所作"华实所附，斟酌经辞"，受到儒学风气的浸染，文辞和内容都更为斟酌经典文辞。

总之，当政者对文学的推崇态度，于文学发展极为重要。蔚为大观的建安文学之所以呈现出繁盛之貌，与曹操"雅爱诗章"、曹丕"妙善辞赋"、曹植"下笔琳琅"的因由密不可分，正是因执政者雅好文学，从众如云，"俊才云蒸"。刘勰对建安文学的评价也非常中肯："观其时文，雅好慷慨，良由世积乱离，风衰俗怨，并志深而笔长，故梗概而多气也。"魏明帝"征篇章之士，置崇文之观"，亦沿袭先祖之风，雅好文学，然而当时政权倾轧之际，使文风转向正始文学的超脱淡远。

从时代环境对文学的影响来说，百家争鸣之时，屈宋文学中诡谲华诞之处，正源于"纵横之诡俗"；建安文学慷慨悲凉之气，与当时天下稍安、命若转蓬的时代情境密不可分。时代背景和事件也会对文学的作品风格产生影响，例如《明诗》言："及正始明道，诗杂仙心；何晏之徒，率多浮浅。""诗杂仙心"的文学风貌也与当时玄风大盛的时代背景有关。

因此刘勰最后总结："故知文变染乎世情，兴废系乎时序，原始以要终，虽百世可知也。"①通过溯源法探究文学由始至终的发展变化，刘勰认为文章的流变深受时代社会风气之影响。

(二) 文学的代际勾连

从《时序》篇中不难看出溯源法具有整体视角的历史观，刘勰在爬梳文学史的时候，除了注意从整体视角进行考察之外，也注重从文学的代际勾连进行考察。

此处仅举一个简单的例子加以佐证。《祝盟》篇中刘勰论述了"祝"之文体，"祝"在古代是与礼紧紧相连的，因此，刘勰的"正"之意识比较强烈。"祝"通过溯源，从很早开始生民就通过祝祷来向上天传达心意，祝文的体式规范是典雅、诚恳的文辞，刘勰认为至《楚辞·招魂》，文辞趋于华美，仍然不失其本义，但是到了汉代，由于时代背景之下发生了变化，"既总硕儒之义，亦参方士之术"，所以通过祝告试图转移君主的过失，不同于成汤之用心，正是因为形式和内容发生了变化，影响了文辞的内容，所以"礼失之渐也"。

此外，刘勰亦能通过溯源法勾连出同一时代下不同的文风特色，进而对复杂的文学风貌进行浚流。例如《明诗》篇言："及正始明道，诗杂仙心；何晏之徒，率多浮浅。唯嵇志清峻，阮旨遥深，故能标焉。若乃应璩《百一》，独立不惧，辞谲义贞，亦魏之遗直也。"即使在同一时代背景之下，文学风貌也并非仅能以同一种文学风格加以概括，在正始文学中，既有何晏的肤浅文风，也有阮籍、嵇康等清峻风格，也有应璩继承魏初文风。

---

① 范文澜：《文心雕龙注》，人民文学出版社 1958 年版，第 675 页。

有学者认为，刘勰的"推源溯流"是"从'资于故实'的'有常之体'中，析出其'酌于新声'的'无方之数'，探其'源'而浚其'流'。"①可以说，溯源法正是通过溯源文体特征之"体"，进而判别它在历史发展过程中的"新"，通过探源浚流的方式，传达刘勰的文论观点。溯源法的最终目的是通晓文学的变化，通过文学发展的变化和规则来进一步理解文学的本质。

第三节　溯源法的主轴意识

前文论述过刘勰的问题意识对《文心雕龙》溯源法使用上的影响，在本章通过对溯源法具体应用的阐述可以看出，广泛应用于文体论中的溯源法为刘勰的文体论梳理带来了"史"的理论意识，提升了视野高度。除了以时间线索对历代作品进行源流上的浚通以外，刘勰的溯源法还具有三条主轴。

第一条主轴是文体特征，循着文体特征的主轴，刘勰在文体论中能够对文学流变进行整体性的把握；第二条主轴是质文更迭的主轴，刘勰也注重以质文变化规律来评判文章，并借助溯源法的方法特征，强调经的地位，以便更加合理地展开回归经典的文论观念；第三条主轴是原道的主轴，循着原道的主轴，刘勰在溯源法的使用中始终以"原始以表末"作为主要方法，对文体特征和质文变化规律予以回归本原的观照。

本节共分为三个小节，第一小节论述刘勰溯源法以文体特征为轴线，对文学流变进行整体把握。第二小节论述刘勰溯源法以质文变化为轴线，以及正统文学的偏向性。第三小节论述刘勰溯源法以原道为轴线。现分论如下：

一、以文体为主轴

溯源法由始至终的溯源浚流更适合对各阶段文学风貌及作品风格进

①　张伯伟：《中国古代文学批评方法研究》，中华书局 2002 年版，第 155 页。

行对照同异、梳理规律，这一点也在二十篇文体论中得到充分展现。刘勰对文学发展具有"史"的意识和高屋建瓴的眼界，对各段文学风貌的爬梳均建立在对文体特征的总体把握之上，这种以文体特征为轴线的考察也正是溯源法得以使用与万变不离其宗的基础。

《通变》篇说："故论文之方，譬诸草木，根干丽土而同性，臭味晞阳而异品矣。"此句之"文之方"更侧重于"文之道"，而非"文之法"①，并不是谈论文学的创作方法，而是总论文学的根本特质。并且跟着此句，刘勰再言："是以九代咏歌，志合文则。"再大致梳理了九代文学风貌的整体变化，具有"总""分"的行文脉络。

其实，文体特征和质文变化这两条主轴在《文心雕龙》中几乎并轨而行。举例来说，《通变》篇中对九代文学进行"史"的梳理过程中，刘勰遵循的脉络从表面来看是整体文学风貌的变革，例如从黄帝时期《断竹》之歌的质朴至极，到唐尧时期《在昔》之歌的内容丰富，虞舜时期《卿云》比前代更具文采，而夏朝《雕墙》相较前代越显繁缛，及至商周又在前代之上更为华丽，实则也是从文质变化这条主轴上进行梳理。

列代的文学风貌皆在承袭前代文学的基础上，文学风貌的质朴简洁都在内容和文辞上趋于丰富，呈现出环环相扣又向前发展的态势。当然，刘勰在通过质文轴线进行梳理的同时，亦能从列代文学风貌的陈陈相因中展望总体，从文学的本质特征加以把握，因此他随后也总结："至于序志述时，其揆一也。"刘勰认为，从抒写情志和述说时世的方面，自黄帝时期至商周的文风虽然日趋繁复和华丽，但本质相同，因为通过溯源，他们代代相因，共同指向同一来处。

商周之后直至近代的作品，从溯源法的角度来说，楚辞诸篇"矩式周人"，汉代赋颂"影写楚世"，继续循着陈陈相因的历史发展，然而却逐渐偏离了周人的本质，因此"晋之辞章，瞻望魏采"，而不再以周朝

---

① 参见张国庆，涂光社：《〈文心雕龙〉集校、集释、直译》，中国社会科学出版社 2015 年版，第 532-533 页。

"序志述时"为源头了。

因此可以看出，刘勰对文学整体风貌的爬梳轴线中，最表面的一层是以时代为线索的时间轴线，在这条时间轴线之下，是一条循着文质规律的轴线。从文质变化这条主轴进行梳理，环环相扣，向前发展，但文质变化的主轴也同样遵循着文体特征的线索。

但是，同时需要注意到，在对文体论进行"史"的梳理时，刘勰"史"的意识之中虽然有经义主轴，但绝非一味地只以经义作为参考。此前已经有学者注意到，刘勰对颂、赞一些趋于流变的作品并没有多加批评。① 的确相较于《明诗》《诠赋》等篇章来说，刘勰在《颂赞》篇中对于流变的文学作品，批评语调稍显温和，至少来说没有类似"阒其不还"的哀叹。

"颂"的本义与《诗经》有关，也可以说《诗经》是其源头与规范，在《颂赞》篇中，刘勰对"颂"这一文体的变式作出了以下评判：

> 夫民各有心，勿壅惟口。晋舆之称原田，鲁民之刺裘鞸，直言不咏，短辞以讽，丘明子高，并谍为诵，斯则野诵之变体，浸被乎人事矣。及三闾《橘颂》，情采芬芳，比类寓意，又覃及细物矣。②

对于晋舆、鲁民的"野诵"并没有过于明显地批评，对于"覃及细物"的《橘颂》也给予了"情采芬芳，比类寓意"之赞美。在《颂赞》篇中，刘勰也对一些不合体式的文章进行了批评，例如批评班固傅毅的文章"变为序引""褒过谬体"，也就是它的内容有所变化，脱离了原本属于"颂"的体式，批评马融的颂"雅而似赋"，而且最重要的是"弄文失质"，由于过分卖弄文采而失去了"颂"本身文体的特色，批评崔瑗和蔡邕的颂"致美于序""简约乎篇"，在"颂"这一文体特征的具体实践中对

---

① 参考自张国庆，涂光社：《〈文心雕龙〉集校、集释、直译》，中国社会科学出版社 2015 年版，第 181—182 页。

② 范文澜：《文心雕龙注》，人民文学出版社 1958 年版，第 157 页。

其中序文和颂文的写作规范把握不当，因此在篇章的内容钩织上出现了一些偏差。

诚然，就关于这些相对温和的批评来说，的确都局限在文体规范的要求之上，并没有对其中与"经义"之"正"的偏离作出激烈的批评。因此，有学者认为："刘勰坚持颂体文歌功颂德之本义而批评陆颂的'褒贬杂居'，并不是简单的执经不变，也不是简单的'过于看重颂的早期含义'，而是坚守颂体文的基本要义、文体特质，反对对这一基本要义、文体特质的突破或说消解。"①本书非常认可这种观点。

另有一例来自于《诔碑》篇，对诔文的追溯中，刘勰溯源诔文的体制从周朝开始，为丧事时表彰逝者之不朽。"读诔定谥，其节文大矣"，诔文同样也代表着礼对人事的一种约束和规范。对诔文进行简单的史识梳理的同时，刘勰其实兼具了对"正统"的轴线和对文体的轴线。举例来说，对为孔子作诔文的鲁哀公，考察他"惝遗之辞，呜呼之叹"，虽然并不是文辞特别华美的作品，但存有"古式"，因此尚在文体之轴上，这是从文体特征的规范来详说的。

体式的规范又分成了几个方面，可略分为几个部分。第一，文章的整体风格是否合乎文体规范，这一点尤其是从溯源法中的源头所得出的结论。第二，篇章结构、详略是否合乎范式。例如篇章的结构是否合范，字数、篇幅构架上是否有失偏颇。体制的层序是否分明等。第三，文辞是否合乎规范。

例如在诔文的体制中，既要遵循诔文的目的，类列德行，彰其不朽，又要注意文体规范，也就是叙同传记，且要简明扼要。根据文体特征的轴线，刘勰批评曹植诔文"体实繁缓"，乖背其旨。

在评判作品时，刘勰对于诔文由"未被于士"这种适合于上层贵族的文体逐渐向"私诔"进化的文体特征，并没有给予反礼的批判，而是

---

① 张国庆，涂光社：《〈文心雕龙〉集校、集释、直译》，中国社会科学出版社 2015 年版，第 182 页。

评述"辞哀而韵长"，从文体特征的发展上点出了诔文发展的规律。同时，优秀的诔文在刘勰看来，具有"文体伦序""辨絜相参""序事如传""辞靡律调""巧于序悲，易入新切""并得宪章，工在简要"等诸多优点，观其评判角度，多是从文体规范、详略秩序和文辞和谐的方面来说的。而关于诔文的批评角度，则多是从"体实繁缓"的角度出发的，也是从体式、文辞等方面进行言说的。因此，在对诔文体制的梳理中，可以比较清晰地看到刘勰以文体特征为主轴的思想倾向。

另外还有一个值得注意的地方是，刘勰对于时代特征的不满，源于长篇累牍的华丽文饰会让文体显得拖沓臃肿，从这一点也可以看出刘勰从文体的本来特质来评判作品的特质。例如，在论述"吊"这一文体时，"吊"颇具有礼的色彩，是君王死去之后定下谥号等，比较符合礼节的行为，逐渐演化为"追而慰之"的吊文。刘勰认为贾谊悼念屈原的文章是最初、最好的吊文，言："体同而事核，辞清而理哀"，刘勰总结吊文的特征："夫吊虽古义，而华辞末造；华过韵缓，则化而为赋。固宜正义以绳理，昭德而塞违，剖析褒贬，哀而有正，则无夺伦矣！"也就是说，吊从溯源法来看，本来的文体特征应当是古朴的，但是后世却逐渐产生文辞华彩的倾向，而华丽的文辞一旦过多，就会变成赋的体制了，"化而为赋"也就偏离了吊这一文体的本质，因此刘勰主张"无夺伦"。

通过以上例子的阐解可以看出，刘勰溯源法以文体特征为轴线，并将其作为文学的本质特征继而实践于文体论之中。但值得注意的是，在文体特征的轴线之外，刘勰也具有较强的经义意识。

二、以质文为主轴

在《明诗》篇中，刘勰以溯源法梳理九代文学的风貌变迁，从历史的发展角度，文学发展的源头指向周代文学。刘勰运用溯源法对每代文学进行文学风格上的特色溯源时，既指出了文学代代相承的历史规律，也通过这种溯源法申明了他的文论观念："从质及讹，弥近弥澹，何则？竞今疏古，风味气衰也。"①因此，循着质文之轴线，刘勰也加强了对"竞今疏古"的批判。

方法是表达的工具，使用何种方法进行论说，其言说模式本身反映出作者的思想观念。刘勰在"竞今疏古"的时代，想要匡救流弊，就必须拿出强有力的证明。刘勰文体论的写作手法通过释名彰义，对文体特征下一个简单的释义，并定下了文体特征的主要基调，之后再通过"原始以表末"的溯源法，进一步来证明这个主要基调的合理性。又或者说，刘勰梳理文体论、文学史的过程有一条以"正"为轴的发展线索，"从质及讹，弥近弥澹"的陈述视角能让读者的注意力和关注点也放在"质"的源头上，更加直观地展现出文体从质至讹的脉络规律。

刘勰正是用溯源法的这一特征，来强调源头的重要性。通过这样的写作手法，刘勰进而提出了他的观点，例如在《乐府》中，刘勰提出"淫辞在曲，正响焉生""诗声俱郑，自此阶矣""《韶》响难追，郑声易启。岂惟观乐，于焉识礼"。在《诠赋》篇中，刘勰从汉代辞赋兴起繁盛的文学风貌中，将源流推演至楚国辞赋："讨其源流，信兴楚而盛汉矣。"对于这么推演的原因，刘勰也有一定的例证，然而通过进一步例证，又再次将内容回归到了经义之中："故知殷人辑颂，楚人理赋，斯并鸿裁之寰域，雅文之枢辖也。"在尾段，就会重新回到主轴上来，申明自己的立场："然逐末之俦，蔑弃其本，虽读千赋，愈惑体要。遂使繁华损枝，膏腴害骨，无贵风轨，莫益劝戒。"溯源法通过溯源、推演和例证，再次将观点引回经典之中。

以《明诗》篇做具体分析来看，刘勰认为在黄帝、尧舜的年代，诗的功能和特征就已经定下了基调，他说：

> 昔葛天乐辞云：《玄鸟》在曲，黄帝《云门》，理不空绮。至尧有《大唐》之歌，舜造《南风》之诗，观其二文，辞达而已。及大禹

---

① 范文澜：《文心雕龙注》，人民文学出版社1958年版，第520页。

　　成功，九序惟歌；太康败德，五子咸怨，顺美匡恶，其来久矣。①

通过从尧舜至大禹时代，对诗歌的梳理，刘勰得出诗歌存在的特征具有一定的教化作用，"顺美匡恶，其来久矣"。在之后的诗史梳理中，"顺美匡恶"的四言诗歌及其特征就成为了一条主轴线，牢牢地围绕着诗歌的这一特征展开。

　　例如随后，在商周时期，"四始彪炳，六义环深"，"六义"是风雅颂三种体（风是民歌，雅是正乐，颂是舞歌），赋比兴是三种文学表达方式。"逮楚国讽怨，则《离骚》为刺。"在汉初四言诗中，尤为强调韦孟的诗作"匡谏之义，继轨周人"。然而论及刘勰并不怎么推崇的司马相如等人，则并不论及匡谏之义，仅以"属辞无方"带过。到正始文学，也仍然推崇"嵇志清峻，阮旨遥深"，溯流至今，则重回到对当今文风的批判之中。

　　在《乐府》的首段，刘勰也在"释名以彰义"之后定下了乐府诗歌的基调：

　　　　匹夫庶妇，讴吟土风，诗官采言，乐盲被律，志感丝篁，气变金石。是以师旷觇风于盛衰，季札鉴微于兴废，精之至也。②

乐府诗歌的主要基调和《明诗》一样侧重于以乐观风，是人情志的外显，"志感丝篁，气变金石"，能供人观盛衰兴废，这与早期社会中音乐的政教作用有关。刘勰强调音乐对人的教化作用，所以"先王慎焉，务塞淫滥"，在乐府诗歌的历史演进过程中，刘勰也注意到由正乐开始变化的节点，"雅声浸微，溺音腾沸"在于秦初，至汉代时虽然恢复了被秦燔毁的乐经，"虽摹《韶》、《夏》，而颇袭秦旧，中和之响，阒其不

---

① 范文澜：《文心雕龙注》，人民文学出版社1958年版，第65页。
② 范文澜：《文心雕龙注》，人民文学出版社1958年版，第101页。

还"。在这个关键的节点之后，汉武帝虽然建立乐府机构，"总赵代之音，撮齐楚之气"，但在时代的风气之下，"《桂华》杂曲，丽而不经，《赤雁》群篇，靡而非典"，到了汉元帝、汉成帝时期，"淫乐"则更加广泛地传播开来，"稍广淫乐，正音乖俗"。

从刘勰梳理汉朝乐府诗歌的发展中，可以比较清晰地看出，他的梳理线索无疑是一部"正乐"的衰亡史，"正乐"仿佛从最初之正逐步向淫的角度滑落，它并不是猛然之间，代代皆有向过往经典的回护和模拟，但是仍然逐渐背离正乐。即使在刘勰几乎盛赞的建安文学中，也继正乐之轴承对建安文学中的乐曲进行评价，认为他们"虽三调之正声，实《韶》、《夏》之郑曲也"，仍然背离了最初的正乐特征。

三、以原道为主轴

在对溯源法进行阐述时，在上一章谈到刘勰在《文心雕龙》开篇"文之枢纽"中对"文"的来源进行溯源，并以原道、宗经作为《文心雕龙》的整体纲领，于全书中一以贯之。刘勰面对离本去圣的时代困境，进而产生原道的思想，并将溯源法广泛应用于文体论中。在这一章，又主要谈到溯源法的理论来源，《周易》"原始反终"的理论体现出彰往察来的溯源思维；《庄子》对古之道术的向往和描述，展示了由方术至道术的溯源路径；《史记》"原始察终"的笔法彰显了通观盛衰的溯源目标，这些都是溯源法的理论来源。

在第一章第一节，主要从刘勰的时代困境与"文之枢纽"的原道意识对原道进行考察，在本章最后一节，主要通过文体论来谈谈刘勰以原道为主轴的行文意识。

如果说《原道》至《宗经》的"文之枢纽"所展现的是统摄全书的总要纲领，那么回顾文体论诸篇，就是这一纲领的具体呈现。"原始以表末"的写作手法注重以史的方式对各文体的产生、形成和流变予以辨析和梳理，以时间轴线作为梳理线索。"释名以彰义"也是通过对文体名称与意义的定位，来确定文体源头的字义，进而对文体特征下定义。整体来说，"原始以表末"的开源浚流和"释名以彰义"的名称定义，都为以后"选文以定篇"和"敷理以举统"服务，最终目的是总结各类文体的写作规律，提升理论高度，以形成系统。

而刘勰对各类文体的总结，也有赖于溯源法的运用。除对文体特征进行总结以构成文体论的系统外，刘勰的创作论也根基于文体论，例如在《明诗》篇中，刘勰称汉代古诗"结体散文，直而不野，婉转附物，怊怅切情，实五言之冠冕也"①，在创作论的《物色》篇中，从论古诗中提炼出对"情貌无遗"的体察："写气图貌，既随物以宛转；属采附声，亦与心而徘徊。"②而创作论中《体性》之才气、《风骨》之意气，或多或少与建安文学的特征有关。

《周易》"原始反终"的思维方式和《史记》"原始察终"的史学思维，都试图通过追溯"始"至"终"之间的发展变化，以形成规律认识，通过"见盛观衰"以进一步指导实践，《文心雕龙》溯源法也通过追溯文学发展或文体发展的"始"与"今"，或试图"阅时取证"以判断文学疑题，或"撮举同异"以辨清文体，或横向比较，或纵向勾连，即具有微观上的精妙视角，亦具有纵观全局的广博眼界。刘勰的溯源法具有文体特征和质文变化两大主轴，使刘勰溯源法在客观性的同时，也能为其文论主张提供佐证。最后，刘勰的溯源法整体也依从以原道为主的主轴，具有原道的溯源路径。《文心雕龙》溯源法或横或纵，体现出方法上的广博性，而两大轴线的相互勾连与制约，也体现出一定的折衷意识，这也正是刘勰的文论，在某种时刻显得不激进、不偏颇，相对理性，以及内涵广博，它所能涵容的内容也更大的缘故。这些将在后面两章中再进行深入论述。

---

① 范文澜：《文心雕龙注》，人民文学出版社 1958 年版，第 66 页。
② 范文澜：《文心雕龙注》，人民文学出版社 1958 年版，第 693 页。

第四章　圆照博通：博观法

创作如起宅造屋，于平地起高楼，施妙手乃成章，须有一定之法。批评鉴赏如登堂入室，拾阶而上，由阅览而入鉴赏，由鉴赏而得知音。本章分为三小节论述刘勰的博观法。第一节通过刘勰博通儒道释三家的层面为博观法进行释名彰义，第二节论述创作论中的博观法，分为三个层次进行论述：第一小节论述想象活动之中的广博空间，第二小节论述驭文谋篇阶段的活动，第三小节论述落笔成文环节的空间。在第三节批评鉴赏论中，也分为三个层次进行论述：第一小节论述批评空间的拓展，第二小节论述批评视野的圆备，第三小节论述鉴赏自由的获得。

前文提到，"观"字较"见"字内涵更为深远，且《神思》篇以灵感迸发、覆天载地的特征开头，也是一种"心观"。因此，虽文中"博见"一词出现的次数更多，但基于"博观"内涵更丰富，更能代表批评方法，因此选用"博观"法作为论述主体。

第一节　博观法的释名彰义

关于《文心雕龙》的思想来源，前人言之已多，虽然学界对此有不同侧重，① 但刘勰受儒道释思想浸染，殆成定论。考察儒道释文艺思想

---

① 　学界对刘勰文艺思想来源的争论主要集中在其文艺思想以何为主，有学者认为受儒家影响较深，执此观点的有钱惟善、范文澜、刘绶松、杨明照、王元化、牟世金、穆克宏、李庆甲等学者；有学者认为受道家影响较深，执此观点的有张启成、漆绪邦等学者；有学者认为受佛教思想影响较深，如马宏山等学者；也有学者如涂光社、王运熙等学者主张刘勰思想是儒玄、儒道合流；还有学者如张少康、李泽厚、刘纲纪、蔡钟翔等学者主张刘勰思想为三教合流。相关论述参见李淼：《刘勰思想》，《文心雕龙学综览》，上海书店出版社 1995 年版，第 74-78 页。

对某一作家作品的影响并不容易，且刘勰博采众家之长，思想驳杂，内容深邃，因此前人在爬梳儒道释的影响时，多以整体为观，多从内容、立论和理论等方面入手，例如在论述儒家文艺思想对《文心雕龙》的影响时，学者普遍关注到刘勰以道为原，以经为宗和重视《周易》的理论构架，由"随仲尼而南行"的具体内容判断刘勰的立论方向，由"赋比兴""养气"等理论范畴推导其理论来源等。因本节篇幅有限，无法从宏观层面泛泛而谈，旨在从博观思维的层面切入，对刘勰博观法的儒道释来源做溯源与阐解。这主要体现在以下三个方面：第一，从刘勰的文艺思想层面考察，由于刘勰兼宗儒道释，儒道释本身所有的博观思维就浸透滋荣于《文心雕龙》之中。本节的三个小节将从儒家、道家和佛家三个层面进行相关论述。第二，从刘勰的批评方法层面考察，刘勰化用了儒道释三者的博观思维，并融会贯通于《文心雕龙》的创作之中，对此三小节也均有涉及。第三，从刘勰思想的复杂层面考察，刘勰的文艺思想极为复杂，许多方面的思想成分经由其博观进而取舍的处理之后，融会贯通，因此从刘勰儒道释兼宗来看，就能体会到其博观的思维方式。

一、儒家：君子贵全

考察儒家文化对刘勰博观法的影响，除了需要关注刘勰对儒家典籍和理论方法的直接引用与间接化用，还要理解儒家思想在刘勰身上反映出来的生活态度、价值判断和思维方式，以孔子、孟子和荀子为主要代表的先秦儒家思想是中国人文精神的奠基石，也是刘勰的人生底色，现从价值观、人性论和博识的角度分而论之：

（一）儒家之价值观：圣人难见，乃始论文

徐复观先生曾说过："文化是人性对生活的一种自觉，由自觉而发生对生活的一种态度（即价值判断）。"①从刘勰对人生和文学的价值判断来说，主导刘勰思想的无疑是儒家的价值观，儒家精神是刘勰的人生

①　徐复观：《儒家思想与现代社会》，九州出版社 2014 年版，第 3 页。

底色。从身份认同方面来说，刘勰自诩为孔子门徒；从对文学的价值判断来说，刘勰认为文章为圣人垂世之道，重视文章的现实教化作用；从刘勰论文涵容儒道释的方法来看，刘勰也以儒家为根基，统摄释佛二家。

在谈论行文目的的《序志》篇中，刘勰谈到他在三十而立之时，曾梦见自己手执红色礼器，追随孔子南行，梦醒后怡然而喜，赞道："大哉圣人之难见哉，乃小子之垂梦欤！自生人以来，未有如夫子者也。"①人常言日有所思，夜有所梦，梦从某种程度上是人潜意识的一种影射，刘勰的释梦将追随孔子解释为某种指引力量，其概念类似西方宗教语境下的 calling② 与中国古代文化语境中的使命感，《论语·子路》："行己有耻，使于四方，不辱君命，可谓士矣。"③儒家赋予"士"以使命，效忠的对象是天子。

这一段自叙明确表达了刘勰对孔子的推崇之情，也是学界判断《文心雕龙》以儒家为主要思想来源的重要依据，刘勰化用《孟子》中子贡之语，④ 有自许为孔子门徒之意，其追随意愿可谓昭然，也彰显了刘勰对儒家的文化身份认同。

再来看刘勰对文学的价值判断，观《序志》的行文结构，此处自叙上承论"文心"，下接论经典之用，是论文章与其功用的衔接段。刘勰言孔子之圣，意在申明经典的重要性："唯文章之用，实经典枝条，五礼资之以成，六典因之致用。君臣所以炳焕，军国所以昭明，详其本

---

① 范文澜：《文心雕龙注》，人民文学出版社 1958 年版，第 725 页。

② Calling 一词起源于西方宗教领域，产生于犹太教，意为"上帝的召唤"，起初指服务上帝的神职工作，后马丁·路德金在宗教改革运动中为 calling 一词赋予了世俗含义，将其引入个人核心价值、意义感与社会贡献中。

③ （清）刘宝楠撰，高流水点校：《论语正义》，中华书局 1990 年版，第 538页。

④ 刘勰言"自生人以来，未有如夫子者也"，此句援引《孟子·公孙丑上》子贡之语"自生民以来，未有夫子也"。

源，莫非经典。"①刘勰认为，文章是圣人的思想借以作用于现实的通道。圣人能教化众人的性情，"陶铸性情，功在上哲"，借由经典，"五礼"成，"六典"立，君臣关系分明，军国大事明了。刘勰又说："夫子文章，可得而闻，则圣人之情，见乎辞矣。先王圣化，布在方册；夫子风采，溢于格言。"刘勰颇为看重文章的现实教化作用，认为"政化贵文"，这与儒家思想中对文学的教化作用一脉相承。刘勰所论的儒家经典是传统意义上的《诗》《书》《礼》《易》《春秋》，刘勰论《诗》为周公制作、孔子"镕均六经"，《诗》以其无邪美刺之特质，"持人情性"，具有教化作用。《书》"义既极乎性情，辞亦匠乎文理"，启发性情，亦着眼于教化功能。"三礼"（《仪礼》《周礼》《礼记》）"据事制范，章条纤曲"②，《周易》为"哲人之骊渊"③，等等。《宗经》有言：

> 故论说辞序，则《易》统其首；诏策章奏，则《书》发其源；赋颂歌赞，则《诗》立其本；铭诔箴祝，则《礼》总其端；纪传铭檄，则《春秋》为根；并穷高以树表，极远以启疆，所以百家腾跃，终入环内者也。④

在刘勰生活的齐梁间，面对"去圣久远，文体解散，辞人爱奇，言贵浮诡，饰羽尚画，文绣鞶帨，离本弥甚，将遂讹滥"，刘勰欲以经典救弊，乃作《文心》以论之。刘勰对文章教化作用的关注，体现出儒家思想中关怀现实的入世精神。

此外，刘勰的人生价值观也具有儒家积极入世的思想成分，《序志》开篇，刘勰详论何谓"文心"，以及为何行文："形同草木之脆，名

---

① 范文澜：《文心雕龙注》，人民文学出版社 1958 年版，第 726 页。
② 范文澜：《文心雕龙注》，人民文学出版社 1958 年版，第 22 页。
③ 范文澜：《文心雕龙注》，人民文学出版社 1958 年版，第 21 页。
④ 范文澜：《文心雕龙注》，人民文学出版社 1958 年版，第 22-23 页。

逾金石之坚；是以君子处世，树德建言。"①可以看出，刘勰以"君子"为目标行文，并希冀以文立业。"君子"是儒家思想的重要概念，是儒家对个体道德的期许和约束。

(二) 儒家之人性论：君子成人，贵其全也

从"君子"这个概念入手，可粗略考察儒家思想的人性论，简单归纳，儒家在人性论方面推崇君子成人，推崇人格周全。据统计，"君子"一词在《论语》中出现了一百零七次之多。究其内涵，"君子"追求人格圆满，贵其周全。孔子说："君子不器。"包咸解曰："器者，各周所用。至于君子，无所不施。"②意思是君子并非器皿，作用单一，而应努力兼具众才，不拘一格，应物无穷。孟子提出性善论，认为人生来就有道德与天赋的发端，而人要成为君子，应当善于扩充自己的天赋，使之圆满："万物皆备于我矣，反身而诚，乐莫大焉，强恕而行，求仁莫近焉。"③当生而自强，以孔子的忠恕之道勉励自己。荀子也提到君子的德操极为重要，它是"成人"的基础："德操然后能定，能定然后能应。能定能应，夫是之为成人。天见其明，地见其光，君子贵其全也。"④儒家思想对人格的标准追求"周"和"全"。

此外，君子人格周全是正道的起点，也是君子一生应致力去追求的部分。孔子认为"君子务本，本立而道生"⑤，"务"就是"追求"之意，也就是说君子要追求人格上的圆满，方能立足，遵循正道而行，也就能到达无所不施的地步。

---

① 范文澜：《文心雕龙注》，人民文学出版社 1958 年版，第 725 页。

② (清)刘宝楠撰，高流水点校：《论语正义》，中华书局 1990 年版，第 56 页。

③ (清)焦循撰，沈文倬点校：《孟子正义》，中华书局 2018 年版，第 949-950 页。

④ (清)王先谦撰，沈啸寰、王星贤点校：《荀子集解》，中华书局 2013 年版，第 23 页。

⑤ (清)刘宝楠撰，高流水点校：《论语正义》，中华书局 1990 年版，第 7 页。

　　《文心雕龙》中也屡次有"君子"这一概念出现，其内涵归纳有三：

　　1. 儒家思想中的"君子"概念。刘勰论儒家思想或儒家经典时，时常援引君子相关的章句进行论说，如《诸子》篇中"君子之处世，疾名德之不章"①，如《论说》引《周易》言"唯君子能通天下之志"②，如《情采》"故知君子常言未尝质也"③等，这里的君子仍然是儒家思想中泛论的君子。

　　2. "君子"是作者，是刘勰期望中文采斐然的作者。《征圣》篇中引孔子之语泛论君子，言"修身贵文"，因为"沿圣以垂文"的逻辑脉络，儒家的君子概念就与文章中的君子概念相结合起来，刘勰将君子这一道德层次的人性论概念延伸至文论中来，与作者的概念化为一体。如《祝盟》："后之君子，宜在殷鉴。"④这里的君子就是作者。《乐府》篇："乐心在诗，君子宜正其文。"⑤君子即作者应端正文辞。《指瑕》篇"若夫君子拟人必于其伦"⑥，是将君子看作作者。又比如《铭箴》篇"惟秉文君子，宜酌其远大焉"⑦，秉文为写作之意，这里是说执笔写作的君子应当酌取箴铭这种体裁中远大意义和作用的部分。又如《章表》篇云："君子秉文，辞令有斐。"⑧君子写的文章辞令斐然。

　　3. 刘勰化用儒家思想中的君子概念延伸至文论中，作用是强调作者要端正文辞，向经典学习，取用君子概念的目的，也是为推崇儒家经典而服务的。《情采》篇云："夫能设模以位理，拟地以置心，心定而后结音，理正而后摛藻，使文不灭质，博不溺心，正采耀乎朱蓝，间色屏

　　① 范文澜：《文心雕龙注》，人民文学出版社 1958 年版，第 307 页。
　　② 范文澜：《文心雕龙注》，人民文学出版社 1958 年版，第 328 页。
　　③ 范文澜：《文心雕龙注》，人民文学出版社 1958 年版，第 537 页。
　　④ 范文澜：《文心雕龙注》，人民文学出版社 1958 年版，第 178 页。
　　⑤ 范文澜：《文心雕龙注》，人民文学出版社 1958 年版，第 102 页。
　　⑥ 范文澜：《文心雕龙注》，人民文学出版社 1958 年版，第 637 页。
　　⑦ 范文澜：《文心雕龙注》，人民文学出版社 1958 年版，第 195 页。
　　⑧ 范文澜：《文心雕龙注》，人民文学出版社 1958 年版，第 408 页。

于红紫，乃可谓雕琢其章，彬彬君子矣。"①设置合适的体裁来写出思想内容，用不同的风格来反映情性，心情和义理都得到确认之后，才能讲声律，运用辞藻，这里引用了《论语·雍也》的话，"文质彬彬，然后君子"，使文采不遮蔽内质，辞藻丰富但是不淹没心灵，让朱、蓝这样的正采大放光芒，把红、紫这一类的色彩摒弃掉，也就能写成精雕细琢的文章，仿佛是文、质相衬的君子了。

4. 君子除了是文采斐然的作者之外，也是深识鉴奥的鉴赏者，刘勰认为知音是一种君子的境界："知音君子，其垂意焉。"②君子能鉴别出良好的作品。因此，君子是一种贵全、周备的人格特质。

（三）儒家之博识论：沿根讨叶，博学反约

儒家学说关注于自我修养，目的是实现自我并成为圣人，对自身君子品格的修养和完善贯穿一生、至死方休。《论语》有大量论博学的材料，例如《论语·季氏》中，孔子根据人接受知识的能力，将人分为四类："生而知之者上也；学而知之者次也。困而学之，又其次也；困而不学，民斯为下矣。"③生来便博学聪颖、什么都知道的人是第一种人，然而数量稀少，在世上存在大量的人需要于后天勤学，因此孔子将其列为"学而知之""困而学之""困而不学"三种。孔子认为君子应当"博学于文，约之以礼"④，但也承认学问并非天生得来，需"敏以求之"⑤。《论语·述而》言自己"非生而知之者，好古敏以求之者也"。子曰："盖有不知而作之者，我无是也。多闻，择其善者而从之；多见而识之；知

① 范文澜：《文心雕龙注》，人民文学出版社 1958 年版，第 538-539 页。
② 范文澜：《文心雕龙注》，人民文学出版社 1958 年版，第 715 页。
③ （清）刘宝楠撰，高流水点校：《论语正义》，中华书局 1990 年版，第 664 页。
④ （清）刘宝楠撰，高流水点校：《论语正义》，中华书局 1990 年版，第 243 页。
⑤ （清）刘宝楠撰，高流水点校：《论语正义》，中华书局 1990 年版，第 271 页。

之次也。"①多听，多见，这样的"知"仅仅低于生而知之的知。孟子也强调治学者应当广博地获取知识，并能够详细地说明它的原理，在融会贯通的基础上，言简意赅地进行归纳和总结，因此也说："博学而详说之，将以反说约也。"②荀子重视实践，将求之过程概括为闻、见、知、行四个不同的阶段，《劝学》云："吾尝终日而思矣，不如须臾之所学也；吾尝跂而望矣，不如登高之博见也。"③荀子认为，学习是接近贤能先人的最好的方法，"方其人之习君子之说，则尊以遍矣，周于世矣。"④"方"是效仿的意思，也就是说，通过学习君子的学说，能够养成崇高的品德，并获得广博的知识，也就能通晓世事。在具体的学习过程中，则要"诵数以贯之，思索以通之"⑤，可以说荀子也极为注重学习过程。

与道家思想和佛教思想相比，刘勰非常明确地表达了对儒家思想的推崇，既自认为是孔子门徒，亦遵循着儒家的根本价值观定义人生价值与文章价值。儒家人性论强调君子的品德修养，并推己及人地将这种追求完整的人格特质扩展至他人乃至社会之中，而人性论的完善周全主张通过博学博识来实现。这些都在刘勰的博观思维中得到展现。

二、道家：知天知人

《文心雕龙》较为明显地化用了道家思想中的"虚静"观，这在前文

①　（清）刘宝楠撰，高流水点校：《论语正义》，中华书局 1990 年版，第 276 页。

②　（清）焦循撰，沈文倬点校：《孟子正义》，中华书局 2018 年版，第 604 页。

③　（清）王先谦撰，沈啸寰、王星贤点校：《荀子集解》，中华书局 2013 年版，第 4 页。

④　（清）王先谦撰，沈啸寰、王星贤点校：《荀子集解》，中华书局 2013 年版，第 16 页。

⑤　（清）王先谦撰，沈啸寰、王星贤点校：《荀子集解》，中华书局 2013 年版，第 21-22 页。

已经提及，此处也不列入赘述。除了"虚静"之外，从博观的角度入手，道家思想中的"神全"观念也影响了文心雕龙。

如果说儒家思想对君子人格的要求侧重的是礼乐制度下的社会道德，那么道家思想则更加追求个人生命活力的保养和周全，甚至呈现出与儒家针锋相对的态势来。这些观念较为集中地体现在《养生主》《德充符》《达生》这几篇中。

道家思想几乎是与儒家针尖对麦芒地提出，对知识和道德的无限追求只会走入极端，妨碍心神，《养生主》在开篇便告诫，追求知识的无限，"以有涯随无涯""已而为知"是危殆，追求道德而走入极端，"为善近名""为恶近刑"也同样是危殆。

道家思想除了剥除人对于知识和道德的过度追求，也主张剥除掉外界名利智识、外貌分别对于人心的戕害，而将关注点集中在德行的内修上。《德充符》描述了许多畸人的故事，他们外表形体与常人有别，或是兀者跛足，或是刖刑斩脚，或是天生就丑陋残缺，或是后天因获罪而不全，然而《德充符》通过夸张地展现他们与常人不同的形体缺陷，也更加突出了他们内心超于庸人的沛然德行。例如同样是"兀者"（跛脚），王骀对于外界生死变迁都能"守其宗"，故而"与仲尼相若"，申徒嘉对身体的残缺"安之若命"，叔山因刑罚无趾，言："犹有尊足者存，吾是以务全之也。"①这些畸人的故事表明，比起外表形态来说，内在的"神全"更加重要。

何谓"神全"？《庄子》主张通过修养心神，将关注点回收到内心德行的健全上，就能看淡外界的生死贫富，以一种平和的心境来面对外界迁变，循着自我天性与自然之道，"缘督以为经"，达到自由的心灵境界。《达生》篇中进一步解释"神全"，一要对外"不务生之所无以为"，专注于自身心神的修养，自主地屏蔽心神之外的无用之物；二要对内

---

① （清）郭庆藩撰，王孝鱼点校：《庄子集释》，中华书局 2012 年版，第 208 页。

"不务命之所无奈何"，顺应天命，对外界施于己身的事情保持通达豁然的态度。

当然，《庄子》在论述"神全"这种理想的精神境界时，无疑也存在较为偏激的一面，例如庄子在《达生》篇中认为要达到"神全"的境界，需要舍弃俗世，虽然这种舍弃在很大程度上是精神层面的，但"弃世则无累，无累则正平"则显得相对偏激与不太现实。

"神全"以养心神，它的目的是为了承载"道"。"神全"强调精神上的全神贯注和忘我，而凝聚心神能够更好地将自身与外界合二为一。例如在"佝偻者承蜩"的故事里，孔子赞叹老人"用志不分，乃凝于神"，正是因为凝神忘我，方能"累五而不坠，犹掇之也"①，此为道。又如"津人操舟若神"的故事里，正因为操舟者忘却外物，专注心神，方能从容不迫，如履平地。

《文心雕龙》继承了《庄子》的"神全"观念，在文学创作论中尤为明显。刘勰主张"秉心养术，无务苦虑；含章司契，不必劳情"，在创作过程中要顺应情性，不要一味苦虑创作，损耗心神。《神思》篇举桓谭苦思、王充气竭之例，《养气》篇举王充、曹褒"既暄之以岁序，又煎之以日时"②的例子，对行文用思过程中的伤命困神持反对态度。

究其原因，刘勰也继承了老庄思想、尤其是庄子的"神全"观念，认为文章创作本身应当追求"思合而自逢"，"非研虑之所求也"③，《养气》篇中更进一步解释："率志委和，则理融而情畅；钻砺过分，则神疲而气衰。"④在刘勰看来，文章如若能够顺应作者本身的情性和写作规律，就能思合自逢。在这一方面也应当向先哲文章学习，回归创作的本质："汉世迄今，辞务日新，争光鬻采，虑亦竭矣。"在文学创作过程

---

① （清）郭庆藩撰，王孝鱼点校：《庄子集释》，中华书局 2012 年版，第 638 页。
② 范文澜：《文心雕龙注》，人民文学出版社 1958 年版，第 647 页。
③ 范文澜：《文心雕龙注》，人民文学出版社 1958 年版，第 632-633 页。
④ 范文澜：《文心雕龙注》，人民文学出版社 1958 年版，第 646 页。

中，应当"从容率情，优柔适会"。

三、佛教：圆极尽妙

虽然具有浓厚的儒家思想意识，但刘勰同时也深受佛理浸润。据《梁书·刘勰传》载，刘勰二十余岁即入定林寺，依从高僧僧祐十余年，期间"博通经论，因区别部类，录而序之"①，他整理了定林寺大量经藏，研佛典，精佛理，其间撰写《文心雕龙》。此后入梁，刘勰受昭明太子萧统重用，宦海浮沉，历任临川王萧宏府中记室、车骑仓曹参军、仁威南康王萧绩记室兼东宫通事舍人与兵校尉兼东宫通事舍人，后受诏与慧震沙门于定林寺撰经，功毕出家，燔发自誓，改名慧地，可见其归隐寺庙的决心。伴随其青年时期至生命的最后时刻，佛教色彩是刘勰生命中浓墨重彩的一笔。

刘勰是大乘佛教的拥护者，他积极参与当时的佛道论争，驳斥攻击佛教的《三破论》②，撰有佛学论文《灭惑论》。在《灭惑论》中，刘勰针对《三破论》"入国破国"的观念，对佛教无比拥护："大乘圆极，穷理尽妙。"③"圆"指大乘佛教圆满周备、精微至深。作为佛教的重要概念，"圆"也散见于《文心》诸篇，是刘勰论创作、鉴赏与本体的重要概念。因此，本节欲以"圆"的内涵为切口，考察佛教对刘勰的影响。

（一）"圆"之内涵：从"天圆地方"到"圆照博观"

在佛教东渡进入中土之前，中国先民就从对苍穹宇宙的观察中赋予"圆"以"天圆地方"的道体内涵和"运而不穷"的理论内涵，佛教东渡而来，给"圆"带来了圆满周备、一切具足的丰富含义，随着玄佛合流和文学独立的进程演进，"圆"的内涵也延伸至文论当中。

---

① （唐）姚思廉：《梁书》卷四十四，中华书局 1973 年版，第 710 页。

② 《三破论》攻击佛教，其名解为"入国破国""入家破家""入身破身"，故名《三破论》。

③ （齐梁）释僧祐撰：《弘明集校笺》，上海古籍出版社 2013 年版，第 418 页。

　　佛教思想以"圆"喻道，这一点与中国古代先哲赋予"圆"以道体内涵有所相似，但古代先哲是以观摩天地、方圆对立的概念入手，进而使"圆"的内涵掺杂进道的特质，然而佛教则以"圆"直接喻道，完美无憾是佛教根本教义的特征，从这点来说，佛教思想更为看重"圆"的特质。

　　例如，佛典佛画及佛像多以"圆相"为美，佛典称般若智为"圆智"，般若智对世相的观照叫"圆照""圆观"。般若智观照诸法的态度为"圆融""圆通"，称破除偏见的认识方法为"圆解""圆谈""圆辩"，称修行到至高境界为"圆成"，称修行的结果为"果圆"，称涅槃的境界为"圆寂""圆常"，称大乘佛教为"圆因"，称充满佛性之本性为"圆满"。①

　　此外，佛教思想中的"圆"也有圆通无碍的含义，但与《周易》中首尾衔环、往复不穷的运动观不同，佛教的"圆融"之美首先具有"不落二边"的中观特质②，主张不落一边，"圆"立足于范围的扩大，例如佛教三界佛国的宇宙观描绘出一个广阔无边的世界构架。其次，佛教"圆融"之根在于心性的虚静以观，进而能透彻地体察外物，形成主客体之间的宛转流畅。

　　佛教自两汉之际传入，于东晋十六国时期发展壮大，佛教思维也同样进入文论、画论及书法之中。据考，最早以圆美论文乃南朝谢朓，有言"好诗圆美流转如弹丸"，在同一时期，对"圆"的内涵进一步深化挖掘、并具有明确理论意识的当属刘勰，有学者认为，刘勰"将其本身所具有的哲学和宗教内涵吸收转化为含意丰富的美学内涵，故而'圆'范畴在南北朝的发轫即以刘勰为经典个案"③。"圆"之内涵由"天圆地方"至刘勰文论中的"圆照博观"，历经演变，至刘勰文论中，仍然可见道

---

　　①　关于"圆"在佛教中的相关说法，可参见祁志祥：《佛教美学》，上海人民出版社 1997 年版，第 220-227 页。

　　②　印度中观派主张"二谛圆融"（真谛、俗谛），即真俗二谛相互融通，不落一端；传入中国后继承中观派思想的天台宗提出"三谛圆融"，在此前基础上，主张"如来不在此岸，不在彼岸，不在中流"，真、俗、中三谛之间亦流通无碍。

　　③　蒋建梅：《和谐的生命之美："圆"范畴的审美空间与美学精神》，南京大学出版社 2015 年版，第 24 页。

体观与佛教思想中的圆美观影响，其中尤以佛教思想为重。

（二）《文心雕龙》中的"思圆""圆览""圆鉴"与"圆照"

此前，学界对于《文心雕龙》中的圆美思想关注相对较少，20 世纪 90 年代初有单篇论文论述《文心雕龙》中圆的美学内涵，近几年有学者以单章节的形式论述刘勰圆美观的理论呈现，论述较为详细。① 本书将沿着上文中创作论与批评鉴赏论的脉络，以"思圆""圆览""圆鉴"和"圆照"这四个关键词梳理《文心雕龙》中"圆"美思想。

1. 创作构思："思转自圆"

与前文刘勰在《神思》篇中多次谈到的神思阶段的空间感和自由度一样，刘勰也用"圆"来表示创作思维上的圆备周全，本书认为这也指向了器识的修养与扩大。在《体性》篇中，刘勰提出"沿根讨叶，思转自圆"的说法：

> 夫才有天资，学慎始习，斫梓染丝，功在初化，器成采定，难可翻移。故童子雕琢，必先雅制，沿根讨叶，思转自圆，八体虽殊，会通合数，得其环中，则辐辏相成。故宜摹体以定习，因性以练才，文之司南，用此道也。②

刘勰将思维创作上的圆备，明确指向儒家经典的学习，也指向了器识的修养与胸襟的扩大。这里的"圆"侧重于空间的扩大与"圆"这一概念所带来的流转圆通，也就是不滞。

刘勰以风骨论文，若"骨采未圆，风辞未练，而跨略旧规，驰骛新作，虽获巧意，危败亦多"，《风骨》篇指向内在气质和精神风貌，强调精神上的感召力量。此处也指向了器识的空间性，也可以说是行文之根

---

① 单篇论文参见黄金鹏：《〈文心雕龙〉的圆美思想》，《内蒙古师范大学学报（哲学社会科学版）》，1996 年第 2 期。单节论述参见蒋建梅：《和谐的生命之美："圆"范畴的审美空间与美学精神》，南京大学出版社 2015 年版，第三章第二节。

② 范文澜：《文心雕龙注》，人民文学出版社 1958 年版，第 506 页。

基，其根基是"圆"，何为骨采？骨是一种根基，风就是流通周转的一种感染力。随后刘勰才接着说，"若丰藻克赡，风骨不飞，则振采失鲜，负声无力。"刘勰以气论文，"情之含风，犹形之包气"，"思不环周，牵课乏气，则无风之验也"，作者的气无法周转流动，也就无法形成文章的气势，刘勰对此提出的主张是"熔铸经典之范，翔集子史之术"①。

2. 观察外物："触物圆览"

在神思迸发之后，刘勰主张博以观外物，与外界发生接触的时候，"诗人比兴，触物圆览"（《比兴》），刘勰认为"兴"与"风"相通，兴常用以托喻，以小喻大，例如用关雎比喻后妃之德，比是比喻，刘勰认为比兴都能够以更形象的方式触及事物的全貌，例如比喻能够使描绘更加贴切，而兴则由小称大开拓了视野。

3. 写作过程："圆鉴区域"

刘勰具有问题意识，同样认识到人随着自身性情，无法将所有风格都囊括其中，"然诗有恒裁，思无定位，随性适分，鲜能通圆"（《明诗》），"古来文才，异世争驱；或逸才以爽迅，或精思以纤密，而虑动难圆，鲜无瑕病"（《指瑕》），运思常常难以圆满，没有毛病。

但是在具体作品的写作上，要追求内容与形式的圆美。"雅颂圆备"（《明诗》）形容整体风格上的成熟周全，文辞要精练，不能"骨采未圆"（《风骨》），文章结构应"首尾圆合，条贯统序"（《熔裁》），文章需要有音韵之美，有如"贯珠""转圜"（《声律》）一般圆润流畅。总而言之，刘勰理想的境界是义辞皆圆通不滞，《杂文》："足使义明而词净，事圆而音泽，磊磊自转，可称珠耳。"②文章篇幅小才容易周密，思想成熟才能丰富起来。主旨明白而文辞省净，事理完备而音韵和谐，圆转流畅不滞，才能成为连珠。

---

① 本段引文见范文澜：《文心雕龙注》，人民文学出版社 1958 年版，第 513-514 页。

② 范文澜：《文心雕龙注》，人民文学出版社 1958 年版，第 256 页。

不仅事理要求通达，"理圆事密"（《丽辞》），在论说这种体裁的论文中，要注意义理圆通，"故其义贵圆通，辞忌枝碎，必使心与理合，弥缝莫见其隙。"（《论说》）。此外，刘勰强调也要注意"辞贯圆通"（《封禅》）。

其中包括要选择适合自己的体裁："圆者规体，其势也自转。"①（《定势》）强调的是根据自身情性来选择合适自己的体裁，就像圆形的物体能够合乎"规"的体式，其态势自然就趋于圆形的转动方向。总而言之，要"圆鉴区域"（《总术》），全面地明察写作各个层面的方法和手段。

4. 鉴赏过程："圆照之象"

下文将在批评鉴赏论中以《知音》为专篇论述鉴赏过程中"知多偏好，人莫圆该""圆照之象，务先博观"的倾向，此处不再赘述。

（三）儒道释兼宗之"圆"

方立天认为，印度佛教哲学宣传一切皆空的思想与中国固有哲学中成就人生最高的价值理想是有违背的，但"天台、华严和禅诸宗的大师们，自觉地吸收了中国固有的思维方式，运用圆融的思想方法，把理想世界和现实世界统一起来"②，因此，本节最后一段是想谈谈佛教的圆融思想方法。

刘勰受儒家思想影响，从另一个层面来说，儒家关怀现世，具有强烈的现实主义人文精神，儒家所讨论的多与现实生活有关的方面，儒家人性论在君子自我修养之后，所追求的是修身齐家治国平天下的责任，由己及人，如费孝通《乡土中国》所说，如水之涟漪一层一层往外波及，这是刘勰的人生底色。

佛教中国化受到了儒家的影响，而老庄道家和魏晋时代玄学与佛教形成思想互动之态势，有学者认为，"道家在宇宙论、本体论、认识论

---

① 范文澜：《文心雕龙注》，人民文学出版社 1958 年版，第 530 页。

② 方立天：《中国佛教哲学要义》，宗教文化出版社 2015 年版，第 52 页。

和心性论方面都对中国佛教的思想演变产生过重大影响，就其哲学思想影响的广度和深度来说，是超过了儒家对佛教的影响"①。

事实上，考察一个作家儒道释杂糅的人生思想，相对来说是比较难的，因为简单地划分阶段是一种相对粗暴的划分方式，而且这些思想又是通过文学作品来加以反映的。刘勰的思想特点如以一字概括，是"博"，表现为其整个思想构成是博观的，儒佛道三者的思想因素贯穿其一生，且在考察时，必须注意到即使是儒佛道杂糅的成熟作家，亦在其不同的人生阶段，会有三种思想因素相互否定又相互融合的趋势，例如以儒道释兼长的北宋词人苏轼，其文学作品中不乏儒道释相互否定与矛盾的地方。

论其中缘由，首先是儒道释三者的立身哲学就有自我冲突的部分，儒家思想提倡积极地面对现实，进取向上，重视君臣纲纪和礼乐道德，然而老庄哲学崇尚曳尾涂中，齐生死，去己知，销蚀了儒家思想中积极入世的一面，佛教哲学主张超世，也与儒家之入世不同。可以说儒道释三者从立身哲学来讲，就有矛盾。

然而，儒道释三者能在中国人的血脉中延续存活，并常以儒道释三者并存的姿态存在于个体之中，尤其在刘勰身上，体现出一种惯有的儒家思维方式，即灵活，随际遇宛转可变，儒道释三者呈现出贯穿一生、糅杂多变、相互否定而又共同作用的态势，是正常也可以理解的。儒家讲究穷则独善其身，达则兼济天下，受此影响的士人于通达时进取，于失意时韬光养晦，正是出于这种根本上的儒家精神所主导，与儒道释三家相互的杂糅，才使士人之精神于其中呈现出灿烂之貌。其本意也是根据人生浮沉的境遇做到适时而变，行藏由我，归根到底这仍然是中国儒家的智慧精华所在。

儒道释三者兼长的可能性在于，对任何一方都不绝对沉溺，而仅仅只是"主导"，例如苏轼在《答毕仲举文》中，强调自己并不沉溺佛教，

①　方立天：《中国佛教哲学要义》，宗教文化出版社 2015 年版，第 524 页。

而是取其"静而达"的方法用以观察问题，保持豁达的人生态度。

主导刘勰思想的无疑是儒家思想，《文心雕龙》中对儒家的拥护，对孔子的追随，对经典的推崇，与文章的作用，都分明指向儒家价值观。《程器》云："是以君子藏器，待时而动，发挥事业，固宜蓄素以弸中，散采以彪外，梗楠其质，豫章其干，摛文必在纬军国，负重必在任栋梁，穷则独善以垂文，达则奉时以骋绩。"①这也体现了刘勰对人生价值的向往。"君子"出世、入世的理想，极具儒家色彩，这种代表儒家精神的"君子"形象，强调修炼文章，待时而动，为国栋梁，强调《孟子·尽心上》所说的"穷则独善其身，达则兼济天下"的儒家价值观，与道家曳尾涂中、绝知去知的态度俨然有异，其价值理想明确地指向了国家栋梁，军国事业，一展其政治抱负。再往孟子之前的孔子去看，《论语·卫灵公》："邦有道，则仕，邦无道，则可卷而怀之。"②《论语·泰伯》："天下有道则见，无道则隐。"③充满了儒者的铮铮傲骨。

第二个值得注意的是，儒家对穷则独善其身，达则兼济天下的士大夫精神并没有明确地约束，不论是进取为官还是退而守之，修身的思想一致牢牢扎根于儒家思想之中，也就是说，不论是入世还是出世，君子都应当自觉地承担起修身的责任，君子慎独，要养气博识，待时而用。刘勰的博观也扎根于这一儒家思想之中。只不过刘勰相较于前者，把修身与行文统一了起来。在刘勰看来，文与人之间是密不可分的。

但是，在儒家精神的主导下，刘勰大量借鉴了佛老的思想，例如佛家的时间观，例如道家的空间观，使他的精神世界异常庞大广博，但是刘勰也并不沉溺佛老，而是将他们当做工具。

---

① 范文澜：《文心雕龙注》，人民文学出版社1958年版，第720页。

② （清）刘宝楠撰，高流水点校：《论语正义》，中华书局1990年版，第617页。

③ （清）刘宝楠撰，高流水点校：《论语正义》，中华书局1990年版，第303页。

第二节　心观与虚静：创作的博观

创作如起宅造屋，于平地起高楼，施妙手乃成章。"今有人焉，拥数万金而谋起一大宅，门堂楼庑，将无一不极轮奂之美"①，叶燮用建造房屋来譬喻创作，甚为形象。起屋造宅，必依图纸而行，方能"自康衢而登其门，于是而堂，而中门，又于是而中堂，而后堂，而闺阁，而曲房，而宾席东厨之室，非不井然秩然也"②，行文亦如是，也需遵创作原理、循相应章法。

然而创作虽有章法，却非易事：想象杂芜，"其神远矣"；下笔百难，"疏则千里"。想象生成至落笔成文之间，有许多创作关隘。《神思》篇是统摄创作论诸篇的总纲，也涵盖了刘勰论创作活动的主要观点，因此，本节以《神思》篇为主，兼论其他创作论篇章，试论创作论中的"博观"之法。

本节试遵循两条路径加以论述，其一是空间层面，其二是行文顺序。《神思》篇有句话，但凡有过创作体验的人必心有戚戚："方其搦翰，气倍辞前，暨乎篇成，半折心始。"③原因为何？本书认为，这正是由心、文(手)和物之间的空间距离所引起的，当心、文(手)和物之间的空间极好地弥合在一起，便能够"密则无际"。此外，《神思》篇遵循创作活动的流程而写，金圣叹有言："古人著书，每每若干年布想，若干年储材，又复若干年经营点窜，而后得脱于稿，哀然成为一书也。"④人心由物所感，由心而发，由文而成，文学创作活动又有神思之起、驭

---

① （清）叶燮、薛雪、沈德潜著，霍松林、杜维沫校注：《〈原诗〉〈一瓢诗话〉〈说诗晬语〉》，人民文学出版社 2006 年版，第 17 页。

② （清）叶燮、薛雪、沈德潜著，霍松林、杜维沫校注：《〈原诗〉〈一瓢诗话〉〈说诗晬语〉》，人民文学出版社 2006 年版，第 19 页。

③ 范文澜：《文心雕龙注》，人民文学出版社 1958 年版，第 494 页。

④ 朱一玄、刘毓忱编：《水浒传资料汇编》，百花文艺出版社 1981 年版，第 257 页。

文谋篇和落笔成文这三个步骤。刘勰也遵循着神、志气和辞令这样的创作顺序写作《神思》。本书遵循以上两条路径，第一小节论述想象活动之中的广博空间，第二小节论述驭文谋篇阶段的活动，第三小节论述落笔成文环节的空间。试分论如下。

一、文之思也，其神远矣

《文心雕龙》创作论诸篇举《神思》为首，而《神思》篇则以创作想象为开端：

> 古人云："形在江海之上，心存魏阙之下。"神思之谓也。文之思也，其神远矣。故寂然凝虑，思接千载；悄焉动容，视通万里。吟咏之间，吐纳珠玉之声；眉睫之前，卷舒风云之色；其思理之致乎！①

"文之思"是创作活动的起点，也就是想象活动和灵感，刘勰概括其特点是"远"。"文之思也，其神远矣"，文思悠远，谓之神思。"远"（遠）是形声字，左部"辶"表示该字与行走有关，右部"袁"为声旁，"袁"字下半部"衣"是形符，本义形容人衣服很长的样子。由此，"远"本义为行走距离长，由此到彼，该字字义指向某种由距离延展而生的空间概念。神思是创作过程中想象思维的活动状态，神思之"远"具有广博性，也拥有一个趋近于无限的空间，本书以为，"神思"是"心观"，它不受"身观"的限制，拥有一个广博的空间，刘勰对神思空间性的描述方式受到了中国古代宇宙观的深刻影响，指向无限性和扩张性，也反映出他博观的思维方式。

（一）"心观"与"身观"

在《神思》篇开头，刘勰以《庄子·让王》中的一个典故引出了神思

---

① 范文澜：《文心雕龙注》，人民文学出版社 1958 年版，第 493 页。

之"远"，《庄子》中原文是这样的：

> 中山公子牟谓瞻子曰："身在江海之上，心居乎魏阙之下，
> 奈何？"①

"魏阙"是古代宫门外高大巍然的观楼，用以公布法令，在此处指代朝廷。瞻子是魏国的贤能之士，魏公子牟（中山公子）彼时隐居江湖，但内心恋栈名利，颇为挣扎，因此向瞻子讨教。

值得注意的是，刘勰化用此典，本意并不在向贤问教、恋栈权位等具体的故事内容上，而是引用了其中"心""形"分离之情状。"心""形"分离是人想象活动时的生理状态，是神思的重要特征，也是文思之所以能够"远"的条件。

西方早期涉及灵感来源的文论资料里，人们倾向于相信灵感是神灵依附于人的躯体、借由这副身体进行的创造活动，比如说德谟克利特认为"荷马由于生来就得到神的才能，所以创造出丰富多彩的伟大的诗篇"②，柏拉图心目中的第一等人是受到神灵附体因此得到灵感的人，他认为高明的诗人是神的代言人，因有神力凭附而得到灵感，或这种灵感来时的迷狂状态是不朽的灵魂于前世所带来的记忆③，当然，随着后期人们对灵感的逐步认识，亚里士多德、贺拉斯等人开启了较为理性的思考，认识到诗人的天才与刻苦训练。

但是，我们仍然可以说，西方早期的灵感说倾向于由外至内的神启降临，与之相对，中国古代文论的"神思"说在论述灵感活动时，更倾向于由内至外的"心""形"分离。在灵感迸发的创作初期，"心"能够脱离"形"的束缚，在一个自由广阔的空间中遨游，《神思》篇中一开始，

---

① （清）郭庆藩撰，王孝鱼点校：《庄子集释》，中华书局2012年版，第971页。

② 转引自朱光潜：《西方美学史》，人民文学出版社1979年版，第35页。

③ 朱光潜：《西方美学史》，人民文学出版社1979年版，第56-57页。

刘勰紧紧抓住了神思的这个特征。创作活动中，灵感使创作者之神思能够超越身体的局限，漫游于一个广博的空间中，这正是创作活动的迷人之处，"神思"之"远"也是在"身"之所"限"的强烈对比下得以显现的。

灵感是"心观"，那么与之对应的凭借身体对外界进行的听闻嗅等感知行为就是"身观"。"心观"无法完全脱离"身观"独立存在，"身观"的重要性也绝不亚于"心观"。古语云"读万卷书不如行万里路"，又云"纸上得来终觉浅，绝知此事要躬行"，是充分肯定了"身观"的价值。南朝宋代画家宗炳醉心书画，早年徜徉山水、饮溪栖谷，西至荆楚，南登衡岳，后老年回到江陵，将早年游历诸景绘于居室，卧以游之。这是一个"心观"的例子，即使宗炳病卧在床，也仍然能通过想象绘出万里之外的山河景色，但同时，他的"心观"源于曾经寄情山水的"身观"所见，因此，"心观"也极为仰赖"身观"，关于这一点，后文仍有详述。

但是，"心观"所拥有的空间远比"身观"更为广博，且不受"身观"所限。在交通发达、信息通畅的现代社会，人们可以买一张机票就能飞跃半个地球，拨通一个视频就能与相隔千山万水的亲友对话，买一张电影票就能获得一场极致的视听盛宴，但是想象活动所能到达的空间，仍然远比一个现代人身体六观所能感受到的空间大。现代社会尚且如此，更不要说从前科技尚不够发达的社会。《文心雕龙札记》云："思心之用，不限于身观，或感物而造端，或凭心而构象，无有幽深远近，皆思理之所行也。"①想象活动翱翔的范围，在古代文论的语境中"控引天地，错综古今"②，具有无限广博的空间。

（二）"八极"与"万仞"

值得注意的是，刘勰关于神思空间上的描述，受到了中国古代宇宙观的深刻影响，而古人对宇宙、天地和古今的空间概念均指向了无限性和扩张性，刘勰对神思空间性的描述方式也反映出博观的思维方式。

———————————

① 黄侃：《文心雕龙札记》，华东师范大学出版社1996年版，第118页。

② （汉）刘歆撰，（晋）葛洪集，向新阳、刘克任校注：《西京杂记校注》，上海古籍出版社1991年版，第91页。

刘勰对于这种空间感，着重强调了"纵观"与"横览"："故寂然凝虑，思接千载；悄焉动容，视通万里。"①"心观"从横向来看，四通八达，无所不包；于纵向而言，覆天载地，囊括古今，都将神思指向了一种广博的空间性。"纵观"和"横览"也是纵向与横向的空间距离，纵横形成了一个三维空间，就是"神思"的遨游范围。

先民在对自然的观察和摸索中，从"古者民童蒙不知东西"②的状态中，逐步形成一定的空间概念，而这种空间概念也是从横纵两向构筑的三维空间，例如宇宙观。古人以"宙"论时间，以"宇"论空间。"宙"是形声字，"宀"表示该字与房屋相关，《说文》云："宙，舟舆所极覆也。"段玉裁注："覆者，反也，与复同，往来也。"③以舟车的车轮循环往复地前进比喻时间。《管子·宙合》篇较早提出比较明晰的时空概念，"合"指"六合"④，谓四方上下之意，作者解题曰："宙合之意，上通于天之上，下泉于地之下，外出于四海之外，合络天地以为一裹。"⑤"宇"字也是形声字，也与房屋相关，《说文》："宇，屋边也。"⑥本义为屋檐，后以"宇宙"连用以表示一个趋于无限的空间和时间，《尸子》云："四方上下曰宇，往古来今曰宙。"⑦正如有学者说："哲学家以'四方上下'作为'宇'的内涵，已经具有一般的意义。正如'古往来今'并无什么

---

① 范文澜：《文心雕龙注》，人民文学出版社 1958 年版，第 493 页。

② 刘文典撰，冯逸、乔华点校：《淮南鸿烈集解》，中华书局 2013 年版，第 413 页。

③ （汉）许慎撰，（清）段玉裁注：《说文解字注》（第二版），上海古籍出版社 1988 年版，第 342 页。

④ 关于"六合"的解释，可见《庄子·齐物论》、《庄子·知北游》及《淮南子·原道训》诸篇。

⑤ 黎翔凤撰，梁运华整理：《管子校注》，中华书局 2004 年版，第 235-236 页。

⑥ （汉）许慎撰，（清）段玉裁注：《说文解字注》（第二版），上海古籍出版社 1988 年版，第 338 页。

⑦ 转引自（清）郭庆藩撰，王孝鱼点校：《庄子集释》，中华书局 2012 年版，第 107 页。

限制一样，'四方上下'也没有什么限制，所以在'宇宙'的意义中，已经模糊地表示了时空无限性的思想。"①在对神思空间范围的形容中，我们也很难见到这种范围的局限和边界。

举陆机论创作构思为例，陆机形容创作灵感时，从时间和空间两个维度阐释了想象活动广博的空间性，第一句是"精骛八极，心游万仞"，第二句是"观古今于须臾，抚四海于一瞬"②。前一句是空间之博，"观古今于须臾，抚四海于一瞬"，则是从时间维度阐释想象的广博。

"八极"是八方极远之地，这种空间概念也常用来形容"道"，如《淮南子·原道训》："夫道者，覆天载地，廓四方，柝八极，高不可际，深不可测，包裹天地，禀授无形。"高诱注曰："八极，八方之极也。言其远。"③又如《庄子·田子方》云："夫至人者，上窥青天，下潜黄泉，挥斥八极，神气不变。"④又例如"宙合"是"谓其道上极于天，下察于地，稽之往古，验之来今，推之四方，运之四时，皆一道所范围，而万物莫能外也。"⑤"道"是古人认为的天地准则，在道家思想里，道无处不在，因此"八极"也形容横向空间上的广阔无极。

"仞"是古代丈量高度和纵向空间深度的计量单位，一仞约合八尺，"万仞"和"八极"一样，是一种夸张的空间形容，形容山极高，已接近无法丈量的高度。李白《宿无相寺》："头陀悬万仞，远眺望华峰。"王之涣《凉州词》："黄河远上白云间，一片孤城万仞山。"宋朝诗人黄庭坚有诗《减字木兰花·苍崖万仞》，苏轼《次韵定慧钦长老见寄八首》有"罗浮高万仞"之句。"八极"是形容空间横向之远，"万仞"是形容空间纵向之

① 刘文英：《中国古代的时空观念》，南开大学出版社 2000 年版，第 32 页。
② （晋）陆机撰，张少康集释：《文赋集释》，上海古籍出版社 1984 年版，第 25 页。
③ 刘文典撰，冯逸、乔华点校：《淮南鸿烈集解》，中华书局 2013 年版，第 1 页。
④ （清）郭庆藩撰，王孝鱼点校：《庄子集释》，中华书局 2012 年版，第 722 页。
⑤ 黎翔凤撰，梁运华整理：《管子校注》，中华书局 2004 年版，第 205 页。

深，而这些都是形容灵感遨游的范围和状态。

因此，古人对天地的空间概念，对"宇宙"一词的使用和理解，对"道"充盈着的万物的空间理解，均指向了没有边界的无限性和无限扩张的意识，刘勰受此影响，对神思的空间性描述也反映出博观的思维方式。

二、虚静以观，积学酌理

神思具有广阔的空间，对神思空间性的描述也展现出刘勰博观的思维方式。但是，灵感产生到研墨成文绝非一蹴而就之事，面对纷杂的灵感和无穷的材料，如何成篇为文，还需要遵循一定之法。因此，论说"心观"之"博"后，刘勰紧接着提到：

> 是以陶钧文思，贵在虚静，疏瀹五藏，澡雪精神，积学以储宝，酌理以富才，研阅以穷照，驯致以绎辞，然后使玄解之宰，寻声律而定墨；独照之匠，窥意象而运斤；此盖驭文之首术，谋篇之大端。①

刘勰在论述神思翱翔天地的空间感之后，将目光转向具体的创作与作者的器识上来。作者涵养自身才华与智识，博观以扩展材料，是"驭文之首术，谋篇之大端"。《神思》云："是以秉心养术，无务苦虑，含章司契，不必劳情也。"②刘勰在这一阶段提到的虚静和积学储宝等方法，正是"秉心"和"养术"。值得注意的是刘勰具有博而观之的思维方式，"秉心"是虚静与养气，是通过摒除杂念扩展内心的空间，进而更好地观照外物；"养术"所强调的积学酌理是通过扩展材料，进而更顺利地写作，本节将从这两个方面分而论之。

(一)"秉心"：虚静以观

"虚静"说是中国古代文论关于审美鉴赏和艺术创作的重要概念，

---

① 范文澜：《文心雕龙注》，人民文学出版社 1958 年版，第 493 页。
② 范文澜：《文心雕龙注》，人民文学出版社 1958 年版，第 494 页。

具体指摒除内心杂念、保持空明澄澈，以便更好地进行创作和审美欣赏，本书此处主要论述创作活动中的"虚静"。

"虚静"思想最早源于先秦时期的《老子》，老子思想崇"虚"贵"无"，认为天地之道不生不灭、无形无象，隐藏于"虚"和"无"中。天地犹如冶铁的"橐龠"，因内里虚空，有空气流动的空间，才能"虚而不屈，动而愈出"①，又如马车车轮、陶器和窗户因有中空才能为人使用："三十辐共一毂，当其无，有车之用。埏埴以为器，当其无，有器之用。凿户牖以为室，当其无，有室之用。故有之以为利，无之以为用。"②因为"空"构筑出了空间，"虚"得以容纳实物，所以拥有"空"和"虚"属性的物品产生了使用价值。

与"道"和"道"统摄下万事万物的"虚"相对应，人的心灵也有类似的状态，称为"虚"和"静"。《老子·第十六章》云："致虚极，守静笃。"③"虚极"是最大限度地摒除一切外部刺激和杂念、使心灵处于澄澈的状态，"静"是凝神内守、安静无扰的精神境界。"虚静"连用作为一种心理状态，出自《庄子》，《神思》篇直接化用了《庄子·知北游》中的典故。孔子向老子问"道"，老子回答：

> 汝齐（斋）戒，疏瀹而（尔）心，澡雪而（尔）精神，掊击而（尔）知。④

"疏瀹"是疏通、洗涤，"澡雪"是清洁，在这一段中，作者假借老子之

① （魏）王弼注，楼宇烈校释：《老子道德经注校释》，中华书局 2008 年版，第 14 页。
② （魏）王弼注，楼宇烈校释：《老子道德经注校释》，中华书局 2008 年版，第 26—27 页。
③ （魏）王弼注，楼宇烈校释：《老子道德经注校释》，中华书局 2008 年版，第 35 页。
④ （清）郭庆藩撰，王孝鱼点校：《庄子集释》，中华书局 2012 年版，第 737 页。

语提出如要问道，应先斋戒心灵，洗涤心智和精神，将从前的智识一一打破，进而形成一个心灵层面虚以容纳的空间，以聆听何为道。

《庄子》进一步提出，要达到虚静必须"心斋"与"坐忘"。"心斋"谓心如斋戒，摒除杂念，《庄子·人间世》通过颜回和孔子的对话，假借孔子之口论述"心斋"：

> 若一志，无听之以耳而听之以心，无听之以心而听之以气！听止于耳，心止于符。气也者，虚而待物者也。唯道集虚。虚者，心斋也。①

作者认为，去除求名斗智的念头，使心境达到空明澄澈的境界，这种使内心变为"虚"的方法，就是"心斋"。耳的作用止于聆听万物，心的作用止于感应现象，而真正应该用"气"来感应万物，为什么是"气"？成玄英疏曰："虚柔任物。"又曰："如气柔弱虚空，其心寂泊忘怀，方能应物。"②这与老子所言"虚以纳物"的观点一脉相承。"坐忘"出自《庄子·大宗师》，也是通过孔子与颜回的对谈，借颜回之口提出：

> 堕肢体，黜聪明，离形去知，同于大通，此谓坐忘。③

"忘"与"斋戒""疏瀹"类似，带有清除、摒弃和遗忘的行为，"坐忘"指逐一遗忘身体的存在、从前的智识，使心灵保持无欲无求的空灵状态。

从相关文献中可以看出，"虚静"是一种方法，试图通过自我意识

---

① （清）郭庆藩撰，王孝鱼点校：《庄子集释》，中华书局2012年版，第152页。

② （清）郭庆藩撰，王孝鱼点校：《庄子集释》，中华书局2012年版，第153页。

③ （清）郭庆藩撰，王孝鱼点校：《庄子集释》，中华书局2012年版，第290页。

上的去除和清扫，整理出一个虚空、可以容纳外物的空间，其作用在于
"涤除玄览"①，也类似于"澄怀味像"②，目的在于"览"，在于"观"，
在创作活动中在于"味像"。

"监"字的甲骨文和金文

一个比较有趣的观察是，"览""鉴""心"这三字有相通之处。古人
以水作镜，"览"古字为"覧"，在小篆文中上为"监"下为"见"，"监"的
甲骨文像人对着装满水的器物里照镜子，"鉴"古字写作"监"，至春秋
才加入"金"字底，指为映照的铜器，后引申为铜镜之意。老庄思想常
以"鉴"（镜子）形容"心"，以比喻心能够透彻明晰地体察万物，如《淮
南子·修务篇》云："执玄鉴于心，照物明白。"③把心比喻成照映万物
的镜子，《庄子·天道篇》曰："圣人之心静乎！天地之鉴也，万物之镜
也。"④《养气》篇中提到："水停以鉴，火静而朗。"⑤

涤除玄览的目的在于使心灵平静如水，以能像镜子一样照览外物，

---

① 《十章》，（魏）王弼注，楼宇烈校释：《老子道德经注校释》，中华书局
2008 年版，第 23 页。

② 陈传席译，吴焯校订：《画山水序　叙画》，人民美术出版社 1985 年版，第
1 页。

③ 刘文典撰，冯逸、乔华点校：《淮南鸿烈集解》，中华书局 2013 年版，第
801 页。

④ （清）郭庆藩撰，王孝鱼点校：《庄子集释》，中华书局 2012 年版，第 462
页。

⑤ 范文澜：《文心雕龙注》，人民文学出版社 1958 年版，第 647 页。

使内心成一个虚空无物的状态，以便容纳万物。如范应元说："心不虚则不明，不明则不通。谓游除私欲，使本心精明，如玉之无瑕疵，鉴之无尘垢，则冥观事物，皆不外乎自然之理。"①最终的落脚点使心既明且通，继而能够清晰地观照。

因此，"虚静"意味着空间层面的扩大，不同于上一节神思具有覆天载地、八极万仞的空间，而是清扫出心本来的空间，虚以纳物。"欲令诗语妙，无厌空且静。静故了群动，空故纳万境"②也是如此。"涤除玄览"带来一个更为广博的、心物相通的空间，虚则能受，静则足观。它指向了容纳，也指向了"观"的透彻，最终落脚点是博观，也就是能够更好地观照。

（二）"养术"：积学酌理

除了《神思》论"秉心"之外，《养气》篇也提到："清和其心，条畅其气，烦而即舍，勿使壅滞。"③刘勰在创作论上强烈的问题意识是"不通"和"壅滞"。而创作的理想状态是心物之间交融通畅，是"神与物游"：

> 故思理为妙，神与物游。神居胸臆，而志气统其关键；物沿耳目，而辞令管其枢机。枢机方通，则物无隐貌；关键将塞，则神有遁心。④

古人认为心是精神活动的主宰，而精神活动是由志、气统辖的。《孟

---

① 范应元著，黄曙辉点校：《老子道德经古本集注》，华东师范大学出版社2010年版，第16页。
② 苏轼：《送参寥师》，王水照选注：《苏轼选集》，上海古籍出版社2014年版，第115页。
③ 范文澜：《文心雕龙注》，人民文学出版社1958年版，第647页。
④ 范文澜：《文心雕龙注》，人民文学出版社1958年版，第493页。

子·公孙丑》上："夫志，气之帅也。气，体之充也。"①所以刘勰说："志气统其关键。"

"神与物游"涉及"感物"，"感物说"是古代文论家对创作论起源的一种看法，认为诗人之所以产生创作热情，是因为受到外物感召内心产生触动，《物色》篇云："情以物迁，辞以情发。"②《文赋》曰："遵四时以叹逝，瞻万物而思纷。悲落叶于劲秋，喜柔条于芳春。"③萧子显《自序》论感物："若乃登高目极，临水送归，风动春朝，月明秋夜，早雁初莺，开花落叶，有来斯应，每不能已也。"④均是论"感物"。在这样的境况下，内心若能清晰地感知到外物，且能够使心意通过写作技巧明白地形成文字，所谓心物无隔，就是成功的作品。

古代文论中，心神志气本为一体，刘勰所讨论的虚静，正是通过虚以纳物，静以观照的方式，通过扩充作者的器识和胸襟，借以顺利地展开创作。叶燮论创作，首先要有"诗之基"："有胸襟，然后能载其性情、智慧、聪明、才辨以出，随遇发生，随生即盛。"⑤又如明代文人袁宗道论人需有器识，认为人的智识"若万斛之舟，无所不载也"，又格外强调"识"："盖识不宏远者，其器必且浮浅。而包罗一世之襟度，固赖有昭晰六合之识见也。"⑥而对于如何培养这种智识，袁宏道以"豁之以致知，养之以无欲"作为总结，其本质内涵也仍然是刘勰所说的虚静。

---

① （清）焦循撰，沈文倬点校：《孟子正义》，中华书局 2018 年版，第 211 页。

② 范文澜：《文心雕龙注》，人民文学出版社 1958 年版，第 693 页。

③ （晋）陆机撰，张少康集释：《文赋集释》，上海古籍出版社 1984 年版，第 14 页。

④ 《萧子显传》，（唐）姚思廉：《梁书》卷三十五，中华书局 1973 年版，第 169 页。

⑤ （清）叶燮、薛雪、沈德潜著，霍松林、杜维沫校注：《〈原诗〉〈一瓢诗话〉〈说诗晬语〉》，人民文学出版社 2006 年版，第 17 页。

⑥ （明）袁宗道著，钱伯城标点：《白苏斋类集》，上海古籍出版社 1989 年版，第 92 页。

使心虚静，是使人处于虚以纳物的心灵状态，便于观照外物。但是刘勰同样也没有忽视博观对器识的培养。在虚静之后，刘勰论说："积学以储宝，酌理以富才，研阅以穷照，驯致以绎辞。""积学以储宝"的前提是虚静，但除了虚静之外，还要广泛地阅读，积累材料，例如叶燮论搜集材料，"当不惮远且劳，求荆湘之梗楠，江汉之豫章"①，这些材料也会进一步扩充作者的器识。叶燮论才胆识力，认为"识"大于"才"："人惟中藏无识，则理事情错陈于前，而浑然茫然，是非可否，妍媸黑白，悉眩惑而不能辨，安望其敷而出之为才乎！"②

在虚静以观，博而积学的准备后，刘勰认为心灵的空间与外物之间是贯通无隔的，此时无需苦苦冥思，只需自然而然地酝酿文思，便能"神与物游"，行文得心应手。对于这种创作的理想状态，刘勰举《庄子》中"庖丁解牛""轮扁得心应手""匠石斫鼻"等典故，认为这种理想状态是得心应手、顺畅自然的。在酝酿文思之后，便是具体的行文之法，刘勰博观的思维方式，也贯穿于灵感与成文的始终。

三、博而能一，馈贫拯乱

《神思》篇是刘勰统摄创作论诸篇的总纲，有学者认为《神思》"体现了他（刘勰）把作为想象活动（神思）的艺术思维看作是贯穿全部创作过程的观点"③，刘勰的博观思维亦贯穿全部创作过程。在具体的行文实践中，刘勰注意到作者酝酿文思易出现迟速之别，且易陷入"理郁"和"辞溺"之弊，因此提出"博练""博见""贯一"之法。此外，刘勰的博观思维还体现在其创新意识与文思之精妙的阐释上，现分为三个部分加以论述。

---

① （清）叶燮、薛雪、沈德潜著，霍松林、杜维沫校注：《〈原诗〉〈一瓢诗话〉〈说诗晬语〉》，人民文学出版社 2006 年版，第 18 页。

② （清）叶燮、薛雪、沈德潜著，霍松林、杜维沫校注：《〈原诗〉〈一瓢诗话〉〈说诗晬语〉》，人民文学出版社 2006 年版，第 24 页。

③ 王元化：《思辨随笔》，上海文艺出版社 1994 年版，第 312 页。

（一）"博见"与"贯一"

循着"含章司契，不必劳情"这样酝酿文思的创作过程，刘勰的视角由灵感的产生、神思之博远，到创作的准备活动，虚静以博观，最终转入落笔的实践活动，也就是"博见"和"博练"。基于强烈的问题意识，刘勰提出，作者在成文过程中容易遇到两大弊端，以"博练""博见""贯一"为药，必能有助创作：

> 难易虽殊，并资博练。若学浅而空迟，才疏而徒速，以斯成器，未之前闻。是以临篇缀虑，必有二患：理郁者苦贫，辞溺者伤乱，然则博见为馈贫之粮，贯一为拯乱之药，博而能一，亦有助乎心力矣。①

值得注意的是，在论述神思和虚静时，刘勰是从宏观角度论述其广博性的，神思的广博是想象思维的客观特性，虚静以观、博而积学是创作活动的必要环节，这两者均是创作不可或缺的环节，在宏观论述的时候，刘勰并未提及创作主体的差异性。但到了落笔成文的实践环节，情况尤为复杂，刘勰将其归结为创作者才华和文体这两方面的差异。

刘勰认为，人生来情性各异、气质不同，"才有庸俊，气有刚柔"②，且后天所接受的学习内容和自身学识积累也有不同，"学有浅深，习有雅郑"③，天生情性与后天学习共同陶铸了创作者的文学风格与创作习惯，创作者风格、习惯的不同，与文体选择上的多样，形成了"笔区云谲，文苑波诡"④的现象。

在《神思》篇中，刘勰认为："人之禀才，迟速异分；文之制体，大小殊功。"但刘勰的重点更多关注的是创作者成文的写作速度，及写作

---

① 范文澜：《文心雕龙注》，人民文学出版社 1958 年版，第 494-495 页。
② 范文澜：《文心雕龙注》，人民文学出版社 1958 年版，第 505 页。
③ 范文澜：《文心雕龙注》，人民文学出版社 1958 年版，第 505 页。
④ 范文澜：《文心雕龙注》，人民文学出版社 1958 年版，第 505 页。

速度背后所反映出的文思酝酿之迟速。刘勰举了大量例子进行佐证，如司马相如"含笔而腐毫"，以衔笔沉思之久比喻行文之缓，扬雄"辍翰而惊梦"，桓谭"疾感于苦思"，王充"气竭于思虑"，这是因思绪缓慢而劳神，再有张衡精思，用了十年时间方写成《二京赋》，左思锤炼文辞十余年才写成《三都赋》，从这些作者身上可见文思迟缓，行文时间较长："虽有巨文，亦思之缓也。"但也有一些作者思绪机敏，如刘安和枚皋受诏写赋，几乎受诏即成，文思迅疾。曹植"援牍如口诵"、王粲"举笔似宿构"、阮瑀"据鞍而制书"、祢衡"当食而草奏"，均举笔即成，且鲜少增改："虽有短篇，亦思之速也。"

在刘勰看来，文思迟缓和迅捷并没有高下之分，或者说文思的速度并不能决定文章的优劣，真正决定文章质量的是作者的才华与学识，因此刘勰说："若学浅而空迟，才疏而徒速，以斯成器，未之前闻。"文思的迟缓与迅捷，更多是由情性所导致的"应机立断"和"研虑方定"之别，"机敏故造次而成功，虑疑故愈久而致绩"[1]。但刘勰提出不论构思速度快慢与否，都要以"博练"为法，加以修炼笔力。

针对具体行文写作之中常见的"理郁"和"辞溺"，刘勰提出"博见"和"贯一"之法，"理郁"是知识缺乏、不明事理，"辞溺"是内容杂乱、主旨不明，其中，"博见"也就是广泛地阅读，并之"博练"，与前文所说的"积学以储宝"，意义相当，"万卷山积，一篇吟成"[2]，这也体现了刘勰博观的思维方式。

(二) 焕然乃珍

在具体写作过程中，刘勰除了提出"博见""贯一""博练"等具体方法之外，也在《神思》篇末尾涉及文学创作的创新问题，其博观思维，也可在其中窥见一二。《神思》篇云：

---

① 范文澜：《文心雕龙注》，人民文学出版社 1958 年版，第 494 页。

② (清)袁枚著，郭绍虞辑注：《续诗品注》，人民文学出版社 1963 年版，第 147 页。

　　　　若情数诡杂，体变迁贸。拙辞或孕于巧义，庸事或萌于新意，视布于麻，虽云未贵，杼轴献功，焕然乃珍。①

　　布与麻虽然质地类似，但若经过一番巧妙加工，也有可能使稍显笨拙的言辞与平庸的题材焕发光彩，成为佳作，刘勰同样以博观的思维方式来看待这一问题。

　　首先，刘勰在此处并未再深入提及文学创作如何创新，或许因为文情诡杂，难以囊括全貌，又或者更为重要的是，创新仰赖于作者独峙的创作才华与广博器识，既需要作者勤以虚静之法涤荡旧识，虚以观照，也需要在日常通过大量阅读旧典，不断"博见"以扩大视野，更需要在反复写作的"博练"之中磨炼笔力，获得成长。刘勰将创新问题仍然引回"博见"与"博练"之中。

　　其次，刘勰对"杼轴献功，焕然乃珍"的重视使创作于"博练"之外，更深入了一层，重视创新无疑是鼓励作者从个人的创作层面进行突破，而且更是鼓励作品在从古至今的文学作品庞博的范围中也力求突破，这都意味着文章创作想要不落窠臼，就要打破旧有作品的空间，以寻求更深、更广的天地。

　　从打破个人旧有作品的空间来举例，叶燮在《原诗》中将文学创作比喻为建宅造房，要遵循"起基""取材""用材""设色布采"等顺序，方能建成，然在这些步骤之后，叶燮也提出，一部好的文学作品犹如井然有序、空间合理的高宅，但是如果一个创作者的每篇文章都像建造同一栋房子一样，那就纯属造房工匠，而非现代意义上的"设计师"了，所以叶燮也强调变化："惟数者一一各得其所，而悉出于天然位置，终无相踱沓出之病，是之谓变化。"②作者的每一部作品都犹如一栋独宅，既要成为佳作，亦要寻求旧有作品的突破。

_____

　　①　范文澜：《文心雕龙注》，人民文学出版社 1958 年版，第 495 页。
　　②　（清）叶燮、薛雪、沈德潜著，霍松林、杜维沫校注：《〈原诗〉〈一瓢诗话〉〈说诗晬语〉》，人民文学出版社 2006 年版，第 19 页。

　　从整个文学创作的角度来举例，金圣叹曾提到创作过程中充满险绝，将文学创作形容为爬山，"不梯而上，不縋而下，未见其能穷山川之窈窕、洞壑之隐秘也"，在费劲心思深入飞鸟徘徊、蛇虎蹢躅的隐秘幽深之处后，"吾之耳目乃一变换，而吾之胸襟乃一荡涤，而吾之识略乃得高者愈高，深者愈深，奋而为文笔，亦得愈极高深之变也"①，行文如同游山，也要有深入到无人之境的勇气，方能从突破中洗涤胸襟，变换耳目，使文识高深，文笔绝妙，从空间层面来说，它也指向了创作者自器识至文笔的扩大，而这些均萌蘖于"博见"与"博练"。

（三）文外曲致，笔固知止

　　本节以《神思》篇为主要分析对象，遵循着两条路径进行言说，其一是《神思》的主要行文顺序，也是创作活动中由物生感、神思之起、驭文谋篇至落笔成文的成文步骤，文中也遵循着神、志气和辞令这样的创作顺序组织成文的，可以说这条路径是《神思》中的一条较为明显的路径。

　　文中另一条较为隐秘的路径，就是"意授于思，言授于意，密则无际，疏则千里"所带来的空间感，也就是思绪与言辞之间难以完美弥合的困境，刘勰借《神思》说出了创作者共同的难言之隐："方其搦翰，气倍辞前；暨乎篇成，半折心始。"如果心能够澄澈观照，与外物契合，达到"神与物游"的至精至妙之境界，且能通过文辞笔墨描绘出来，那么思绪与言辞就能完美融合，亦不存在"或理在方寸，而求之域表；或义在咫尺，而思隔山河"的困境了。

　　神思具有广博的遨游空间，使心不限身观，可纵横八极，无所不往，对于"心"的空间，刘勰以"虚静"主张虚以纳物，静以观照，使心能够涤除旧识，更准确地观照外物，心物的空间相融通，则需要通过文识加以组织，言辞加以润色，穷尽探索以创新，方能以文彰显心迹，成

---

　　①　朱一玄、刘毓忱编：《水浒传资料汇编》，百花文艺出版社 1981 年版，第306 页。

就一篇佳作。在刘勰看来，至精至妙、神与物游的创作境界是通畅无隔的，是"枢机方通，则物无隐貌"，是"密则无际"，是一种精妙的弥合，是神思的空间、外物的空间经由文笔和才力的引导与连接，交融在一起。

虽然刘勰在文末提到："至于思表纤旨，文外曲致，言所不追，笔固知止。"认为这种神与物游的弥合状态是精妙无比，难以言说的，虽说"不追"与"知止"，但《神思》整篇与刘勰对创作论的数篇阐发，也是他试图追寻这种曲致与奥妙所进行的创作。归纳而来，刘勰既拥有博观的思维方式看待神思的客观特性，也强调以博观的方法虚静观照，更以博见、博练、积学等方式，鼓励创作者扩充胸襟，涤除旧识，博览群书，积累素材，并勤加练习，提升技艺。

第三节　六观与深识：鉴赏的博观

《文心雕龙》批评和鉴赏应合而论之还是单独阐述，相关篇章有哪些，研究界学者对此争议已久。① 谈到《文心雕龙》的批评和鉴赏，虽诸多篇章均有涉及，但《知音》篇为重中之重乃不刊之论，因此，本节也重点围绕《知音》篇进行阐说。《知音》篇中，刘勰云："凡操千曲而后晓声，观千剑而后识器；故圆照之象，务先博观。"② 纪昀评此段曰："扼要之论，探出知音之本。"③ 故知"博观"是《知音》篇的重要概念。

刘勰以鼓瑟之赏与剑器之识比喻文章批评，强调阅读需在宽度和深度上进行大量积累，广泛阅读是全面深入、真实无误地鉴赏文学作品的

---

①　研究界对《文心雕龙》理论体系中，鉴赏论是否应与批评论单独来谈，主要存在重批评轻鉴赏、批评鉴赏同论和鉴赏单独来谈的三种看法，相关论述参见林珂、赵维江：《鉴赏论》，《文心雕龙学综览》，上海书店出版社 1995 年版，第 112 页。研究界对《文心雕龙》批评论集中论述的主要篇章也有六种划分标准，相关论述参见韩湖初：《批评论》，《文心雕龙学综览》，上海书店出版社 1995 年版，第 106 页。

②　范文澜：《文心雕龙注》，人民文学出版社 1958 年版，第 714 页。

③　黄霖编著：《文心雕龙汇评》，上海古籍出版社 2005 年版，第 158 页。

基础，这就是"博观"的基本涵义。除此之外，"博观"还是刘勰批评鉴赏论的重要方法，更是"知音"门径所在。"博观"与"圆照"相对应，"圆照"是佛教用语①，"圆"指圆满无缺，"照"指莹澈无隔，"圆照之象"指文字在圆明寂照之中所呈现的形象②，或可理解为作品真实的形象。"博观"之"博"对应"圆"，强调圆备周到、全面无遗地观照作品，给予作品客观理性的认识与评价；"博观"之"观"则对应"照"，侧重读者在鉴赏时内外无隔，虽然或许与作者相隔千载，恨不同时，但能在鉴赏中同声相应，成为知音。

因此，"博观"除了广泛阅读之外，还具有"圆"之圆备周到、"照"之内外无隔的涵义。本节将循着这一逻辑思路，从评判空间、批评视角和鉴赏自由这三个角度对"博观"的内涵与方法运用进行论说。

一、破"我执"：批评空间之拓展

《知音》篇中，刘勰在引出"博观"之前，用不少的篇幅批驳了与之相对的"狭见"：

> 故鉴照洞明，而贵古贱今者，二主是也；才实鸿懿，而崇己抑人者，班曹是也；学不逮文，而信伪迷真者，楼护是也。③

评赏之"狭"主要存在三个方面，即"贵古贱今""崇己抑人""信伪迷真"。④ 本书认为，"崇己抑人"与"信伪迷真"这两方面的狭见大多以

---

① 《圆觉经》："一切如来本起因地，皆依圆照清净觉相，永断无明，方成佛道。"

② "圆照"释义，参见詹锳义证：《文心雕龙义证》，上海古籍出版社 1989 年版，第 1851 页。

③ 范文澜：《文心雕龙注》，人民文学出版社 1958 年版，第 714 页。

④ 此前众多学者对《知音》篇中"狭见"的分类也有意见不一之处，在"贵古贱今""崇己抑人""信伪迷真"这三种刘勰在文中明显提及的"狭见"外，以周振甫为代表的一众学者则认为还有"知多偏好"的错误态度。参见林珂、赵维江：《鉴赏论》，《文心雕龙学综览》，上海书店 1995 年版，第 113 页。

"我"为标准和参照①，而批评者正是通过"博观"来超越"我"这一标准，进而在面对文学作品时拥有更为广博的评判空间。

（一）崇己抑人

首先来说"崇己抑人"。《知音》篇云：

> 至于班固、傅毅，文在伯仲，而固嗤毅云"下笔不能自休"。及陈思论才，亦深排孔璋，敬礼请润色，叹以为美谈，季绪好诋诃，方之于田巴，意亦见矣。故魏文称"文人相轻"，非虚谈也。②

刘勰强调艺术主体在批评鉴赏中存在以个人嗜好出发来评赏作品的倾向，而正是从"己"之角度进行评赏带来了某些弊端，有学者称之为"艺术感受的偏狭性和艺术判断的主观片面性"③。文中举班固和曹植之例加以说明，班固与傅毅文采相当，然而却笑傅毅"下笔不能自休"；曹植下笔论文，于自己身上是"以为美谈"，于刘修身上则是"诋诃文章"。刘勰认为这是受"知多偏好，人莫圆该"这一现实因素的影响。

事实上，这种偏狭与片面具有普遍性，被历代文论家频繁提及。曹丕《典论·论文》言："文人相轻，自古而然。"点明自古以来，这种偏狭与片面就是一道横亘在批评鉴赏之前的难题。《抱朴子·辞义》云："近人之情，爱同憎异，贵于合己，贱于殊途。夫文章之体，尤难详赏。"④也表明文章鉴赏绝大多数为"爱同憎异，贵于合己"这种偏狭之见所左右，因此尤为难以鉴赏。江淹《杂体诗序》曰："世之诸贤，各滞所迷，

---

① 有学者如杜黎均注意到这些"狭见"大多以"我"为标准，相关论述参见林珂、赵维江：《鉴赏论》，《文心雕龙学综览》，上海书店1995年版，第113页。

② 范文澜：《文心雕龙注》，人民文学出版社1958年版，第714页。

③ 赖力行：《中国古代文学批评学》，华中师范大学出版社1998年版，第44-45页。

④ 杨明照：《抱朴子外篇校笺》（下），中华书局2018年版，第395页。

莫不论甘而忌辛，好丹而非素。"①强调论甘忌辛是一种执于"我"之审美的偏狭。薛雪将偏嗜视为"小见"，云："看诗须知作者所指，才是贾胡辨宝。若一味率执己见，未免有吠日之诮。"②刘勰也说："会己则嗟讽，异我则沮弃。"③由此又见，鉴赏批评中的偏狭虽为众多文论家提及，然也始终是历代批评鉴赏者难以自识与超越的一道障碍。

再进一步分析，不论是文人之间相互轻蔑、比较文采，是爱同憎异、贵于合己，是各滞所迷，还是会己、异我所产生的鲜明态度，无一不表明比较、鉴赏的参考坐标上一直有一个鲜明的"我"，即鉴赏者本人的偏嗜。如果将"我"之偏嗜作为批评的出发点与参照系，评判空间就陡然变得狭窄起来，因为在评判的场地内，始终只有"我"与"他者"在进行比较与对决，如果将其比作一场拳击赛的话，"他者"轮换而去，而"我"则始终伫立台上。如果文学批评沦为这样一种主观的对决，则始终会流入不同的困境。如是论人，则不免"文人相轻"，如是论文，则免不了"慷慨者逆声而击节，酝藉者见密而高蹈，浮慧者观绮而跃心，爱奇者闻诡而惊听"④的困境。

郁达夫将此称为"偏爱价值"，他认为这是赏鉴者的普遍心理，但"完全是一种文艺鉴赏者的主观的价值"⑤，不能作为文艺批评的标准，恰恰与理性的批评鉴赏相违背。理性的鉴赏批评本就难以达到，这是因为于文学作品并没有一个特定的评判标准，对于这种困难，前人也已有定识。刘知幾《史通·鉴识篇》："物有恒准，而鉴无定识，欲求铨核得

---

①　（梁）江淹：《杂体诗序》，上海商务印书馆缩印：《四部丛刊初编〈六臣注文选〉》(三)，第 589 页。

②　薛雪：《一瓢诗话》，《〈原诗〉〈一瓢诗话〉〈说诗晬语〉》，人民文学出版社 1979 年版，第 100 页。

③　范文澜：《文心雕龙注》，人民文学出版版 1958 年版，第 714 页。

④　范文澜：《文心雕龙注》，人民文学出版社 1958 年版，第 714 页。

⑤　郁达夫：《文艺赏鉴上之偏爱价值》，龙协涛编：《鉴赏文存》，人民文学出版社 1984 年版，第 353 页。

中，其唯千载一遇乎？"①更何况，褊狭是历代批评家们难以自知，甚至自知也难以顺利超越的障碍。

正是因为有偏嗜且难以摆脱，刘勰认为少有人能全面完备地评价作品。以"我"出发，视野不免偏狭，"东向而望，不见西墙"；固守在"我"这一出发点上，也同样忽视了文章本身变化无穷的属性，是"各执一隅之解，欲拟万端之变"。正是这些偏狭的观念缩减了批评鉴赏的评判空间，遮蔽了鉴赏者的评判视野，使批评鉴赏无法顺利展开。

"博观"强调扩展评判空间和视野，尽量淡化"我"的偏嗜在文学批评中的消极影响，这也就是《知音》篇中所言"无私于轻重，不偏于憎爱"的意思。

（二）信伪迷真

再来看"信伪迷真"。《知音》篇云：

> 至如君卿唇舌，而谬欲论文，乃称"史迁著书，咨东方朔"，于是桓谭之徒，相顾嗤笑。彼实博徒，轻言负诮，况乎文士，可妄谈哉！②

"信伪"必然"迷真"，这里讨论的是评论的正确性问题。能否真实客观地评价，取决于本人的学识。刘勰认为，若评论者"学不逮文"，实际就不具备论文的客观条件，即使勉强评论，也多有错谬，往往贻笑大方。学识在原文中又有多重解释：第一是对文学本身需有了解，不可轻易下断言，如文中楼护以医术见长，勉强谈文学这一并不擅长的领域，自然颇有错漏；第二是即使本身就是文论家，对学问的积累也需深需广，才不至于有错漏，"妄谈"如果不是建立在对作品的正确理解上，

---

① （唐）刘知幾撰，（清）浦起龙通释，吕思勉评，李永圻、张耕华导读整理：《史通》，上海古籍出版社 2008 年版，第 148 页。

② 范文澜：《文心雕龙注》，人民文学出版社 1958 年版，第 714 页。

无非"酱瓿之议"，容易沦入"信伪迷真"的泥沼之中，根本谈不上批评鉴赏。

鉴赏批评基于对作品的透彻理解，若没有这一基础，鉴赏批评则如无根之木、无水之源。这是刘勰对文学批评主体能力提出的基本要求，有学者将其称为"识照力"①或"圆照""洞鉴""圆鉴"②的能力，它是对作品意象的观照能力与想象力，是评判作品时的审美判断力。古人云："有龙渊之利，乃可以议于断割。"③批评主体只有具备这种能力，方能入鉴赏之径。但是，正因人们无法看到自身在洞鉴能力上的不足，却常妄议，由此才有"信伪迷真"之狭，这种狭见归根结底来说，是囿于自身见识之窄，困于自身视野之狭，是以"我"为中心而生的局限性。

北宋文学家苏洵少时并不在意博览群书的重要性，"以古人自期，而视与己同列者皆不胜己，则遂以为可矣"，然而后来发现自己并未真正理解古人之意，遂勤奋钻研："方其始也，入其中而惶然；博观于其外，而骇然以惊。及其久也，读之益精，而其胸中豁然以明。"④"博观"所带来的鉴赏批评能力的精进，是理解能力的提升，也是不断超越"我"原有学识、刷新固有理解的更新过程。"博观"不仅是正确理解文学作品、正确评论文学作品的基础，还是提升主体"我"的鉴赏能力、超越"我"之学识桎梏、求得鉴赏之"真"的方法与手段，学识的扩大，也就是批评视野的扩大。

（三）贵古贱今

"崇己抑人"和"信伪迷真"都是围绕着"我"之局限性而产生的狭

---

① 陆晓光：《〈文心雕龙〉文学批评主体条件思想探微》，《文艺理论研究》，1986 年第 3 期。

② 韩湖初：《文心雕龙美学思想体系初探》，暨南大学出版社 1993 年版，第 144 页。

③ 曹植抨击刘修才能不及作者，却喜好评判文章，贻笑大方，《与杨德祖书》曰："盖有南威之容，乃可以论于淑媛；有龙渊之利，乃可以议于断割。刘季绪才不能逮于作者，而好诋诃文章，掎摭利病。"

④ （宋）苏洵著，曾枣庄，金成礼笺注：《嘉祐集笺注》，上海古籍出版社 1993 年版，第 329 页。

见，关于"贵古贱今"，原文云：

> 夫古来知音，多贱同而思古，所谓"日进前而不御，遥闻声而相思"也。昔《储说》始出，《子虚》初成，秦皇汉武，恨不同时。既同时矣，则韩囚而马轻，岂不明鉴同时之贱哉！①

"贵古贱今"是中国古代一种颇具影响的观点，庄子："蔽于古而不知今。"在此之前，桓谭、王充、葛洪等人均有论述。桓谭《新论·闵友》："世咸尊古而卑今，贵所闻贱所见也，故轻易之。"王充《论衡·案书》："夫俗好珍古不贵今。"②葛洪《抱朴子·均世》："今文虽金玉，而常人同之于瓦砾也。"③博观对"崇己抑人"而言，侧重淡化"我"之偏嗜对文学鉴赏的影响，对"信伪迷真"而言，侧重提升文学批评主体"我"的鉴赏能力，以扩大鉴赏批评的评判空间，那么对"贵古贱今"而言，则侧重于超越这个时代的"我"的历史观，试图将鉴赏批评的评赏空间扩充到古今作品。

如果从淡化文学批评里的"我"这一视角来看"博观"的内涵，"博观"将批评鉴赏的出发点与对照系由"我"转入了汪洋恣肆的古今作品，这是一种视角的转向，也是一种空间层面的扩大化。清代作家袁枚曾言："文尊韩，诗尊杜，犹登山者必上泰山，泛水者必朝东海也。然使空抱东海、泰山，而此外不知有天山、武夷之奇，潇湘、镜湖之胜，则亦泰山上之一樵夫，海船上之一舵工而已矣。学者当以博览为工。"④虽本意是教导学者莫要只读经典，须广泛论文，然而"空抱东海、泰山"之比喻，也能形容以"我"为批评出发点的批评行为，专注于"我"的这

① 范文澜：《文心雕龙注》，人民文学出版社 1958 年版，第 713 页。
② 黄晖：《论衡校释》，中华书局 2017 年版，第 1362 页。
③ 杨明照：《抱朴子外篇校笺》（下），中华书局 2018 年版，第 71 页。
④ （清）袁枚著，王英志批注：《随园诗话》，凤凰出版社 2009 年版，第 145 页。

一视角，也只能让批评作品沦为"我"这一山头之樵夫而已，而"甘辛殊味，丹素异彩"①之景况也消失于这种偏狭之中。

"博观"之于"崇己抑人"，消解了偏狭性，进而使评判空间变得广博；"博观"之于"信伪迷真"，增进了学识的深广度；"博观"之于"贵古贱今"，打破了贵古贱今的惯性思维。"博"与"狭"是相对的。批评鉴赏就如同是走一条很窄的路，如《桃花源记》所言："初极狭，才通人。复行数十步，豁然开朗。""博观"之"博"与"狭"相对，意味着在博观群书的基础上形成一个更广阔的评判对象的空间，将作品纳入这个空间进行评判理解，这是因为批评对象参照系的广博。在这个广阔的评判空间之中，"我"的关系变得逐渐淡化，与"我"相关的偏颇与憎爱也随之淡化。存在的评判关系将不单单只是鉴赏者与作品(崇己抑人)，不是我之作品与这一作品(文人相轻)，也不是古之作品与此作品(古今之争)，而是跳出了"我"之困局，跳出了"单评作品"之窠臼。这种将作品纳入更广阔的、与古今作品共同映照的倾向，使鉴赏者"我"几乎消退在这种"平理若衡，照辞如镜"的评价体系之中，也使当代的众多个"我"所组成的时代风气也几乎消退于这种评价体系之中。"博观"之"博"意味着无限趋近于理性的合理评判，狭隘之比较不容易存在。

二、立"六观"：批评视野之圆备

不论是提升"我"之鉴赏能力，还是淡化"我"之偏嗜，"博观"都意味着评判空间的扩大。但是，一味从宏观层面强调评判空间的扩大，同样意味着鉴赏批评可能落入茫然的汪洋之中，有参照物太多而失去方向的危险。如若只是凭借虚无缥缈的鉴赏直觉，又极容易落回"我"的观照角度。因此刘勰在《知音》篇中也提出了"六观"说，在鉴赏作品时，不仅将其从宏观层面纳入更广阔的评判空间，也从微观角度提供了圆备

① (唐)刘知幾撰，(清)浦起龙通释，吕思勉评，李永圻、张耕华导读整理：《史通》，上海古籍出版社 2008 年版，第 206 页。

的批评视角，试分析之。

《知音》篇中，刘勰首先批驳了"贵古贱今""崇己抑人""信伪迷真"三大狭见，随后提出"圆照之象，务先博观"，紧接其后便提出，具体的鉴赏批评需从这六个方面入手：

> 是以将阅文情，先标六观：一观位体，二观置辞，三观通变，四观奇正，五观事义，六观宫商，斯术既形，则优劣见矣。①

简要来说，若要观赏作品的文辞与思想感情，要先从六个方面进行观察：

观位体，是看作者对文章体裁的选用是否恰当，要根据作者所要表达的思想感情来确定相应的文体。观置辞，是看作品语言方面的特点。观通变，是将作品放在历史的坐标轴上，看作品在表现手法上对前人有无继承与创新。观奇正，是看作品在奇异和正常、新奇与雅正等风格上面是否和谐统一，处理得当。观事义，是看文章中能否举出与论点相似的事例或者援引历史典故进行论证。观宫商，是看语言的音律美，也就是在诗赋与骈文中，词句的音律韵调是否和谐，朗朗上口。

学界对"六观"说是批评标准还是批评方法，也有不同意见。长期以来，"六观"说被认为是文学批评标准，但随着鉴赏论的深入研究，越来越多学者主张"六观"说是一种方法，执此观点的有刘永济、牟世金、刘文忠、涂光社、张长青、张会恩、蔡仲翔、成复旺、黄保真、蔡润田等诸多学者，限于篇幅，此处暂不赘述。②本书赞同这些学者的观点，认为"六观"说不是鉴赏批评标准，而是一种基于博观视角下的批评方法。

---

① 范文澜：《文心雕龙注》，人民文学出版社1958年版，第715页。
② 参见相关论文：牟世金：《刘勰论文学欣赏》，《社会科学战线》1980年第4期。张长青，张会恩：《刘勰的文学批评论——〈文心雕龙·知音〉篇浅释》，《广西师范学院学报》，1980年第4期。

本书以为，"博观"与"六观"这两个概念在《知音》篇中一前一后提出，两者之"观"从字面意义上来看也是一样的涵义，彼此勾连呼应。此前已有学者将这两个概念加以联系，牟世金先生说："所谓'圆照之象'，也是指全面考察作品的方法。这个方法就是'博观'。'六观'正是'博观'的具体内容。因此，'六观'不过是从六个方面来进行观察的方法，而不是六条衡量优劣的标准。"①此言甚准。如果说上节的"博观"侧重于博览群文、提高学识、极力扩展评判空间边界的话，那么此处"博观"更侧重批评视角的圆备周全，具体则表现为"六观"说这一批评方法，或者换一种方法来说，"六观"说是"博观"内涵的延伸与表现，现试图从两个角度加以说明：

（一）统摄整体、周全无遗的"博观"思维

"六观"说是"阅文情"的基础，是"术"，也是批评鉴赏方法，这一方法主要是从"位体""置辞""通变""奇正""事义""宫商"这六个侧面来考察某一作品是否符合规范，在这一基础上鉴别文章之优劣。六个侧面涵盖了文章的内容、文辞、变化和奇正等方面，本身体现出一种周全无遗的思维方式。

从宏观来说，"六观"说也是刘勰撰写《文心雕龙》与面对文学这一宏大概念时统摄总体的批评视角，基本上囊括了批评鉴赏的方方面面，这也就是《文心雕龙》所为人称誉的"体大虑周"。就《文心雕龙》整本书的脉络框架来说，"六观"说也有具体呈现，"位体"有《明诗》至《书记》的二十篇文体论，"置辞"散见《丽辞》《镕裁》《章句》《练字》《指瑕》等篇，"通变"有《通变》专篇，"奇正"是《辨骚》《定势》等篇，"事义"是《事类》篇，"宫商"是《声律》篇。从《文心雕龙》的构架脉络来看，"六观"说也同样是刘勰面对文学作品时的考察视角。

（二）观位体

"观位体"位于"六观"之首，可以说是"六观"说中最重要的概念。

---

① 牟世金：《刘勰论文学欣赏》，《社会科学战线》1980 年第 4 期，第 296 页。

《熔裁》篇云："情理设位，文采行乎其中。"①根据情理来谋篇布局，是创作一篇文章的首要任务。位体或体裁就像是容纳思想感情的容器一样，如若选择正确的"容器"承载情感，则两者相宜。

综观《文心雕龙》的二十篇文体论，许多时候，对"位体"的阐释通常也意味着对整体文风的要求，尤其是对一些具有较强目的性的文学体裁来说，比如对需要起兵讨伐、起到一呼百应之效的檄文来讲，语言所塑造的那种"使声如冲风所击，气似欃枪所扫"②的气势是极为必要的。对上表帝王、恳切建言的奏启来说，需要"使笔端振风，简上凝霜"③的极强气势。文风是一种整体要求，它不仅包括体裁和情感，也包括语言和行文技巧。

对"位体"的阐释也侧重文体所应共同遵守的内容规范。如祝盟这一文体对内容的规范较为明确："夫盟之大体，必序危机，奖忠孝，共存亡，戮心力，祈幽灵以取鉴，指九天以为正，感激以立诚，切至以敷辞，此其所同也。"④叙述危机，奖励忠孝，向上天阐明诚意等，这是这一文体在内容上须遵守的某种规范。

那么，"位体"如何体现"博观"？首先，"观位体"中，各类文体的行文特征和内容规范的总结归纳，均建立在"铺观列代"的"博观"之上。

《文心雕龙》二十篇文体论的行文结构比较固定，都是从该本体的产生发源、时代发展、代表人物和文体特点所着手论述的。举例来说，《明诗》论述了诗歌由起源至齐梁时代的发展历史，在论述各时代的风气特点的同时，也区分了诗歌的分类。诗歌重在"舒文载实"，表达情感，虽经历流变，但核心特征没有变化。诗歌虽有三言、四言、五言、六言和杂言之分，但本质相同。这种本质，也就是"位体"的一致。对于诗歌的位体特点，刘勰总结为："若夫四言正体，则雅润为本；五言

---

① 范文澜：《文心雕龙注》，人民文学出版社 1958 年版，第 543 页。
② 范文澜：《文心雕龙注》，人民文学出版社 1958 年版，第 378 页。
③ 范文澜：《文心雕龙注》，人民文学出版社 1958 年版，第 422-423 页。
④ 范文澜：《文心雕龙注》，人民文学出版社 1958 年版，第 178 页。

流调，则清丽居宗。"①此外，诗歌重视文辞，以"英华弥缛"为要，这种对"位体"的归纳，是建立在"铺观列代"的博观梳理之上的。

再比如，赋这一体裁，究其源流，"兴楚而盛汉"，那么这一文体的确立，乃至风格的形成，以它兴盛时期的体裁特点为准。大赋的特点是"序以建言，首引情本；乱以理篇，迭致文契"，小赋的重点在于"言务纤密""理贵侧附"，赋的要求是"丽词雅义，符采相胜"②，这一文体的总结也是建立在对历史脉络的梳理之中，总结而成。

再比如《史传》这一篇，也较为明显地表现出刘勰试图通过博观历史的方法对文体特征进行梳理与确定。刘勰将传体的起源推至孔子修订《春秋》，此时的特点是："举得失以表黜陟，徵存亡以标劝戒；褒见一字，贵逾轩冕；贬在片言，诛深斧钺。"此后又梳理战国时期《战国策》《楚汉春秋》《吕览》等特点，一直从汉代《史记》《汉书》等到晋代等书，经过梳理分析，得出史书写作之重点："必贯乎百氏，被之千载，表徵盛衰，殷鉴兴废。"③

以上三例，都是刘勰在"观位体"处的行文特征，对体裁特点的归纳整理，均从"铺观列代"中得来，也就是从博观之中得来。《明诗》有云："故铺观列代，而情变之数可鉴。"④就其逻辑顺序来说，刘勰是在"铺观列代"的博观之中，在缕清历史发展轴上面的发展历程之后，才得出纲领之要。因此，可以说刘勰的文体论，就是建立在"铺观列代"这种博观的基础之上的。

（三）细分文体

文体论并非刘勰首创，在文学走向自觉的初期，曹丕的《典论·论文》对四科八体提出要求："夫文，本同而末异。奏议宜雅，书论宜理，铭诔尚实，诗赋欲丽。"这是文学史上第一次正式提出文体分类，也提

---

① 范文澜：《文心雕龙注》，人民文学出版社 1958 年版，第 67 页。
② 范文澜：《文心雕龙注》，人民文学出版社 1958 年版，第 136 页。
③ 范文澜：《文心雕龙注》，人民文学出版社 1958 年版，第 286 页。
④ 范文澜：《文心雕龙注》，人民文学出版社 1958 年版，第 67 页。

出作家的才能个性各有所长。陆机《文赋》说："诗缘情而绮靡，赋体物而浏亮，碑披文以相质，诔缠绵而凄怆，铭博约而温润，箴顿挫而清壮，颂优游以彬蔚，论精微而朗畅，奏平彻以闲雅，说炜晔而谲狂。"这里提出了十体，每一体均有相应的要求。挚虞《文章流别论》也对文体提出了要求，但已无从考察。到了刘勰处，文体论已经可以细分为二十种。

对文本之间的同异进行细致区分，也体现出总览全部的思维倾向。"本同而末异"的文学要分出众体，最重要的是从"同"中择"异"，刘勰是如何做的呢？《明诗》有云："撮举同异，而纲领之要可明矣。"①之所以要同中择异，就是要得出"纲领之要"，也就是门，也就是法，也就是文体的写作纲领，这是"位体"的重点。

既然重视文体论，那么必然要区分文体之间的同异。《哀吊》篇详细论述纪念死者的哀悼文，"哀"是悼念夭折，"哀辞大体，情主于痛伤，而辞穷乎爱惜"②，所以要结合写作对象的特点来进行写作选材，"誉止于察惠"，"悼加乎肤色"，且要注意真情实感，要"情往会悲，文来引泣"。"吊"是哀悼成人的文体，"宜正义以绳理，昭德而塞违"。如此，虽然都是哀吊之文，但两者的区别也就昭然若现。即使在同一种文体下，也同样需要对其中的异同进行细致分类。如《论说》篇中："详观众体，条流多品：陈政，则与议说合契；释经，则与传注参体；辨史，则与赞评齐行；诠文，则与叙引共纪。故议者宜言，说者说语，传者转师，注者主解，赞者明意，评者平理，序者次事，引者胤辞：八名区分，一揆宗论。"③

如果将文学鉴赏比作层级而上的台阶，那么"博观"作为最初本义的博览群书，倾向于去解决批评者本身的视角问题，种种狭见，带来的是错误的批评视角和狭窄的评判空间。博览群书，意味着评判空间的扩

①　范文澜：《文心雕龙注》，人民文学出版社 1958 年版，第 67 页。
②　范文澜：《文心雕龙注》，人民文学出版社 1958 年版，第 240 页。
③　范文澜：《文心雕龙注》，人民文学出版社 1958 年版，第 326-327 页。

大与批评视野的扩展，突破了"我"之局限性的桎梏，必然会带来批评的准确性——这是批评的第一步，完成了这一步，才算真正进入了批评的世界。这是从空间性进行论述的。

紧接着，"博观"同样意味着圆备周全地进行批评，具体到某一个作品，这体现出批评视角的完备，侧重于角度完备，必无遗漏。在这里，刘勰提出了"六观"说。最后，"博观"同样也意味着它必然要达成最后一个批评的目的，这也是步入台阶最终所希望登堂入的那个"室"，也就是鉴赏自由。

三、臻"深识"：鉴赏自由之获得

"博观"之法不仅具有更广博的评判空间与更完备的批评视角，它也进一步扩大了阅读活动的鉴赏自由。王国维先生曾提出过治学的三重境界①，广为人知。刘勰在《知音》篇中同样提出了批评鉴赏的三个层次：

（一）第一层：迷于俗鉴，深废浅售

在《知音》篇的开头，刘勰言："音实难知，知实难逢，逢其知音，千载其一乎！"，究竟是什么让"音实难知，知实难逢"呢？不难发现，全篇中，刘勰常常举出"雅"与"俗"这两个相对的概念，来类比雅文和俗章。

《知音》篇云："夫麟凤与麏雉悬绝，珠玉与砾石超殊，白日垂其照，青眸写其形。然鲁臣以麟为麏，楚人以雉为凤，魏氏以夜光为怪石。"②麟和麏，凤与雉，珠玉和砾石，本是云泥之别的雅物与俗类，然而鲁臣以麟为麏，楚人以雉为凤，魏氏以夜光为怪石，他们面对雅物，

---

① 王国维《人间词话》："古今之成大事业、大学问者，必经过三种之境界。'昨夜西风凋碧树，独上高楼，望尽天涯路'，此第一境也；'衣带渐宽终不悔，为伊消得人憔悴'，此第二境也；'众里寻他千百度，蓦然回首，那人却在灯火阑珊处'，此第三境也。"

② 范文澜：《文心雕龙注》，人民文学出版社 1958 年版，第 714 页。

认以为俗，弃之于野，卢胡而笑。

高山流水，俞伯牙与钟子期

《知音》篇名来源本就与"高山流水"的音乐典故有关，文中自然也有雅乐与俗乐之别。"'洪钟万钧'，夔、旷所定"，这是雅乐，是正乐；"流郑淫人"，这是俗乐，是鄙野之音。文中也曾引用两处与音乐有关的事例，《庄子·天地》："大声不入里耳；《折杨》《皇荂》，则嗑然而笑。"①《咸池》《六英》等古乐"大声"无法被人所赏，而《折杨》《皇荂》等鄙野小曲往往为人所爱。宋玉《对楚王问》："客有歌于郢中者，其始曰《下里》《巴人》，国中属而和者数千人。其为《阳春》《白雪》，国中属而和者数十人。引商刻羽，杂以流徵，国中属而和者，不过数人而已。是以其曲弥高，其和弥寡。"②这是"阳春白雪"的典故，同样是说高雅妙音少有人懂，下里巴人更为众人所喜。结合这两个例子，刘勰因此发出感慨：

然而俗监(鉴)之迷者，深废浅售，此庄周所以笑《折杨》，宋

---

① （清）郭庆藩撰，王孝鱼点校：《庄子集释》，中华书局 2012 年版，第 455
页。

② 参见陆侃如编：《宋玉》(附录)，亚东图书馆 1929 年版，第 56 页。

　　玉所以伤《白雪》也！①

　　造成不辨雅俗的深层原因，刘勰认为是"俗鉴之迷"，所以"深废浅售"。所谓深废浅售，是背弃深邃，喜爱浅薄，都没有到达辨识俗雅的层次，也更无法鉴赏高雅。

　　刘勰认为，在雅俗的分辨和选择背后，体现出的是审美主体智识能力与审美眼光的高低，也就是"鉴"的能力。"俗鉴"与"雅鉴"相对，"俗鉴"是俗人弃深爱浅，弃雅爱俗，认野鸡为凤凰，认砾石为珍宝，听《折杨》而欣喜，闻《白雪》而嗤笑。"雅鉴"是雅人具有辨认高雅的智识与审美能力，刘勰极为盛赞拥有"雅鉴"能力的人，文中有古代乐官夔、旷，有与伯牙引为知音的钟子期，有庄子，有宋玉，有扬雄等。

　　与"雅鉴"相对，"俗鉴"更像是鉴赏能力的一种丧失，《知音》篇云："流郑淫人，无或失听。"②"失听"就是一种听觉上辨别能力的失准与丧失，和"迷"一样是一种无法清楚辨别的状态，前文所提"信伪迷真"，也同样类似。在这种状态下，"玉徽金铣，反为拙目所嗤；《巴人》《下里》，更合郢中之听"③，面对再多雅文妙章，鉴赏批评也是无从谈起。因此，欲要摆脱第一个层次的"迷于俗鉴"，需要提高"雅鉴""识照"的能力。

　　（二）第二层：照辞如镜，觇文见心

　　《知音》篇云："岂成篇之足深，患识照之自浅耳。"④刘勰充分肯定了"识照"能力对文学鉴赏的作用。正如上一节中刘勰极为注重作者的器识，以博见和博练为增进器识之法一样，在批评鉴赏论中，刘勰也以

---

　　① 范文澜：《文心雕龙注》，人民文学出版社 1958 年版，第 715 页。
　　② 范文澜：《文心雕龙注》，人民文学出版社 1958 年版，第 715 页。
　　③ 梁简文帝《与湘东王书》："玉徽金铣，反为拙目所嗤；《巴人》《下里》，更合郢中之听。《阳春》高而不和，妙声绝而不寻，竟不精讨锱铢，敷量文质，有异巧心，终媿妍手。是以握瑜怀玉之士，瞻郑邦而知退；章甫翠履之人，望闽乡而叹息。"
　　④ 范文澜：《文心雕龙注》，人民文学出版社 1958 年版，第 715 页。

博观作为增进"识照"的方法。前文有言，圆照之象，务先"博观"。在圆照博观的统摄之下，鉴赏者尽力摆脱"我"之偏嗜，使用"六观"法鉴别作品之优劣，到此方能"阅文情"，"觇文辄见其心"，也就真正进入了批评鉴赏的层次。

古代文论以镜喻心，前文对"览""鉴""心"的相通之处已有论述，此处不再赘述。在创作论中，"涤除玄览""水停以鉴"是为了使内心虚静以观纳外物，使心物交融，便于创作。鉴赏论的"照辞如镜"也具有相似的内涵，以镜比喻心能够透彻明晰地观览作品文辞，进而体会作者心意。"照辞如镜"需要鉴赏者的"深识"和"识照"能力，而这种鉴赏能力来自博观。

博观强调鉴赏者涉猎作品的宽广度，而深识增进的是鉴赏者智识的纵深度，他们都是空间意义上的扩大和深入。通过涉猎更多作品，鉴赏者提升了审美主体智识能力与审美眼光，在雅俗的分辨和选择上，也就难以出现"信伪迷真""迷于俗鉴"的情况。刘勰所谓"觇文见心"，"觇"意为观察、钻研，鉴赏者提升识照能力后，也就更易通过鉴赏文章领悟作者心迹，最后才能真正进入知音之乐的鉴赏境界。

（三）第三层：欢然内怿，玩绎方美

第三重境界或可理解为"欢然内怿，玩绎方美"，这是刘勰认为的"知音"境界，与第二重境界相比，这一境界更多侧重于鉴赏者在"照辞如镜"的批评之后，披文入情，与作者的思想感情同声相应，犹如知音。

以博观提高了深识能力，也就能进入"见异"与"鉴奥"的层次。刘勰说："见异，唯知音耳。"文中引用屈原的例子，引《楚辞·九章·怀沙》言："文质疏内兮，众不知余之异采。"[1]关于"见异"有两种说法，第一种是说"异"字应当为"奥"，"见异"就是"见奥"，与"鉴奥"同义；

---

[1]　（宋）朱熹：《楚辞集注》，上海古籍出版社 1979 年版，第 89 页。

第二种说法是"见异"亦文意通畅①。"见异"是因自身深识能力见到同一篇作品中他人没有见到之处，鉴奥是体味到作品深幽奥妙之处，这两种都能带来更高层次的审美喜悦。

"见异"与"鉴奥"所带来的审美喜悦是作品内容引起了鉴赏者的内心波动，形成审美快感，此外，批评鉴赏所带来的另一层更高的喜悦来自于知音的同声相和，即"世远莫见其面，觇文辄见其心"，这也是知音至乐。《知音》篇以叹"知音"之难开头，论述知音难寻的原因，博观和"六观"说，直至文末，又以赞"知音"之妙结尾，收尾呼应："夫唯深识鉴奥，必欢然内怿，譬春台之熙众人，乐饵之止过客。盖闻兰为国香，服媚弥芬；书亦国华，玩绎方美。知音君子，其垂意焉。"②只要深入地理解作品，鉴赏其精微之处，便能够收获到"知音"所带来的喜悦欢快。

如果将批评鉴赏比喻为拾级而上，那么这三重境界，从对某一作品的品鉴深度而言，无疑是从浮光掠影、囫囵吞枣一般的阅览，逐步进阶到"沿波讨源，虽幽必显"的鉴赏之中，最后再获得知音唱和的阅读快感，是"观"这一鉴赏活动逐步递进、逐渐深入的过程。

如果说第一小节中，评判空间侧重于空间上的浩瀚，第二小节中，批评视角侧重于方法上的完备，那么本小节的鉴赏自由则侧重于品鉴上的深度。因此，"博观"的第三重内涵是鉴赏自由。"博观"是刘勰对艺术主体鉴赏能力的要求，是衡量批评鉴赏是否成立的准绳，是批评鉴赏的重要方法，也意味着更大的鉴赏自由。本节所讨论的三重内涵，也有逻辑上的递进关系。

在"博观"视角的统摄下，批评与鉴赏都建立在超越了主观的"我"之上，或者说刘勰所仰慕的"知音"的境界，建立在"博观"之上

---

① 据《文心雕龙注释》引《文选论》中注释，解释"异"为"奥"。《文心雕龙斠诠》云："按不改字自通。异采者，殊异之文采也。"参考自詹锳：《文心雕龙义证》，上海古籍出版社1989年版，第1859-1860页。

② 范文澜：《文心雕龙注》，人民文学出版社1958年版，第715页。

而产生的"知音"。"博观"意味着鉴赏自由度的广博。在这种纳入更广阔的空间的概念下，鉴赏也将得到极大的自由与空间，才能体会到"玩绎方美"之境。"博观"是为批评之"观"，也同样是为鉴赏之"观"。其内涵既有"照辞如镜"的精微理解，也有从"玩绎方美"中获得的鉴赏愉悦。

"博观"强调空间领域上的整体观照，强调将作品放置于广阔的空间概念中进行鉴赏批评，"六观"说在此基础上进一步规范了批评鉴赏活动，最终目的是得"玩绎方美"之乐。以上"博观"的前三种内涵，循着由具象至抽象的内涵梳理，将"博观"之内涵总结为三类：第一，"博观"强调阅读数量与阅读范围的广博性；第二，"博观"强调在博观群书的基础上形成更广阔的评价空间；第三，"博观"强调在博观群书的基础上形成更合理的评价体系，即"六观"说。以上三种内涵，均与"圆照"之"圆"的内涵相似，即强调周备合理地鉴赏作品。"博观"的最后一种内涵，侧重于"观"，即鉴赏获得更广博的空间概念和更深入的鉴赏自由。

荀子《解蔽》篇云："故为蔽：欲为蔽，恶为蔽，始为蔽，终为蔽，远为蔽，近为蔽，博为蔽，浅为蔽，古为蔽，今为蔽。凡万物异则莫不相为蔽，此心术之公患也。"[1]这是荀子对认知之"蔽"的理解，"相为蔽"揭示出事物相互对立的方面会造成蒙蔽，嗜好与憎恶、始与终、远与近、知识渊博与知识浅薄、古与今，如果不能同时注意到其中两端的存在，只滞于一端而不愿意接受另一端的，必然会存在视野上的遮蔽。博观法之所以解蔽，正在于根本上视域的扩大。因此《解蔽》又云："圣人知心术之患，见蔽塞之祸，故无欲无恶、无始无终，无近无远，无博

---

① （清）王先谦撰，沈啸寰、王星贤点校：《荀子集解》，中华书局 2013 年版，第 458 页。

无浅，无古无今，兼陈万物而中县衡焉。"①即使是视域上进行博观，也要叩其两端，形成自己的思想，刘勰在博观的基础上，也叩其两端，形成了自己的见解，这也就是下一章要谈到的折衷法。

①　（清）王先谦撰，沈啸寰、王星贤点校：《荀子集解》，中华书局 2013 年版，第 465 页。

第五章　执正兼通：折衷法

如果说溯源法是一条由古至今梳理开来的轴线，在这条轴线上，人们可以自始推终、由终溯源，原始要终又首尾圆合地观察问题，这条轴线仿佛是古代串起钱币的一条绳索，在这条"绳索"的带领下，人们以史的视角爬梳文体的发展规律，进而贯通古今。

如果说博观法是一个追求无限扩张的满圆，在这个满圆里，人们穷尽四方古今之空间，力求广阔周全的批评视野和丰富无遗的创作储备，以圆之视角进行观照，以周备的视野展开创作和文学鉴赏，追求博通。那么在本章，折衷法可以看做一个圆形的圆心。《文心雕龙·序志》云："同之与异，不屑古今，擘肌分理，唯务折衷。"①"折衷"是中国古代的传统思维与基本原则，《周易》以中吉为尚，儒家以中庸为美，道家以环中为至道，佛教中观派以中观为特征。在《文心雕龙》里，对立的矛盾概念统摄于刘勰尚"正"崇"经"的中心点上，折衷而和。同时，折衷法又具有极大的灵活性与内涵，从宏观的理论构建到具体的实践问题，都有所反映。我们可以将折衷法从执正和兼通两个部分来理解。有学者指出："'兼'者，通也；'兼性'者，兼通、兼融、兼包、兼怀、兼成、兼和是也。中国文学观念的兼性特征，表现于价值论是仲尼式'吾道一以贯之'，表现于方法论是彦和式'唯务折衷'"②。

本章分为三节，第一节将通过《周易》、儒家典籍、道家典籍和佛

---

① 范文澜：《文心雕龙注》，人民文学出版社 1958 年版，第 727 页。
② 李建中：《中国文学观念的兼性特征》，《湖北大学学报》（哲学社会科学版），2022 年第 2 期。

教经典来阐解"折衷"的内涵。第二节和第三节则希望循着"不变"与"变"这一对对立范畴来探讨折衷法的不变之处与变化的灵活性。按照此线索，第二节着重论述折衷法尚"正"崇"经"的基础与中心点。第三节则着重通过几个对立范畴来论述折衷法的灵活性与具体应用。

第一节　折衷法的释名彰义

《文心雕龙·序志》"擘肌分理，唯务折衷"一句，因"中"与"衷"通，"折衷"解为"折衷"。在《文心雕龙》之前，"折衷"早已作为中国传统文化的思维模式与基本原则存在于世。简而论之，"折衷"是处理矛盾的方法，折其两端而取其中，把握住一个问题中相对立的矛盾双方，取长补短、取其中和，是一种较为全面、不失偏颇的方法。

首先，"折衷"法来源于古人朴素辩证的矛盾观。古人以两两相对的矛盾观来观察世界，解释万物运行之法则，春秋时代便有"物生有两"①的观念，《周易》以阴阳二爻生八卦，老庄道家思想对矛盾双方的对立转化极为关注，以孔子为代表的儒家思想以折衷阐释矛盾。因此，"折衷"是基于两两相对的矛盾观形成的。

其次，"折衷"蕴含着尚中观念。据学者所考，尚中观念并非华夏民族所独有，世界各地的原始民族大多具有尚中的思维模式。"中"在华夏民族的发展历程中，起于殷商甲骨文，字形意为正中方位所立的旌旗，即古代部落聚众议事之标志，其内涵除了有位置居中的意义之外，也具有权威、正统和关键之义。② 经由封建王朝世代巩固，"中"逐渐

---

① "物生有两"的观念出自《左传·昭公三十二年》，由春秋末期时思想家史墨提出："物生有两，有三、五，有陪贰。故天有三辰，地有五行，体有左右，各有妃耦。"

② 参考自黄亚平：《典籍符号与权力话语》，中国社会科学出版社2004年版，第116-118页。

成为政治层面、道德层面乃至审美层面的普遍观念。"允执厥中"①之训自《尚书·大禹谟》由舜传禹，经过约莫两千年后，清代乾隆皇帝御笔提成，仍然悬于故宫中和殿上，成为政治层面所推崇的治国方略。"罔非在中"②是早期法律中强调的公平中正，"克永观省，作稽中德"③则是周公告诫康叔需要遵行的美德。

最后，"折衷"是具有实践意义的方法。如儒家的折中与中庸、道家的环中论都是对矛盾观的解释，不约而同的是，他们对矛盾的看法（可以看做道德真理），又能够转化为具体的方法和准则，应用于生活之中，成为一种生活态度，其中尤其以儒家的中庸思想最为明显，这将在本节分段详述，此处暂略。

因此，本节将从《周易》的朴素辩证观论起，梳理道家的环中论、儒家的中庸观念与佛教的圆融观，由此探讨折衷的具体内涵。试分论如下：

一、《周易》：尚中思维

古人"观鸟兽之文，与地之宜，近取诸身，远取诸物"④，在对天地的观察中形成了朴素辩证思维，将天地万象归纳为一组组相互对立、相互依存也相互转化的矛盾。正因为注意到矛盾双方的相互转化，与避免矛盾一方由另一方转化而形成不佳态势，《周易》提倡"甘节""中吉"，具有极强的尚中意识。

① "允执厥中"意思是诚实地保持中正之道，是舜告诫大禹的治国之道。《论语·尧由篇》也有类似的表述，尧禅让舜时言："咨，尔舜。天之历数在尔躬，允执其中。"

② 《尚书·吕刑》，（清）孙星衍撰，陈抗、盛冬铃点校：《尚书今古文注疏》，中华书局1986年版，第539页。

③ 《尚书·酒诰》，（清）孙星衍撰，陈抗、盛冬铃点校：《尚书今古文注疏》，中华书局1986年版，第377-378页。

④ 《系辞传下》，见黄寿祺、张善文：《周易译注》，上海古籍出版社2007年版，第402页。

（一）分阴分阳：《周易》的朴素辩证观

诚如有学者说："《周易》建构的对立统一律，是由宇宙观察而来；而它们观察到的宇宙变动现象，首先就是日月寒暑。"①空间上，天地是人所能感知到上下的边界极限；时间上，日上中天和月悬高空分别代表昼夜之极；体感上，寒暑是冷热的两极。《系辞传下》云："日往则月来，月往则日来，日月相推而明生焉；寒往则暑来，暑往则寒来，寒暑相推而岁成焉。"②在古人对宇宙的细致观察中，人生活于天地之间，世界在极端之间周而复始，运转无穷。

世界存在于一对对看似极端对立的概念中，同时也在两个相互对立的概念中来回往复。人们从日月运行、一寒一暑和昼夜之象中提炼出"阴""阳"加以涵括，衍生出阴阳二爻，附以刚柔之义，"分阴分阳，迭用柔刚"③，"刚柔相摩，八卦相荡"④，始成《周易》。

阴阳太极图

---

① 王章陵：《周易思辨哲学：辩证的中道论》，齐鲁书社2007年版，第96页。

② 黄寿祺、张善文：《周易译注》，上海古籍出版社2007年版，第408页。

③ 《说卦传》，见黄寿祺、张善文：《周易译注》，上海古籍出版社2007年版，第429页。

④ 《系辞传上》，见黄寿祺、张善文：《周易译注》，上海古籍出版社2007年版，第374页。

在《周易》中，一组对立矛盾经常呈现相互转换的情况。有时是两卦间的转换，如《泰》《否》两卦寓意从低谷至高，转危为安；《损》《益》两卦寓意先有所损失，才有所得益。又比如《乾》《坤》两卦是一组对立卦象，《乾》卦象征天和刚健，《坤》卦象征地与柔顺，坤卦自初六至上六，有阴极阳来之势，与《乾》卦之阳形成交合转换。有时候，仅在一卦之内也会出现矛盾转换，如《革》卦象征变革，下离为火，上兑为泽，以对立的水火意象交融比喻变革。

除了相互转换之外，一对矛盾也常出现相互依存、相互应和的情况。《周易》中最主要的对立概念是阴、阳和刚、柔，一卦中，上下二象相互应和，上下象的三爻互相对应，称为同位，同位之爻又称为"应"①。阴爻与阳爻相应，则阴阳相应，为吉祥之兆，比如《屯》卦六四下应初九，阴阳相合，呈吉祥之态；又如《大过》卦中的九二"枯杨生稊，老夫得其女妻"和九五"枯杨生华，老妇得其士夫"刚柔调剂，九五以极刚相济九二的极柔，刚柔调剂，有生华之象。因此，《周易》中存在大量的朴素辩证矛盾，并能够相互依存，相互转化。

（二）中吉与甘节：《周易》的尚中思想

在论说《周易》的尚中思想之前，先解释一下《周易》的"中位"概念。

"中位"是六爻上下二象中居于中间的爻线，代表着吉祥。卦象中二、五为中位，二是阴之中位，五是阳之中位。二、五爻如果得位，称为"得中"，阴爻居于二爻称为"柔中"，阳爻居于五爻称为"刚中"。

"中位"吉祥，第五爻居上卦中天之正位，大多为每卦最吉之爻。《乾》卦九五爻即为九五之尊的君位，也象征着事物发展到了至善至美阶段，又称一卦之主。第二爻如居阴位，多因"中"而得美好含义，如《坤》卦六二曰"直方大"，即正直、端方、宏大，用以形容六二爻之美，

---

① 六十四卦中，由两个卦象组成，两个卦象之爻也呈相互对应的姿态，如初爻和四爻是相互对应的，初爻居内卦之下，四爻居外卦之下位，是同位。

《尚氏学》："方者，地之体；大者，地之用；而二又居中直之位：故曰'直方大'。"①"中直之位"表现出对第二爻中位的赞赏。

《周易》对中位的推崇可以看出其尚中观念，但是，如果不得中位，也不得正位，只需要保持谦卑，持中不偏，也终能获得转祥之兆。如《讼》卦："有孚窒惕，中吉。"《正义》解曰："凡'讼'之体，不可妄兴，必有信实被物止塞，而能惕惧，中道而止，乃得吉也。"②《复》卦："六五，敦复，无悔。"③谓六五柔居于尊位，虽然阴爻居于阳位，但因为持中不偏，形容敦厚向善，因此"无悔"。《恒》卦："九二，悔亡。"④九二阳居阴位，是失正之位，但因为能够恒久守中而不偏离，所以可以消除悔恨。

"中吉"思维不仅表现为对二五爻中位的推崇，对持中即可转祥的告诫，还表现为对正色和"贞"这一持中概念的关注。汉语中有"五色""五彩""五采"之说⑤，黄色居五色之中，象征中道，因"中"获得吉祥之意。《坤》卦六五解为"黄裳，元吉"，《离》卦六二解为"黄离，元吉"，《解》卦九二言"田获三狐，得黄矢；贞吉"，以黄矢象征刚直中和的美德，其例甚多。此外，爻辞常以"贞"强调守正防危、谨慎持中。如《豫》卦："六二，介于石，不终日，贞吉。"《象传》曰："'不终日贞吉'，以中正也。"⑥

"中吉"的尚中思维显示出，在《周易》中，刚柔作为矛盾双方，均不是最佳状态。以《大壮》卦为例，《大壮》卦象象征着强盛，是极为刚健的卦象，但是全卦都非常强调自守持中。易袚《周易总义》云："《易》之诸卦，阴阳贵乎得位。惟《大壮》之卦阳刚或过，则以阳居阴

---

① 黄寿祺、张善文：《周易译注》，上海古籍出版社 2007 年版，第 19 页。

② 黄寿祺、张善文：《周易译注》，上海古籍出版社 2007 年版，第 46 页。

③ 黄寿祺、张善文：《周易译注》，上海古籍出版社 2007 年版，第 147 页。

④ 黄寿祺、张善文：《周易译注》，上海古籍出版社 2007 年版，第 189 页。

⑤ "五色"即青、黄、赤、白和黑五种正色，《礼记·玉藻》："衣，正色。"

⑥ 黄寿祺、张善文：《周易译注》，上海古籍出版社 2007 年版，第 102 页。

位者为吉。"①从六爻来看，初九"壮于趾"，阳刚处下，躁动必伤，所以"征凶"，"有孚"，要求自守以处穷困。九二"贞吉"，原本失正，但是因为守中，所以趋于吉祥之。整卦中，二四阳刚居阴位，需以谦柔获得吉祥，初三二阳以阳爻居阳位，更不可妄动，五上两阴更需自守。阴爻居于五爻之中位意味着柔有刚助，不过于柔，阳爻得二之中位意味着刚有柔补，而不过于刚。

值得注意的是，《周易》的尚中思维虽然主张节制，但主张适度节制，即"甘节"，也是一种尚中思维。《节》卦主张适当节制，其中强调节制也要有程度上的注意，比如九五居于阳刚中位，"甘节，吉，往有尚"，如果能够恰到好处地节制，就能获得吉祥，如果一味地过分节制，至上六则变为"苦节"。

综上所述，通过梳理《周易》诸卦，可以看出《周易》早期的矛盾辩证观与其中"尚中""甘节"的思想观念。《周易》的矛盾观与中节思想对道家思想、儒家思想乃至后世的中国传统思维方式，均产生了深远影响。

二、道家：环中思维

道家典籍中亦有大量关于矛盾的描写，不论《老子》与《庄子》均注意到矛盾双方的相互依存和相互转化，且都以道为枢纽，统摄于矛盾之上。《老子》尚中贵柔，庄子在继承老子的基础上，旨在消弭矛盾对立双方的界限，将所有相互对立的矛盾都囊括进道之"环"中。

（一）守柔、道枢：道家思想的矛盾观

《老子》对矛盾的观察也源于自然万物，因天地无法舍弃昼而独存夜，不可舍其月而独留日，"有无相生，难易相成，长短相较，高下相倾，音声相和，前后相随"②，矛盾双方不能舍其一端而独存另一端，

---

① （宋）易祓、（宋）丁易东：《〈周易总义〉〈周易象义〉》，岳麓书社 2011 年版，第 113 页。

② 《二章》，（魏）王弼注，楼宇烈校释：《老子道德经注校释》，中华书局 2008 年版，第 6 页。

矛盾相互依存。既然在自然之道的统摄下，矛盾不可舍弃其一，两者相互依存，那么万物自然以其固有的规律运行周转，因此老子主张"无为"，主张"功成而弗居"①。

但是《老子》也同样注意到矛盾对立面的相互转换，最著名的论断莫过于：

> 祸兮福之所倚，福兮祸之所伏。孰知其极？其无正？正复为奇，善复为妖，人之迷，其日固久。②（《老子·五十八章》）

千百年来，福祸这一对矛盾如连体兄弟一般形影不离，在《老子》成书的时代背景下，无疑也彰显出矛盾转换的急迅与迷惑。对待敌人，老子倾向于使事物发展到极致，进而促成事物向对立的一面加速转换："将欲歙之，必固张之；将欲弱之，必固强之；将欲废之，必固兴之；将欲夺之，必固与之，是谓征明。"③而对待自己，则要反其道而行之，避免事物发展到极致，进而延缓矛盾转换，因此《老子》提倡守虚、守柔、守辱和守雌，④ 以柔弱的状态避免事物往刚硬易折的方向发展，因此《老子》云"柔弱胜刚强"⑤，又云"天下之至柔，驰骋天下之至坚"⑥。

----

① 《二章》，（魏）王弼注，楼宇烈校释：《老子道德经注校释》，中华书局2008年版，第6页。

② （魏）王弼注，楼宇烈校释：《老子道德经注校释》，中华书局2008年版，第151-152页。

③ 《三十六章》，（魏）王弼注，楼宇烈校释：《老子道德经注校释》，中华书局2008年版，第88-89页。

④ 卢育三：《老子释义》，转引自陈鼓应：《老子注译及评介》，中华书局2017年版，第199页。

⑤ 《三十六章》，（魏）王弼注，楼宇烈校释：《老子道德经注校释》，中华书局2008年版，第89页。

⑥ 《四十三章》，（魏）王弼注，楼宇烈校释：《老子道德经注校释》，中华书局2008年版，第120页。

因此，《老子》的尚中思想也是一种守柔的观念，"中"即是柔，即是非过，是勿自骄、勿自满。对于人道德品质的要求，老子主张收敛不露，如君子莫擅用兵器，不得已为之，亦要"恬淡为上，胜而不美"①，莫洋洋得意，败坏品行。此外，盈满而过、富贵而骄会有倾覆之险，因此"持而盈之，不如其已。揣而锐之，不可长保。金玉满堂，莫之能守。富贵而骄，自遗其咎"②，以上两例，都是《老子》对君子品德方面的收束与调和。

至于理想人格，《老子·五十八章》有所反映："是以圣人方而不割，廉而不刿，直而不肆，光而不耀。"③要求人能在品性上端方清廉而不伤人，直率而不放肆，光耀而不刺眼。（关于这种句式分析，在本章第三节还有详述，此处暂且不论）这种守柔与调和可谓非常直观了。

从《老子》到《庄子》，可以清晰地看到，由于时代变迁，《老子》中对于乱世祸福急速转换的迷茫逐渐下沉为《庄子》中试图消弭矛盾的倾向。考察《庄子》中的矛盾观，可以从《齐物论》一篇中得到解答：

> 物无非彼，物无非是。自彼则不见，自是则知之。故曰彼出于是，是亦因彼。彼是方生之说也，虽然，方生方死，方死方生；方可方不可，方不可方可；因是因非，因非因是。是以圣人不由，而照之于天，亦因是也。是亦彼也，彼亦是也。彼亦一是非，此亦一是非。果且有彼是乎哉？果且无彼是乎哉？彼是莫得其偶，谓之道枢。枢始得其环中，以应无穷。是亦一无穷，非亦一无穷也。故曰

---

① 《三十一章》，（魏）王弼注，楼宇烈校释：《老子道德经注校释》，中华书局 2008 年版，第 80 页。

② 《九章》，（魏）王弼注，楼宇烈校释：《老子道德经注校释》，中华书局 2008 年版，第 21 页。

③ 《五十八章》，（魏）王弼注，楼宇烈校释：《老子道德经注校释》，中华书局 2008 年版，第 152 页。

莫若以明。①

庄子同样肯定矛盾双方的存在，"物无非彼，物无非是"，且没有任何一方是单独存在的。两两相依，相对而生，因为仅从某端去推导，所看到的也仅仅只有此端之视角，所以"圣人不由"，不走是非对立的思维道路，而是遵循自然之理，观察事物的本质，"照之于天，亦因是也"。《齐物论》中在一大段对矛盾双方相互对立、相互依存的透彻思辨之后，庄子随即提出了"道枢"这一概念，这也就是道家的环中论。

（二）守中与环中：道家的环中论

"中"字甲骨文的图形类似一面旗帜，在节旄之间挂一个圆环，最初的含义是先民在部落中练习射击，射中圆环者得胜。因此，考证"中"的最初含义即具有"环中"之义。② "中"指环中之圆的圆心，其内涵或可与前文"圆"之内涵相为补充。

承接上文，何谓"道枢"？枢，要也。什么是道之关键？据《庄子》原文所说，就是"彼是莫得其偶"，圣人在看待"彼"和"事（此）"这一对矛盾双方时，并没有执着于他们相对（其偶）的方面，而是看空两端，也就是上文所说的"圣人不由"，超越了执着于从对立两端之某一端来看问题的方式，即顺其自然，获得道枢。

从庄子"齐物"的观念出发，至"道枢"的概念作结，庄子都旨在消弭"彼""此"之间的界限，将所有相互对立的矛盾都囊括进入"环"中，将其统摄于道之麾下："故为是举莛与楹，厉与西施，恢诡憰怪，道通为一。"③甚至不需要再去为矛盾的转化做什么，只需要顺应自然之道观察即可，所以庄子又说："唯达者知通为一，为是不用……而寓诸

---

① （清）郭庆藩撰，王孝鱼点校：《庄子集释》，中华书局 2012 年版，第 71 页。

② 吴桂就：《方位观念与中国文化》，广西教育出版社 2000 年版，第 188 页。

③ （清）郭庆藩撰，王孝鱼点校：《庄子集释》，中华书局 2012 年版，第 75 页。

庸……因是已。已而不知其然，谓之道。"①庄子厌恶争论，因为这种争论从本质上来说没有结果，不如"和之以是非而休乎天钧"，归于自然之道。

老子的尚中观念，其核心是最高范畴的"道"。《老子·五章》："天地之间，其犹橐籥乎？虚而不屈，动而愈出。多言数穷，不如守中。"②前文也曾讨论过，天地是一个虚空，因为虚空所以拥有源源不竭之动力，如陈鼓应所言，"这个'虚'含有无尽的创造的因子"③。《老子·七十七章》讲述得非常清楚："天之道，其犹张弓与！高者抑之，下者举之；有余者损之，不足者补之。天之道，损有余而补不足。"④损余补足的参照对象和标准是自然之道。

庄子在继承老子的同时，"以其所追求的精神自由境界和永恒地变化着宇宙之道为绝对真理，这是庄子所居的环中之点，或说是'道枢'，由此出发审视这圆环上产生的一切是是非非、生生死死之相对相生现象"⑤，蒋锡昌说："'环'者乃门上下两横槛之洞；圆空若环，所以承受枢之旋转者也。枢一得环中，便可旋转自如，而应无穷。此谓今如以无对待之道为枢，使入天下之环，以对一切是非，则其应亦无穷也。"⑥学者钱基博也说："庄子知其意而持中庸之义于《齐物论》。"⑦这种环中式哲学，在《文心雕龙》中也得到继承。

---

①　(清)郭庆藩撰，王孝鱼点校：《庄子集释》，中华书局 2012 年版，第 75 页。

②　(魏)王弼注，楼宇烈校释：《老子道德经注校释》，中华书局 2008 年版，第 14 页。

③　陈鼓应：《老子注译及评介》(修订增补本)，中华书局 2009 年版，第 79 页。

④　(魏)王弼注，楼宇烈校释：《老子道德经注校释》，中华书局 2008 年版，第 186 页。

⑤　陆海明：《中国文学批评方法探源》，中国社会科学出版社 1994 年版，第 207 页。

⑥　蒋锡昌：《庄子哲学》，成都古籍书店 1988 年版，第 131 页。

⑦　钱基博：《四书解题及其读法》，商务印书馆 1934 年版，第 68 页。

三、儒家：中庸思维

《史记·孔子世家》谈到孔子的"折中"论："自天子王侯，中国言六艺者折中于夫子，可谓至圣矣！"①"中"指折中、调和。"折中"与"中庸"近似，《论语·雍也》："中庸之为德也，其至矣乎！"②孔子将"中庸"理解为最高的道德标准。

（一）扣其两端

孔子在《论语·子罕》中展示了"叩其两端"的方法论："吾有知乎哉？无知也。有鄙夫问于我，空空如也。我叩其两端而竭焉。"③学界在这段话的解释中精驳互见，如孔颖达、郑玄认为"两端"是"末"，即事物循始至终梳理全貌。然而焦循亦疏曰："此两端，即《中庸》'舜执其两端，用其中于民'之两端也。"认为鄙夫心中有疑问，来求教孔子，孔子要先问其有所疑问的两端，梳理其全貌，再进行解答。由事物之始终于两端伸引至矛盾的对立双方面，焦循接着此段解释说："盖凡事皆有两端……而皆有所宜，得所宜则为中，孔子叩之，叩此也；竭之，竭此也。……处之以此为学，用则以此为治，通变神化之妙，皆自此两端而宜之也。"④

"叩其两端"与"折中"的方法论强调完整观照事物的两端（全貌），在此基础上得其中。以此为基础来解读儒家的中庸思想，绝非一般字面意义上所理解的调和之意，现举两例加以论证。

第一个例子是孔子论"仁人"，在《论语·子路》中，孔子认为一个人"乡人皆好之"或"皆恶之"，都不够尽善尽美，"不如乡人之善者好

① （汉）司马迁撰：《史记》卷四七，中华书局1982年版，第1947页。

② （清）刘宝楠撰，高流水点校，《论语正义》，中华书局1990年版，第247页。

③ （清）刘宝楠撰，高流水点校，《论语正义》，中华书局1990年版，第332页。

④ （清）刘宝楠撰，高流水点校，《论语正义》，中华书局1990年版，第333页。

之，其不善者恶之"①。在这一段论述里，善与不善是都需要考察的两端。第二个例子来自《论语·为政》中的一段话：

> 有子曰："礼之用，和为贵。先王之道，斯为美；小大由之。有所不行，知和而和，不以礼节之，亦不可行也。"②

这一段文字较为明确地揭示了儒家中庸思想的意旨，其中谈到"礼"和"和"的关系。孔子的学生有子说，"礼"的作用运用于人事之中，它的作用是使事情都恰当，这也是过去圣贤君主治理国家中的可贵之处。在这里，有子也论述了"礼"和"和"的关系，除了"和"是"礼"的外显之外，循礼和尚和之间不能偏颇，如果人只循礼而不知尚和，就会"有所不行"，但人如万事求和，却不用礼加以节制，则事情"亦不可行也"，从这样的表述中，我们或可对儒家中庸方法有一个大致的概念。

（二）不知礼，无以立也

《说文》云："庸，用也。"③"庸"与"常"互训。在《论语》中，"中"的意义侧重于两端之中，与道家的环中论具有较为明显的区别，其最开始具有事物始终于两端之义，随后延伸为一对矛盾之中。孔子不同于老庄，以"中"论"道"，但是"中"亦为孔子的最高标准。"中"在《论语》中更多具有道德层面的期许，倾向于"正"的内涵，孔子将其赋予道德层面，《论语·学而》："君子食无求饱，居无求安，敏于事而慎于言，就有道而正焉，可谓好学也已。""正"在论语中作为动词，主要指匡正的

---

① （清）刘宝楠撰，高流水点校，《论语正义》，中华书局 1990 年版，第 546 页。

② （清）刘宝楠撰，高流水点校，《论语正义》，中华书局 1990 年版，第 29 页。

③ （汉）许慎撰，（清）段玉裁注：《说文解字注》（第二版），上海古籍出版社 1988 年版，第 128 页。

意思。以何匡正之？孔子以"礼"约束之。

"礼"的适用范围广阔，适用于人事的各个方面，上自君主治理国家，下至百姓日用，诸事皆以礼贯通，因此《史记·礼书》曰："君臣、朝廷、尊卑、贵贱之序，下及黎庶、车舆、衣服、宫室、饮食、嫁娶、丧祭之分，事有宜适，物有节文。"①上自君主治理国家，对待人民要"齐之以礼"②，下至个人尽孝奉养，孔子要求个人在父母生时"事之以礼"，死后"葬之以礼，祭之以礼"③。在个人活动中，君子在射箭中要遵守"揖让而升，下而饮"④的礼仪。诸此种种，在《论语》中有充分表现。

"礼"通过制约人的行为而产生"和"的效果，在《论语》中可捡几个例子加以佐证。《论语·泰伯》云："恭而无礼则劳，慎而无礼则葸，勇而无礼则乱，直而无礼则绞。"⑤通过"某而无礼"的句式非常清晰地将礼对于行为的束缚感表达了出来。虽然注重容貌态度的端庄，但如果没有礼的约束，就会感到劳倦；如果只知道谨慎但却没有礼的束缚，就会流于懦弱，如果只有敢作敢为的胆量却没有礼的束缚，就会闯祸；如果心直口快而没有礼的约束，就会刻薄伤人。恭、慎、勇、直皆为美德，但若没有礼相节制，也容易流入某种弊端。同样，"博我以文，约我以礼"⑥也是一个用礼来约束行为的例子。

"和"的概念，则广泛适用于对立矛盾的解决上，例如《论语·为

---

① （汉）司马迁撰：《史记》卷二三，中华书局 1982 年版，第 1158 页。
② （清）刘宝楠撰，高流水点校，《论语正义》，中华书局 1990 年版，第 41 页。
③ （清）刘宝楠撰，高流水点校，《论语正义》，中华书局 1990 年版，第 46 页。
④ （清）刘宝楠撰，高流水点校，《论语正义》，中华书局 1990 年版，第 87 页。
⑤ （清）刘宝楠撰，高流水点校，《论语正义》，中华书局 1990 年版，第 290 页。
⑥ （清）刘宝楠撰，高流水点校，《论语正义》，中华书局 1990 年版，第 338 页。

政》："学而不思则罔，思而不学则殆。"①学和思之间的关系不可偏废一端，要合而论之才能真正达到学习的目的。同时也表现出一种状态，《论语》评价《诗经·关雎》"乐而不淫，哀而不伤"②，就是其中一个典型的例证。《论语·雍也》："质胜文则野，文胜质则史。文质彬彬，然后君子。"③"彬彬"乃文质相半之貌。

"礼"代表着"正"，《论语·子路》中，孔子指出，治理国政之前的首要任务是"正名"，言："名不正，则言不顺；言不顺，则事不成；事不成，则礼乐不兴；礼乐不兴，则刑罚不中；刑罚不中，则民无所错手足。"④在重要排序上，显然正名排在了礼乐、刑罚恰当的前面。

四、空宗：中观思维

在印度原始佛教的发展过程中，释迦牟尼提出缘起学说："此有则彼有，此生则彼生，此无则彼无，此灭则彼灭。"这种不执著于一端的思维方式是佛教较早的中道方法论。随后，佛教分化为大乘佛教与小乘佛教⑤，其中大乘佛教衍化为空宗（中观派）和有宗（瑜伽行派）⑥，中观派以龙树及他的学生提婆为代表⑦，该派以不落一边、行于中道的思

①　（清）刘宝楠撰，高流水点校，《论语正义》，中华书局1990年版，第57页。

②　（清）刘宝楠撰，高流水点校，《论语正义》，中华书局1990年版，第116页。

③　（清）刘宝楠撰，高流水点校，《论语正义》，中华书局1990年版，第233页。

④　（清）刘宝楠撰，高流水点校，《论语正义》，中华书局1990年版，第521-522页。

⑤　在思维方式上，小乘佛教偏执一端，大乘佛教相对较为折中，例如，在世界观上，小乘主张"人空法有""我空法有"，客观物质世界是存在的实体，但是主体是"空"的；大乘主张"我法二空"，一切皆空。

⑥　空宗派主张一切皆空、般若皆空，以般若思想为主，宣扬中道之空观。有宗派主张诸法为有，与空宗相对。

⑦　龙树（约150—250年），著有《大智度论》《中论》《十二门论》等。提婆（约170—270年），著有《百论》。

维方式而得名，奉《大品般若经》为经典，本节主要以佛教空宗为重点，探寻中观论的内涵及它与儒道尚中观念的区别。

（一）不二和双非：中观论的内涵

佛教进入中国之后，空宗思想及其中观思维方式在中原扎根落下，其发展过程中有两人具有重要意义，其一是从龟兹辗转至长安的鸠摩罗什，其二是他的高足僧肇。

在公元四世纪鸠摩罗什于长安系统翻译出《维摩诘经》等一系列《般若》系佛典之前，《般若》系佛典之教义并未得到广泛传播。东汉末年，支谶传译《道行般若经》（十卷），但当时并未产生什么影响。直至两晋间，更多的《般若》系经典被系统翻译①，佛教思潮渐渐以般若性空学说为主流，但是魏晋倡以玄学解经，兴起"六家七宗"，并不算对空宗教义的正确阐释。

直到鸠摩罗什来到长安，得国主姚兴之厚待，与大量精通佛典的义学名流一同展开译经活动，系统首译了《四论》（《智论》《中论》《十二门论》《百论》），至此，《般若》经类的"性空"思想从之前以玄释佛的迷雾中脱胎而出。随后，僧肇在鸠摩罗什只译不著的基础上，撰写了《四论》（《不真空论》《物不迁论》《般若无知论》《涅盘无名论》），更深入地阐发了空宗要义。

中观派的思维方式是以"空"作为一切理论的基点与圆心的，《中论·观四谛品》："众因缘生法，我说即是空，亦为是假名，亦是中道义。"中观派认为世界上一切事物都是"众因缘"所"生"，所以本质上来说都是"空"。但在"空"的统摄之下，又不能将所有事物都看空，因为"空"与"有"是一组对立概念，不可偏执于某一端。有学者进一步解释："中观派讲空，不是为了肯定空（表），而是为了否定有（遮），就空本身

---

① 据郭朋所考，除唐玄奘最后翻译《般若》总集《大般若经》六百卷外，晋代翻译出的《般若》系经典适量是最多的。参见郭朋：《中国佛教思想史》，社会科学文献出版社 2012 年版，第 191-192 页。

而言，中观派也是要将它空掉（空空）的。"①对于这种中观法，龙树在《大智度论》中有一段阐释：

> 常是一边，断灭是一边，离是二边行中道，是为般若波罗蜜。又复常无常、苦乐、空实、我无我等，亦如是。色法是一边，无色法是一边，可见法不可见法、有对无对、有为无为，有漏无漏、世间出世间等诸二法亦如是。②

可以看到，在空宗早期立论之开始，即追求"二边行中道"的思维方式，再举一个例子，中观派是先有了"圆心"，再根据这一重心对双方进行否定。中观派尚"空"，但是一味尚"空"就会落入偏执一端，因此需要"空"其"空"，便产生了有；中观派认为"诸行无常"，但是"无常"落入一端也要加以否定，因此"无常"否定到极端就生了"有常"。有学者认为，"中观派否定之否定的态度，决定了它在对美的排斥与宽容、反对与认可、扼杀与助长两个相互对立的方面都发展到了极点。"③这种中观思维方法就是不断对对立的两个极端进行否定，为了达到"中观"而"行乎中道"，《不真空论》中，僧肇言："诸法不有不无者，第一义谛也。"

佛教原本就擅长用二元对立的观念来解析这个世界，"二谛"是佛教的一种通义，僧肇解释《维摩诘经》中的"不二"思想："语宗极，则以不二为言。"另外，空宗也致力于分析这种二元对立，僧肇言："玄道在于妙悟，妙悟在于即真，即真在于有无齐观，齐观则彼己无二，所以天地与我同根，万物与我一体。"（《涅槃无名论》）也就是说，这种二元对立，被"同根一体"的观念所消解和统摄了，"即真在于有无齐观"的意

---

① 祁志祥：《佛教美学》，上海人民出版社1997年版，第26页。
② 龙树菩萨著，鸠摩罗什译，弘学校勘：《大智度论校勘》，社会科学文献出版社2014年版，第558页。
③ 祁志祥：《佛教美学》，上海人民出版社1997年版，第28页。

思是，对世界的有无等界限不作分别观，而要等量齐观。僧肇在《维摩经注·弟子品》中言："天地一旨，万物一观，邪正虽殊，其性不二。"《涅槃无名论》："古今通，始终同，穷本极末，莫之与二，浩然大均，乃曰涅槃。"

（二）空宗中观论与儒道的区别

对于佛教的中国化，在前文已有提及，此处不再赘述。简而言之，在佛教中国化的进程中，表现为中国人本身的思维里蕴含着容受不同事物的思维方式，和佛教在演进过程中也自觉吸收中国本土宗教的特点并自我改善的双向模式，在这种双重模式的作用下，佛教变成了中国独特的、具有其特色和思维方式的佛教。徐复观先生曾说，在中国古代的思维方式中，即蕴藏着承认各人思想均含有某种程度的真理的观念，一般的中国人对于五经之外的书，虽然并不认为它们重要，但也承认其中有一些可取之处，而这一切都指向成为更完全的人，同时对于一些外来思想（例如佛教），也不一概加以排斥，而佛教最开始是以折衷融和的方式进行的，如"格义"。①

首先要认识到，佛教自中国化的起点，就与儒道思想无法割裂，仅举其中一个比较简单的例子，上文所说对佛教中国化进程具有卓著贡献的僧肇，本身是一个"爱好玄微，以《庄》《老》为心要"（《梁僧传·僧肇传》）的玄学学者，其四论是其思想代表作，但其中也有以玄解佛的色彩，"默然韬光，虚心玄鉴"（《般若无知论》）。

佛教的中观论与道家的齐物论有何区别？道家的环中论更多的是用一种整体的统摄视角来看待万物，例如庄子，上文也说过，庄子旨在消弭对立矛盾之间的界限，万物同一。但是佛教的中观论是以否定"边见""不落二边"的中观思维来看待矛盾，"边见"就是偏执一端的片面之见，此与前文所说的道家的偏执是差不多的理解。"不落二边"首先是

---

① 徐复观：《中国人之思维方法》，九州出版社2014年版，第149页。

对"边见"进行了否定，然后再对否定"边见"进行否定，因此求中，也与儒家的折衷观点有相似之处。

关于中观论与儒家折衷观念的区别，有学者指出，儒家的折衷法主要是通过否定两个极端，而对"衷"展开肯定。但是大乘佛教的理论认为，只要是肯定了某一端，必然会落入对"有"的执着，而真正的空，是无所肯定的，因此也就是不断否定，以不断否定为特征，对所有的一切都是"无可无不可"（支道林《维摩诘赞》）的态度，又被称为双遣和双非的方法。

最后佛教思维有一个比较类似折衷的态度，是来自于一、二又三的观念。比如佛教讲究三重否定，青源惟信："老僧三十年前来参禅时，见山是山，见水是水；及至后来亲见知识，有个入处，见山不是山，见水不是水；而今得个体歇处，依然见山是山，见水是水。"此句有三个层次，也可以看做一个否定两端，进而调和两端之上的折衷法。比如说，"见山是山，见水是水"是人所看到的现实世界，也就是"相"，这是一个极端；另一个极端是"空"，是佛教思想中所讲的一切如梦幻泡影，一切都是空，这与"相"而言就是另一个极端。但是佛教亦认为，若是停留在这一个层面上，就有"滞空"的执迷，也就是执着于另一个极端，因此佛教以"双非""中观"为思维方式，主张在"空"的基础上又不执著于"空"。

回到《文心雕龙》中，佛教思维的"双非""中观"主张在"空"的基础上又不执著于空，类似于折衷法对矛盾双方都尽量不偏颇，以达到中和的效果。

《周易》以中吉为尚，儒家以中庸为美，道家以环中为至道，佛教中观派以中观为特征。值得注意的是，不论儒道释对于尚中都有一个不变的锚点，儒家的中庸思想以"礼"为重心，道家思想以"道"为环中，中观的思维方式以"空"为轴心。同样，《文心雕龙》的折衷法也有一个不变的轴心。

第二节 执正以驭奇：折衷法的圆心

本节试图以《文心雕龙》中的折衷句式为切口，探究"折衷法"之"不变"。如果说折衷法是不占两端而取折衷，那么折衷的标准是什么？刘勰依据什么准则来使用折衷法？如果说折衷法是环中圆心的话，这一圆心又具体指什么内容？本节通过梳理《文心雕龙》中的两种折衷句式，以《辨骚》篇中刘勰的奇正观为重点，分析折衷法中不变之"正"与"执正以驭奇"的折衷法内涵。

一、折衷法的经典句式

在论述本节内容之前，有必要先摘引庞朴先生归纳的四种"中庸"基本句式①，兹简要整理，并加以《文心雕龙》中的例子，列表如下：

	思维形式	例子	相关分析
1	A 而 B	皋陶曰：宽而栗，柔而立，愿而恭，乱而敬，扰而毅，直而温，简而廉，刚而塞，强而义。彰厥有常，吉哉！（《尚书·皋陶谟》）蔡邕《释诲》，体奥而文炳；景纯《客傲》，情见而采蔚：虽迭相祖述，然属篇之高者也。（《文心雕龙·杂文》）	该形式为不满足于一端，而引他端与此端结合，使对立方面互相联结、中和。主要以对立面 B 来济 A 的不足。

---

① 参见庞朴：《中庸平议》，《中国社会科学》1980 年第 1 期。

续表

	思维形式	例子	相关分析
2	A 而不 A	帝曰：夔！命汝典乐，教胄子直而温，宽而栗，刚而无虐，简而无傲。（《尚书·尧典》） 故文能宗经，体有六义：一则情深而不诡，二则风清而不杂，三则事信而不诞，四则义直而不回，五则体约而不芜，六则文丽而不淫。（《文心雕龙·宗经》） 若能凭轼以倚《雅》《颂》，悬辔以驭楚篇，酌奇而不失其贞，玩华而不坠其实，则顾盼可以驱辞力，欬唾可以穷文致，亦不复乞灵于长卿，假宠于子渊矣。（《文心雕龙·辨骚》）	该形式强调泄 A 之过，勿使 A 走入极端，因适月于表达劝善规过的内容，成为儒家道德诫条的经典形式。
3	不 A 不 B	无偏无颇，遵王之义；无有作好，遵王之道；无有作恶，尊王之路。无偏无党，王道荡荡；无党无偏，王道平平；无反无侧，王道正直。会其有极，归其有极。（《尚书·洪范》）	该形式要求不立足于任何一边，因为最容易显示"用中"的特点，而取得一种纯客观的姿态。
4	亦 A 亦 B	天下有道则见，无道则隐。（《论语·泰伯》）	该形式是不 A 不 B 的否命题，重在指明对立双方的相互补充，最足以表示中庸的"和"的特色，并有别于以 A 为主的 A 而 B 的形式。

　　受到该论文中关于"中庸"思维模式论述的启发，此小节将通过分析《文心雕龙》中的折衷句式，探寻折衷法的基本表现句式。

(一)《文心雕龙》的矛盾观

　　刘勰注意到文学活动中矛盾的复杂性，例如同一体裁和作品中，对立的文学风格往往无法兼容，《定势》篇云："综意浅切者，类乏酝（蕴）藉；断辞辨约者，率乖繁缛。譬激水不漪，槁木无阴，自然之势也。"①追求文意浅近就无法兼有蕴藉，文辞简约亦无法在文辞上追求繁复的效果，刘勰将之归纳为"自然之势"，对此也不加价值判断。

　　矛盾的复杂性还表现为，两组对立的文学特征往往也能在作品中展示出相似面貌，而造成鉴赏的困难。例如"精者"与"匿者"同样显示出要约的文学形态，"博者"与"芜者"亦具有繁复的外显特征，"辩者昭晰，浅者亦露；奥者复隐，诡者亦典"②，甚至会有表里不符的情况出现，"或义华而声悴，或理拙而文泽"③，有的文章内容美好，但文辞寡淡，有的文章虽然内容拙劣，偏偏具有优美文辞，刘勰用这样的对举充分展示文学评论的复杂性。

　　除了客观论述矛盾双方、利用矛盾对举来展示文学情况的复杂性外，刘勰也认识到文学作品中的矛盾双方很难有平衡、中和的情况，往往因无法平衡而出现弊端，例如"约则义孤，博则辞叛，率故多尤，需为事贼"④，追求简约的作品风格往往不免有内涵单薄的弊端，主张驳杂的文风又常常会流入言辞杂乱之困局，成文速度快的文章常常草率而多病，成文速度慢的文章又往往有犹疑不决的苗头。而这类无法平衡两端的文章，刘勰认为多病而不美，"斯类甚众，无所取裁矣"⑤，乃文海中占多数的普通作品，无法跻身优秀之列。

---

　　① 范文澜：《文心雕龙注》，人民文学出版社 1958 年版，第 530 页。
　　② 范文澜：《文心雕龙注》，人民文学出版社 1958 年版，第 655-656 页。
　　③ 范文澜：《文心雕龙注》，人民文学出版社 1958 年版，第 656 页。
　　④ 范文澜：《文心雕龙注》，人民文学出版社 1958 年版，第 651 页。
　　⑤ 范文澜：《文心雕龙注》，人民文学出版社 1958 年版，第 255 页。

通过以上分析可以发现，刘勰对文学作品中矛盾的复杂性和无法兼容的状况有所觉察，并试图对此提出解决方案，这也就是下文将论述的两种折衷句式。

(二)"A 而 B"和"先 A 而后 B"

在上文所提到的四个中庸的基本句式中，本节以"A 而 B"句式为重心是有所考量的。首先，"A 而 B"句式为中庸最基本的句式，也是折衷法最基本的形式。在此形式中，A 是论述的重点与重心，后者 B 用来补足前者 A 之不足。后三种句式为此句之变式，因此，以"A 而 B"句式为重点来考察是较为妥帖的。

其次，综观《文心雕龙》全书中折衷法之应用，其中第三类"不 A 不 B"句式在书中并没有多少例证，但"A 而 B"和"A 而不 B"这两种句式在原文中均有大量应用，其中"A 而 B"句式更能体现折衷法中不变的轴心，因此以"A 而 B"句式作为重点加以考察。

再次，在上一节论述的儒释道三家的折衷观念中，不论庄子是否以"齐物"消弭一切矛盾的对立与界限，环中论的圆心是"道"；不论中观派如何以"不落两端"类似"不 A 不 B"的双非思维来进行否定，其思维方式的基础是"空"；不论儒家以何种方式进行折中，其理论中心依然是"礼"。因此，儒释道三家的折衷思维中仍然具有一个不变的圆心，"A 而 B"句式作为折衷最基本的句式，前者 A 就是矛盾观中的不变之圆心与立论之基础。综上，此处将重点论述"A 而 B"句式的应用，"A 而不 B"句式将在下文中再予以详解。

"A 而 B"句式中，前者是侧重点，后者用以补足前者之不足。《神思》篇中有一个较为经典的立论模式：

博而能一，亦有助乎心力矣。①

_____

①　范文澜：《文心雕龙注》，人民文学出版社 1958 年版，第 495 页。

"博"与"一"是一组相对立的概念，在《神思》篇这一具体的文本中，刘勰重点强调广博，但也认为如果博观过于漫无目的，亦有杂芜之弊，因此在主张"博见"以"馈贫"之后，又主张"贯一"以"拯乱"，旨在通过"贯一"以收束"广博"，补其不足之处，使之更为完善。虽然"博而能一"亦能解读为"亦 A 亦 B"之句式，但因为《神思》篇的具体文本中刘勰以"博观"为主，具有较为明显的侧重性，因此将之归为"A 而 B"句式。当然，这仅仅只是刘勰用"A 而 B"句式的其中一例，但也较为明显地展示出"A 而 B"句式的特征。

在"A 而 B"句式背后，隐藏着《文心雕龙》中另一种经常出现的句式，可以称作"经纬"式的逻辑思维，它是一种"条件—结果"式立论，往往表现为"先 A 而后 B"句式，例如：

> 故情者，文之经，辞者，理之纬；经正而后纬成，理定而后辞畅，此立文之本源也。① （《情采》）
> 心定而后结音，理正而后擒藻。② （《情采》）

通过这两个"先 A 而后 B"式的文本，可以看出，在第一个文本中，刘勰论述了"情"和"辞"的关系。他认为，情理如经线，文辞乃纬线，情、辞既是交织成文、密不可分的一对概念，但其中亦有"先经而后纬"的逻辑顺序和侧重，需在情理先确定好的基础上，文辞畅达才能使文章的情辞相互配合。而这种"先情而后辞"的具有明显侧重的创作排序，就是刘勰所说的"立文之本源"，可见"先 A 而后 B"句式中，既看重前者的重要性，亦强调前后者之间的顺序逻辑。第二个文本同样如此，刘勰认为，想要表达的心情确定了，才能配合音律，思想端正之后，才能运用辞藻。

---

① 范文澜：《文心雕龙注》，人民文学出版社 1958 年版，第 538 页。
② 范文澜：《文心雕龙注》，人民文学出版社 1958 年版，第 538-539 页。

比较相似的顺序逻辑，在《文心雕龙》中还可举出一例：

> 夫才量学文，宜正体制，必以情志为神明，事义为骨髓，辞采为肌肤，宫商为声气，然后品藻玄黄，摛振金玉，献可替否，以裁厥中。斯缀思之恒数也。① （《附会》）

学习创作应当以正体制为先，以情志、事义为本，缀之以辞采、声韵，然后"以裁厥中"均衡变化，刘勰将这种逻辑顺序解释为"缀思之恒数也"，具有相当的深意。

不论是"立文之本源"，还是"缀思之恒数"，这种"先 A 而后 B"式的逻辑顺序，在强调先后顺序的表征下，所展露出来的是本末、里外的逻辑排序。也就是说，前者是重点，是基础，后者乃附庸前者生长之物，而这种逻辑顺序，是"本源"和"恒数"这类不变法则的中心，亦为不变之圆心。

再举一例，佐以证明。文质论是文学评论中一对非常重要的矛盾概念，综观《文心雕龙》全书中，捻出两例，从"A 而 B"句式中可见，刘勰将"质"的顺序一直置于"文"之前：

> 然则志足而言文，情信而辞巧，乃含章之玉牒，秉文之金科矣。② （《征圣》）
> 张衡《应间》，密而兼雅；崔实《客讥》，整而微质；蔡邕《释诲》，体奥而文炳；景纯《客傲》，情见而采蔚。③ （《杂文》）

"志"于"文"前，"辞"在"情"后。"体"在"文"前，"采"于"情"后。通过以上的例子可以清晰地看到，《文心雕龙》中"A 而 B"句式，其侧重

---

① 范文澜：《文心雕龙注》，人民文学出版社 1958 年版，第 650 页。
② 范文澜：《文心雕龙注》，人民文学出版社 1958 年版，第 15 页。
③ 范文澜：《文心雕龙注》，人民文学出版社 1958 年版，第 255 页。

点在于前者，而且其中还包含着一种特殊的逻辑顺序模式，即"先 A 而后 B"句式。刘勰对一组矛盾亦赋予了本末的属性，而这种类似"玉牒金科""恒数"的、看似恒定不变的本末排序，就是刘勰折衷法中恒定不变的圆心与重点。最能够表现这种折衷法特点的，就是刘勰对"奇""正"这一对概念的探讨。

二、奇、正的内涵阐解

要探讨刘勰对"奇""正"这一对概念的理解，如他本人所说，"将核其论，必征言焉"①，应当回到原文中探寻含义。"奇"属多音字，其中"奇偶适变"②(《丽辞》)的奇数意义暂且不论，只论其"异"的含义。首先，"奇"在《文心雕龙》中与自然对立，指人力所营造的工巧，又具有反礼的意义，因此刘勰并不用"奇"来形容"人之文"的经义典籍。"奇"也指楚辞中的瑰奇之美，但刘勰重点用"奇"以表现楚篇流传后世的过程中由瑰奇走向极端所产生的诡、淫、滥等文风弊端。

(一) 匠巧与反礼

在《原道》篇中，"奇"指人力所营造的工巧，与"自然"是相对立的：

> 傍及万品，动植皆文：龙凤以藻绘呈瑞，虎豹以炳蔚凝姿；云霞雕色，有逾画工之妙；草木贲华，无待锦匠之奇；夫岂外饰，盖自然耳。③

自然中万物之"文"所呈现出的纹理华彩，胜过画家设色之妙，亦不需匠人奇绝之巧。这段论述颇有道家色彩，《庄子》同样厌恶工巧与华技。在这段论述中，"奇""妙"与自然天成之"文"相对，用以衬托自然之

---

① 范文澜：《文心雕龙注》，人民文学出版社 1958 年版，第 46 页。
② 范文澜：《文心雕龙注》，人民文学出版社 1958 年版，第 588 页。
③ 范文澜：《文心雕龙注》，人民文学出版社 1958 年版，第 1 页。

壮美。

"文"由"天地并生"中衍生出来，"天之文"自上而下为"人之文"。"人之文"是"天之文"的衍生，"道沿圣以垂文，圣因文而明道"①，出自上哲，深藏神理，因此与匠手之"奇"毫不相关。在《原道》篇中可以看出，从"文字始炳"至"夫子继圣"，在文辞从夏朝的质朴中分蘖出商周的英华时，刘勰也以"新"来形容，并未用"奇"字论过这些典籍。

究其缘由，因为"奇"的本义具有反"正"的内涵。"奇"具有荒诞、奇异之义，与"常规"相对，如《山海经·海外西经》记载："奇肱之国，在其北，其人一臂三目，有阴有阳，乘文马。"②这是异于常人之奇。从字源来看，"奇"与"正"相反，且一直具有被"礼"排斥于外的内涵。"礼"具体规范于生活的各个方面，除礼仪行为外，也表现为对日用器物的严格规范。例如着奇服不可进入象征着"礼"的王权场所，《周礼·阍人》记载："奇服、怪民不入宫。"③阍人是掌管王宫中门的守卫，除了奇服者不可入宫外，着丧服、着甲衣、佩凶器者也不得入宫。从上下文来看，这种奇服也未必是奇装异服，而是不符"礼"之规范的服装。

《礼记·曲礼》中一例也可佐证："国君不乘奇车。"④孔颖达注："国君出入必正；不可乘奇邪不正之车。"这种奇邪不正之车也并非荒诞怪异之车，据郑玄所注，此乃猎车（又言钩车，因车前栏弯曲如钩得名）、衣车之类。猎车、钩车是古代贵族祭祀、围猎之车，衣车用来装载衣物，从形态来说均非怪异如一臂三目之人，仅仅是不符合国君"出入必正"的礼法，与"正"相对，因此称奇。由此可见，"奇"因为与"正"相对，与"怪""邪"同义，其主要原因是于"礼"不合。

因此，由于"奇"本身具有与"正"相反的内涵，在《文心雕龙》中，刘勰在"文之枢纽"的前三篇中，从不以"奇"来形容"新"。刘勰论述纬

---

① 范文澜：《文心雕龙注》，人民文学出版社 1958 年版，第 3 页。
② 袁珂：《山海经校注》，上海古籍出版社 1980 年版，第 212 页。
③ 黄侃：《周礼注疏》，上海古籍出版社 1990 年版，第 114 页。
④ （清）孙希旦：《礼记集解》，中华书局 1989 年版，第 101 页。

书之伪，言"经正纬奇，倍摘千里"①，"奇"亦具有邪、怪的义项，与经书之正呈现出截然不同的评价。

(二)《离骚》及楚篇余绪中的瑰奇之美

不论是匠巧之奇，还是反礼之奇，奇的义项都不包含美。而奇开始带有美的内涵，具有壮丽瑰奇之美，始于《离骚》。上文所说的种种不合于礼的"奇服""奇车"在楚辞中大量出现，我们不妨从这个角度来观照屈原是如何从"奇服""奇车"的土壤中使"奇"的内涵开出瑰奇烂漫之花。

据屈原《九章·涉江》中言："余幼好此奇服兮，年既老而不衰。带长铗之陆离兮，冠切云之崔嵬。"②然而佩剑与高冠是战国时期楚地人的普遍装束，当时的高冠长缨为士大夫所好，至汉高祖时仍仿楚服佩戴高冠，因此也不算奇服。真正属于奇服的，当属《离骚》中的这段形容：

> 揽木根以结茝兮，贯薜荔之落蕊；矫菌桂以纫蕙兮，索胡绳之纚纚。
>
> 謇吾法夫前修兮，非世俗之所服；虽不周于今之人兮，愿依彭咸之遗则！③

这一段相当有意思，这种奇服用较为浅近的白话加以翻译是，用木兰之根须编结上茝草(古书上的一种草)，再穿上薜荔落下的花蕊，使菌桂的嫩枝和蕙草串连在一起，把胡绳搓得又长又好看。这种以花草缀饰而成的衣着显然是一种奇服，屈原随后的自述非常关键，"非世俗之所服"，更加证明此身由花草点缀的繁复装束不仅与同时代的人穿着截然不同，且"不周于今之人兮"，也不迎合今人的趣味。

---

① 范文澜：《文心雕龙注》，人民文学出版社1958年版，第30页。
② (宋)朱熹：《楚辞集注》，上海古籍出版社1979年版，第79页。
③ (宋)朱熹：《楚辞集注》，上海古籍出版社1979年版，第8页。

屈原图，傅抱石画

　　然而，对于这样一种排斥于主流审美之外的"奇服"（我们暂且认为它真的是现实中的一种服饰），屈原的态度是既喜爱又骄傲，甚至刻意求之："民生各有所乐兮，余独好修以为常。"①究其原因有三：其一是为了以外表的奇特与他所不齿的谄媚小人划清界限，这种刻意求奇的态度甚至与嫉贤小人"谓蕙若其不可佩"②（《九章·惜往日》）的态度针尖对麦芒，屈原以"奇服"表明自己对小人的憎恶。其二，屈原看似以这种排斥于主流之外的奇服表达对世俗之纲常的不屑，但实际上是以"奇服"致敬先贤、效法先贤，它本身又是一种对传统和礼的有意复归。屈原认为，"昔三后之纯粹兮，固众芳之所在"③，古代贤德的君王都受群芳聚集，故而屈原"制芰荷以为衣兮，集芙蓉以为裳"④，用"奇服"表明了自己的志向。其三，屈原以"奇服"来修饰和展现自己内在的美

---

① （宋）朱熹：《楚辞集注》，上海古籍出版社 1979 年版，第 11 页。
② （宋）朱熹：《楚辞集注》，上海古籍出版社 1979 年版，第 96 页。
③ （宋）朱熹：《楚辞集注》，上海古籍出版社 1979 年版，第 5 页。
④ （宋）朱熹：《楚辞集注》，上海古籍出版社 1979 年版，第 10 页。

善特质："纷吾既有此内美兮，又重之以修能：扈江离与辟芷兮，纫秋兰以为佩。"①肩上披着散发着幽香的江离白芷等香草，用秋天的兰草花穿成佩环，而这种衔花佩草的装饰是"内美"所外化出来的形态，它或许并非现实中的花草装束，而是屈原对自己内心的外显。甚至在《离骚》的最后，屈原以玉佩作为自身的化身，言花草都失去了本来的颜色，"何昔日之芳草兮，今直为此萧艾也?"②最后只有玉佩能代表他高洁的品质："惟兹佩之可贵兮，委厥美而历兹。"③

《离骚》中除了奇服，亦有奇车、奇境与奇人，上天入地，几乎无所不能。可以看出，《离骚》中"奇服"具有绝对意义上的反礼，它不与旁人相同，亦不为今人所容，但它在反礼的表象下，实则是对先贤的亲附，是对先王品行的赞美，亦可看作对礼的复归。从这一意义上来说，屈原反而为"奇服"赋予了"正"的内涵。此外，奇服乃花草缀采，内外相符，比喻自己高尚的灵魂。这种"奇"因此具有不同流合污的高洁之美，经过屈原以香草点缀之后，"奇服"更具有既正且美的高洁内涵。

在《文心雕龙》中，刘勰称《离骚》为"奇文"："自《风》、《雅》寝声，莫或抽绪，奇文郁起，其《离骚》哉!"④且楚篇之后，"枚贾追风以入丽，马扬沿波而得奇"⑤，这种文之"奇"具有壮丽、瑰奇之美，且经由文学发展延续了下去，然而至刘勰的时代，这种"奇"则产生了流弊，时人爱奇反经，空结奇字，于是"奇"的内涵逐渐与诡、淫、滥等相似。

（三）楚篇余绪中的流弊：奇、诡、淫、滥

如刘勰所论，楚篇余绪经过时代流变而至今代，时众作多"衔灵均之声馀，失黄钟之正响也"⑥(《声律》)。《体性》篇云："新奇者，摈古

---

① （宋）朱熹：《楚辞集注》，上海古籍出版社 1979 年版，第 3 页。
② （宋）朱熹：《楚辞集注》，上海古籍出版社 1979 年版，第 22 页。
③ （宋）朱熹：《楚辞集注》，上海古籍出版社 1979 年版，第 23 页。
④ 范文澜：《文心雕龙注》，人民文学出版社 1958 年版，第 45 页。
⑤ 范文澜：《文心雕龙注》，人民文学出版社 1958 年版，第 47 页。
⑥ 范文澜：《文心雕龙注》，人民文学出版社 1958 年版，第 553 页。

竞今，危侧趣诡者也。"①进一步来说，"新奇"具有两个主要特征，其一是"摈古"，废弃古制；其二是"竞今"，竞创新体。在刘勰看来，"奇""诡""淫""滥"等诸多弊端均由此而生，在原文中还有许多类似表达：

> 若骨采未圆，风辞未练，而跨略旧规，驰骛新作，虽获巧意，危败亦多，岂空结奇字，纰缪而成经矣。②（《风骨》）

正是因为抛弃古制、竞创新体，因此"危侧趣诡"，逐渐有危败之势，使文章趋近"诡奇"。这种"诡奇"根源来自"摈古"，"雅咏温恭，必欠伸鱼睨"（《乐府》）；表征为"竞今"，争相竞奇，而忽略根基，如"俪采百字之偶，争价一句之奇"（《明诗》），"奇辞切至，则拊髀雀跃"（《乐府》），然而这种"竞奇"究其根本，只是刻意为奇，颠倒语句，并无新意，因此刘勰批驳这种"新色"不过"文反正为乏，辞反正为奇"③，乃是"诡巧"。

此外，亦有"淫滥"之"奇"，《物色》云："及长卿之徒，诡势环声，模山范水，字必鱼贯，所谓诗人丽则而约言，辞人丽淫而繁句也。"④在刘勰看来，"辞人"与"诗人"是具有本质差别的，"丽淫""繁句"指司马相如"诡势环声"，极尽风貌，就像《情采》篇中的为文而造情者，"淫丽而烦滥"，皆为"采滥忽真，远弃风雅，近师辞赋"⑤的缘故。又如《诠赋》曰："宋发巧谈，实始淫丽。"⑥总而言之，这种"淫滥"之"奇"是与"正响"相对的"淫辞"，也是与"正"相对的。

---

① 范文澜：《文心雕龙注》，人民文学出版社 1958 年版，第 505 页。
② 范文澜：《文心雕龙注》，人民文学出版社 1958 年版，第 514 页。
③ 范文澜：《文心雕龙注》，人民文学出版社 1958 年版，第 531 页。
④ 范文澜：《文心雕龙注》，人民文学出版社 1958 年版，第 694 页。
⑤ 范文澜：《文心雕龙注》，人民文学出版社 1958 年版，第 538 页。
⑥ 范文澜：《文心雕龙注》，人民文学出版社 1958 年版，第 135 页。

学界对于《辨骚》篇的内容都稍有争论，刘勰认为《辨骚》是诗经的延续，这与前人对楚辞的评价是一致的。在定位楚辞的历史地位时，刘勰认为楚辞是诗经的延续，是由道转文的枢纽，是由诗经转赋的转折点。这一点，学界已有公论。

因此刘勰说：

> 故论其典诰则如彼，语其夸诞则如此。固知《楚辞》者，体慢于三代，而风雅于战国，乃《雅》、《颂》之博徒，而词赋之英杰也。观其骨鲠所树，肌肤所附，虽取熔《经》意，亦自铸伟辞。故《骚经》、《九章》，朗丽以哀志；《九歌》、《九辩》，绮靡以伤情；《远游》、《天问》，瑰诡而惠巧；《招魂》、《招隐》，耀艳而深华；《卜居》标放言之致，《渔父》寄独往之才。故能气往轹古，辞来切今，惊采绝艳，难与并能矣。①

纵然刘勰对楚文化核心中的一些诡谲神秘的想象和神话传说，是持不赞同态度的，但也承认在目前的社会环境中，楚辞"气往轹古，辞来切今"，尤其切合当代的文学风尚。他追溯：

> 自《九怀》以下，遽蹑其迹，而屈宋逸步，莫之能追。故其叙情怨，则郁伊而易感；述离居，则怆怏而难怀；论山水，则循声而得貌；言节侯，则披文而见时。是以枚贾追风以入丽，马扬沿波而得奇，其衣被词人，非一代也。故才高者菀其鸿裁，中巧者猎其艳辞，吟讽者衔其山川，童蒙者拾其香草。②

楚辞对后世的影响，从接受史的层面来说，尚永亮指出，西汉的时

---

① 范文澜：《文心雕龙注》，人民文学出版社 1958 年版，第 47 页。
② 范文澜：《文心雕龙注》，人民文学出版社 1958 年版，第 47-48 页。

候人们对屈原的评价比较自由，更多的是从对屈原的崇敬或者身世遭遇去解读，但是在东汉，人们倾向于以经学的眼光去审视，将屈原纳入正统的评价体系中。① 到了南朝，随着对高洁人格的倾慕，"晋人的美的理想，很可以注意的，是显著的追慕着光明鲜洁、晶莹发亮的意象"。（宗白华）对文学形式美、音韵的重视，使本身具有"极声貌以穷文"的赋又再次为人留意。

或可说，刘勰继承了前人对《离骚》以经义为标准进行考量的传统，这与经义在东汉时期极其重要有关，文论家不得不，也一定要依附于这样的一个具有正统性、具有统治地位、具有道德压制的武器，使之为自己的观点做一个充分的维护。因此，刘勰顺利地将《离骚》和自己的原道、征圣和宗经思想连接起来，因此他认为《离骚》乃诗之余绪。随后，经过溯源的考察，刘勰也意识到赋这一文体亦经《诗经》和《离骚》演变，因此《诠赋》篇说："及灵均唱《骚》，始广声貌。然则赋也者，受命于《诗》人，拓宇于楚辞者也。"讨其汉赋之源流，实"兴楚而盛汉"，又言："殷人辑颂，楚人理赋，斯并鸿裁之寰域，雅文之枢辖也。"

是以九代咏歌，志合文则。黄歌《断竹》，质之至也。唐歌《在昔》，则广于黄世；虞歌《卿云》，则文于唐时。夏歌"雕墙"，缛于虞代；商周篇什，丽于夏年。至于序志述时，其揆一也。暨楚之骚文，矩式周人；汉之赋颂，影写楚世，魏之篇制，顾慕汉风；晋之辞章，瞻望魏采。榷而论之。则黄、唐淳而质，虞、夏质而辨，商、周丽而雅，楚、汉侈而艳，魏、晋浅而绮，宋初讹而新。从质及讹，弥近弥澹，何则？竞今疏古，风末气衰也。

① 尚永亮：《庄骚传播接受史综论》，文化艺术出版社2000年版，第300页。

从文学的角度，刘勰注意到《离骚》之丽和奇都对汉代文学产生了影响，又或者说，此后汉代乃至魏晋文学家均从《离骚》的丽辞方面收获了一些余绪，但是随着辞赋的发展，丽辞日趋碎丽，"逐末之俦，蔑弃其本，虽读千赋，愈惑体要。遂使繁华损枝，膏腴害骨，无贵风轨，莫益劝戒"，从中和的两端滑落，进而趋于偏颇。

通过梳理《文心雕龙》中"奇"的诸多内涵，可以较为清楚地看到，它与"正"相对，且多指向楚篇余绪在文学演化过程中所变化出的淫滥诡奇之义。最后，我们将通过分析《辨骚》篇再进一步分析刘勰奇正观中运用的折衷法。

三、以正辨奇的折衷法

通过审视《辨骚》篇可以看出，刘勰继承班固、王逸等人对《离骚》的评判标准，以经义为标准对《离骚》给予相对公允的评价。而刘勰对《离骚》中的"谲怪""荒淫"等与现实经验不符合之处加以批判，其源头在于对曾游离于正统周文化之外的楚文化的排斥。最后，"执正以驭奇"的折衷法既强调了"正"的轴心性，亦显示出以"正"来收束"奇"的调和性。

(一)《辨骚》：以正为镜，辨其偏邪

以"征言"的方法仔细审视刘勰"文之枢纽"五篇中最后的《辨骚》篇，能够看到刘勰如何阐明"奇""正"的界限：

> 故其陈尧舜之耿介，称禹汤之祗敬，典诰之体也；讥桀纣之猖披，伤羿浇之颠陨，规讽之旨也；虬龙以喻君子，云蜺以譬谗邪，比兴之义也；每一顾而掩涕，叹君门之九重，忠恕之辞也：观兹四事，同于《风》、《雅》者也。至于托云龙，说迂怪，丰隆求宓妃，鸩鸟媒娀女，诡异之辞也；康回倾地，夷羿彃日，木夫九首，土伯三目，谲怪之谈也；依彭咸之遗则，从子胥以自适，狷狭之志也；

士女杂坐，乱而不分，指以为乐，娱酒不废，沉湎日夜，举以为惧，荒淫之意也：摘此四事，异乎经典者也。①

《辨骚》篇中，刘勰指出前人对《离骚》的解读存有两种不同的看法，其一以刘安、王逸、汉宣帝和扬雄等为主，"举以方经"，以经书的标准对照《离骚》，认为《离骚》兼取《诗》《书》之义，合乎儒家经传；其二以班固为例，认为屈原愤怼偏激，《离骚》不合经义，唯文辞雅丽，尚可一论。总体来说，他们主要分歧点在于《离骚》是否符合儒家经义标准，朱自清先生曾经指出，"汉代关于屈原《离骚经》的争辩，也是讨论《离骚经》是否不及中，或不够温柔敦厚"②。

有学者指出，班固的评论"在汉代之屈原、《楚辞》接受史上可以说是一个极大的转折，它以其对屈赋的局部肯定和对屈原人格的整体否定直接导致了评价古人标准的大规模更易"③。

班固评价刘安对屈原之评"斯论似过其真""未得其正"，从人格品质上，班固指责屈原未能明哲保身、审时度势，反而"露才扬己""忿怼不容"，而自沉江，"亦贬絜狂狷景行之士"；从文章内容来看，"多称昆仑、冥婚宓妃虚无之语，皆非法度之政，经义所载"；唯有文辞"弘博丽雅，为辞赋宗"，尚有佳处。王逸则对班固之论进行激烈反驳，言班固"亏其高明，而损其清洁"，他高度赞扬了屈原高洁正直的人格，认为是"绝世之行，俊彦之英"，亦认为屈原文章符合经义，"诚博远矣"，为辞赋宗，"金相玉质，百世无匹，名垂罔极，永不刊灭"④。

---

① 范文澜：《文心雕龙注》，人民文学出版社 1958 年版，第 46-47 页。
② 朱自清著，邬国平讲评：《诗言志辨》，凤凰出版社 2008 年版，第 134 页。
③ 尚永亮：《庄骚传播接受史综论》，文化艺术出版社 2000 年版，第 287 页。
④ （东汉）王逸撰；黄灵庚点校：《楚辞章句》，上海古籍出版社 2017 年版，第 39 页。

在当时正统儒家思想的浸染下，自西汉扬雄批评屈原文章"过以浮"①，乃至影响东汉班固指责屈原，亦至王逸有意回护，可以清晰看见，他们的评判标准皆出于经义的标准上。有学者指出，这种同样以经典为据，但是出现不同的评判态度的原因，除了评论者对经典具有不同的理解之外，也与评论者不同的思想性格有关。② 可以说，不论是刘安等人的"举以方经"，还是班固的"非经义所载"，其评判标准与主要分歧主要集中在内容是否符合经义上。遵循这一脉络，刘勰以骈文之体式，也基本遵循了这一评价标准，在随后列出《离骚》与五经文章之间的四处相同与四处相异之处，借此定论自己对争议的观点。

《辨骚》篇对《离骚》的解读与评价，遵循前人脉络，以"经义"之"正"为镜，照《离骚》与之的同异，前文提到，尚正观念在很多时候强调道德，因此，刘勰遵循这种评判标准，也直接导致评判焦点多集中于内容的道德考察。举例来说，刘勰对《离骚》与五经之同，主要可从内容中的道德倾向和写作手法，归纳为两点：

1. 以臣子的身份表达对明君的向往和奉君之执着

"陈尧舜之耿介，称禹汤之祗敬"是从正面赞美贤王的美德，"讥桀纣之猖披，伤羿浇之颠陨"则是从对昏庸暴君反面的遣责入手，劝诫楚怀王依从正道。不论是从正面对前朝贤君"瞻杳杳而薄天"（《哀郢》）的颂扬，还是从反面对前朝暴君的责问，屈原的身份都是作为臣子对君主表示赞美和臣服，《离骚》也正是屈原自比美人香草，对不得君主青睐的境遇抑郁寡欢。

值得注意的是，刘勰对《离骚》的评价显然没有类似班固"露才扬己，忿怼沉江"的个人批判，究其原因，是因为屈原对楚怀王的抑郁感怀，除了因为自身境遇的困苦之外，更多的是从对楚怀王的思念和劝诫

---

① 《文选》卷五十《宋书·谢灵运传论》中，李善注引《法言》曰："或云：'屈原、相如之赋孰愈？'曰：'屈原过以浮，如也过以虚。过浮者蹈云天，过虚者华无根。然原上援稽古，下引鸟兽，其著意，子云、长卿，亮不可及。'"

② 尚永亮：《庄骚传播接受史综论》，文化艺术出版社 2000 年版，第 298 页。

中，表达对国家倾覆之危的担忧。

刘勰认为屈原有"狷狭之志"，但对屈原的人品道德是予以首肯的，因为屈原在文中不断申明自己"专惟君而无他""事君而不贰"（《惜诵》）的政治理念，"每一顾而掩涕，叹君门之九重"，即使小人进献谗言，君主疏远，心灰意冷的屈原虽再三说要远走高飞，始终也不忘重申自己虽九死其犹未悔的志向："知前辙之不遂兮，未改此度；车既覆而马颠兮，蹇独怀此异路。"（《九章》）除此之外，喟叹着"依前圣以节中兮，喟凭心而历兹"①的屈原对先圣正道也极为推崇，而这点与儒家传统的中正思想也无二致，有学者将其称之为"执着意识"②。

2. "比兴"的写作手法

"虬龙以喻君子，云蜺以譬谗邪，比兴之义也"，从写作手法来看，《离骚》托以诡怪奇崛的芳草意象以委婉地表露自己的心志，《橘颂》以"受命不迁""深固难徙"的橘树暗指心志坚定不移的自己，《离骚》以大量比兴手法，以香草美人意象比喻心志，符合《诗》赋比兴之义，因此刘勰从写作手法上认可《离骚》与五经之同。

就刘勰举例《离骚》与五经相同的四处中，有三处都涉及作者的思想道德倾向，与正统思想中的尚中、尚正观念乃相吻合，这也是刘勰将《离骚》纳入"五经之枢纽"系列的主要原因之一。

再来看刘勰分析《离骚》与五经的差异，以"正"为镜，刘勰对《离骚》"偏邪"之处的归纳，亦可全部归于对楚文化中"不合正统之处"的排斥，在刘勰的考量中，明显在以"正"为镜以照"奇"的过程中，有对"正""奇"界限的考量。

上文提到刘勰从比兴的手法判定"虬龙以喻君子，云蜺以譬谗邪"符合《诗经》比兴之义，但是在随后又相当矛盾地将"托云龙，说迂怪，丰隆求宓妃，鸩鸟媒娀女"和"康回倾地，夷羿彃日，木夫九首，土伯

---

① （宋）朱熹：《楚辞集注》，上海古籍出版社 1979 年版，第 12 页。
② 尚永亮：《庄骚传播接受史综论》，文化艺术出版社 2000 年版，第 154 页。

三目"列为诡异之辞和谲怪之谈。其判断的依据在何处？

在《涉江》中，"驾青虬兮骖白螭"的下一句即是"吾与重华游兮瑶之圃"，"虬"与"螭"都是无角之龙，在如此浪漫荒诞的想象中，屈原要乘着龙驾驶的车，与从前的明君舜一同游览昆仑山的玉树园圃，就此段内容来说，与"托云龙，说迂怪"也并无不同。《离骚》中，"驷玉虬以乘鹥兮，溘埃风余上征"，屈原驾四条白龙与五彩凤凰来到天上等想象也趋荒诞，包括驱使望舒为其向导，飞廉在后跟随等，"飘风屯其相离兮，帅云霓而来御"，从浪漫的想象而言，都是刘勰所说的诡异之辞和谲怪之谈。但值得注意的是，同样是迂怪内容，刘勰只择取了其中比兴手法，算是勉强与五经沾边，但他对屈原楚辞中几乎所有神怪的想象，所有不太符合现实经验的地方，都斥以"诡异""谲怪"。这里非常明显的看出刘勰以"正"观"奇"，对楚文化中浪漫瑰奇乃至不符合正统思维方式的排斥。

（二）不得不辨的楚文化

《辨骚》篇中对"奇"之辨，其源头是产生于夷夏交界之地、奇崛山川之间的楚地文化。楚地文化深受殷商文化与南方长江流域文化的影响与塑造，形成了与正统文化不同的看待世界和理解世界的方式，与正统文化形成分庭抗礼之势后，相互交融形成了汉文化。魏晋时期是文学自觉的时代，因此官方对文学尚奇持有较为宽容的态度。① 这也是刘勰不得不辨的原因之一。

刘勰将楚地文化的核心特质看做正统文化的异质加以排斥，在《辨骚》篇中得到比较明晰的反映，这与楚地文化的地理环境、核心特质与历史发展进程有比较大的关系。

夏商周时期，中原华夏民族尚中，自称"中国"，讲礼重礼，亦喜以礼来区分彼与此的区别，不同于中国者，概之"蛮夷"。礼对于"中

---

① 参考陈玉强：《古代文论"奇"范畴研究》第一章第1节、2节与第六章第1节，人民出版社2015年版。

国"与"蛮夷"之间，是身份认同的象征，其重要程度又远远高于地域区别和人种特征。《左传·僖公二十二年》有载，周平王东迁，辛有适伊川，见披发而祭于野者，曰："不及百年，此其戎乎，其礼先亡矣!"①因此有学者说，"划分诸夏与四夷界限的标准并'不是血统而是文化'"②。

而纵观楚国在夏商周时期的发展，几乎完全隔绝于华夏民族的正统之外。楚地北连王室，南接苗蛮，草创于荆山之僻、水泽之地③，筚路蓝缕的楚国最开始的经济文化均远远落后于王室，《史记·楚世家》中记载，周夷王时，王室衰微，诸侯相伐，楚熊渠言："我蛮夷也，不与中国之号谥。"④非常自觉地隔绝于华夏之外。随着军事实力的增长，楚国也想要得到中原王室的承认，武王三十五年，楚伐随，随言："我无罪。"楚曰："我蛮夷也。……我有敝甲，欲以观中国之政，请王室尊吾号。"而那个时候，居中的周王室仍然认为楚国蛮夷，"不听，还报楚"。到了楚成王时期，由于成王恽好于结交诸侯，周天子因此赐曰："镇尔南方夷越之乱，无侵中国。"算是勉强承认了楚国与"中国"之间的联系。而在屈原的时代，《涉江》仍言："哀南夷之莫吾知兮，且余将济乎江湘。"⑤将楚国或者楚国的朝廷皆比喻为南夷。

由于楚国北接中原、南接苗蛮的独特地理位置，在商周时代，民族观念和聚中观念不强，民族和文化政策都相对比较开明，开放和灵活，兼采夷夏之长，有自己独特灿烂的楚文化。例如楚式鬲就是兼容夏夷之长的产物。在春秋战国时期，荆楚之地就成为我国南方的民族和文化融合的中心，"春秋时代中国的政局，实际上是围绕着楚人北伐和中原侯

---

① 杨伯峻编著：《春秋左传注》，中华书局 2009 年版，第 394 页。

② 王会昌：《中国文化地理》，华中师范大学出版社 1992 年版，第 49 页。

③ 《史记·楚世家》："(殷商之际)其后中微，或在中国，或在蛮夷，弗能纪其世。"

④ (汉)司马迁撰：《史记》卷四〇，中华书局 1982 年版，第 1692 页。

⑤ (宋)朱熹：《楚辞集注》，上海古籍出版社 1979 年版，第 79 页。

国联合抵御楚国北进的斗争轴心而展开的"。① 又据学者所考，在秦朝统一全国之后，对楚文化进行了抑制，然并没有完全排斥楚文化，然后以楚人为主要力量的起义者又以楚文化为旗帜，如刘邦利用楚俗自托为赤帝子，就是接收了楚人以赤色为尊的传统，刘、项的部队都以赤帜作为战旗，等等，至汉朝也有尊奉太一（楚人的尊神）之习俗，等等，楚文化为表率的南方文化因此与北方文化相融合，形成了汉文化。②

再来看楚文化的核心特质。楚人传闻乃祝融的后代，崇拜火神与凤凰。据学者所考证，春秋中期开始，楚文字就与早期相比，具有明显的差异，字体趋于修长，笔画多弯折如画，形成后人所称的"虫书"或者"鸟书"的雏形，楚人自由、浪漫、瑰奇、怪诞的形象思维，于文字中也有表露。③

（三）"执正以驭奇"

通过以上论述可以看出，在折衷法的句式中，不论是"A 而 B"句式还是"先 A 而后 B"的"条件—结果"类句式，刘勰的折衷法具有一个不变的轴心 A。如果说折衷是不落两端所取的一个"圆心"的话，那么这一圆心就是"人文"之"正"，是刘勰"文之枢纽"前三篇中所谈论的经典，这就是折衷法之"中"。

我们不妨再进一步分析佐证，在刘勰的折衷法系统里，"正"是一个定量，而"奇"可以看作一个变量。《文心雕龙》中，"正"的说法没有任何变动，而与正相对的"奇"，其义项有"淫""邪""诡"等诸多内涵。"正"乃本，"奇"乃末，二者具有牢固不破的逻辑顺序和本末重点，这一点还有下例可作为参考：

> 穷瑰奇之服馔，极蛊媚之声色。甘意摇骨髓，艳词洞魂识，

①　王会昌：《中国文化地理》，华中师范大学出版社 1992 年版，第 56 页。
②　张正明：《楚文化史》，上海人民出版社 1987 年版，第 314-320 页。
③　张正明：《楚文化史》，上海人民出版社 1987 年版，第 101-104 页。

虽始之以淫侈，而终之以居正。然讽一劝百，势不自反。①
（《杂文》）

我们可以再次清晰地看出刘勰折衷法中这种"先 A 而后 B"式的逻辑顺序。若"始之以淫侈，而终之以居正"，则本末倒置，"势不自反"。从逻辑顺序的重要性中，我们也能清晰地体察出"正"的重要性与轴心性。

庞朴先生曾经对儒家中庸方法之"中"做过论断："仔细想来，这些两端，原来都是后于中而出现，并非先于中而存在。某种秩序被宣布为'王道'了，然后有所谓离开王道的'偏'与'颇'；某种心情被定为正，然后有所谓'欲'与'恶'；某种行为被认为中，然后有所谓'刚'与'柔'。偏颇等等，本是相对的，相对于既定坐标而言的。在这个意义上，'中'实际上等于'度'，即事物的既定的或理想的界限。"②这一特征同样也在刘勰的折衷句式中得到彰显。

我们再进一步来论证一下这种说法，首先，刘勰认为，"人之文"是"天之文"的反映，从时间顺序来说，"人之文"也是先于"奇"出现的，当"正"出现了流弊不返的情况，才产生了"奇"中淫邪诡奇的弊端，因此奇正矛盾才得以产生，刘勰因此主张以正辨奇：

旧练之才，则执正以驭奇；新学之锐，则逐奇而失正；势流不反，则文体遂弊。秉兹情术，可无思耶！③（《定势》）

"执正以驭奇"是刘勰对奇正这一组矛盾所使用的主要方法，从这一方法中，我们可见刘勰以"正"辨"奇"、以经论骚的具体实践。更具体一些来说，刘勰以"正"来收束"奇"，以便达到一种和谐、不偏颇的

---

① 范文澜：《文心雕龙注》，人民文学出版社 1958 年版，第 255-256 页。
② 庞朴：《中庸平议》，《中国社会科学》1980 年第 1 期，第 86 页。
③ 范文澜：《文心雕龙注》，人民文学出版社 1958 年版，第 531 页。

"度"，"奇"亦能在"正"的收束和规范下，保留楚篇中的瑰奇之美与文辞之长，而规避"奇"流入淫滥诡邪，规避其过度之短。因此，在《辨骚》篇的结尾，刘勰再次重申："若能凭轼以倚《雅》、《颂》，悬辔以驭楚篇，酌奇而不失其贞，玩华而不坠其实，则顾盼可以驱辞力，欬唾可以穷文致，亦不复乞灵于长卿，假宠于子渊矣。"①

但是，仍有一点需要指明，刘勰折衷法虽有"博而能一"这种"A 而 B"的句式，但论其内涵，也与"执正以驭奇"有些不同。"博而能一"的句式中，"博"虽然与"一"是一组对立概念，但刘勰并没有否定其中任意一方，相反"一"是用以调和、补充和收束"博"这一概念的，这也是前文所说儒家中庸"A 而 B"的典型内涵。刘勰"执正以驭奇"的折衷法与"A 而 B"句式共通之处在于，"正"与"A"均为该句式中不变的重心与侧重点，只不过"执正以驭奇"除了强调"正"的轴心性之外，亦具有"先正而后奇"的逻辑顺序，这也是刘勰折衷法的特色所在。

刘勰的折衷法具有"正"这个不变的圆心，并以"正"为根本准则来理解和处理矛盾，这是本节的焦点所在，"先正而后奇"的逻辑顺序是刘勰折衷法的特色。诚如"不变"与"变"为一组对立矛盾，在本节梳理完折衷法中不变的轴心之后，也将继续论述折衷法中变化的部分，即刘勰所谓"兼解以俱通"之中，对矛盾双方基于"时"与"势"的调和。

第三节 兼解以俱通：折衷法的通变

在《文心雕龙》里，"奇""正"之对举较为明确地表现为以楚辞为源趋于流弊的奇文和以经典为源以正为特色的经义，出于对正统文学的维护，刘勰笔下的奇正针锋相对，几乎呈现出南辕北辙的态势。《定势》篇就直截了当地说："是以模经为式者，自入典雅之懿；效《骚》命篇

①　范文澜：《文心雕龙注》，人民文学出版社 1958 年版，第 48 页。

者，必归艳逸之华。"①经骚对举之下，文风亦有典雅和艳逸之别，彼此界限分明，各有典范，"虽无严郛，难得逾越"②，这是刘勰从学文需正源头的角度出发，格外强调的观点。"奇"是"正"之变式，虽有壮美华辞的可取之处，也仍要以正为根本来节制"奇"的使用，这正是上一节着重探讨的重点。

但是，如果仅仅只是简单地将刘勰的折衷法归结为"执正以驭奇"，又似乎过于呆板。《文心雕龙》作为一部可以切实指导写作实践的书籍，论述的写作方法又具有极大的灵活性。以奇正为例，刘勰在《定势》篇中说："然渊乎文者，并总群势；奇正虽反，必兼解以俱通；刚柔虽殊，必随时而适用。"③"兼解俱通"，"随时适用"，体现出折衷法的灵活性。

如果说"执正以驭奇"是刘勰折衷法的总纲，那么"兼解以俱通"就体现出折衷法在具体实践中的灵活运用，这种灵活性相较于"执正以驭奇"的固着与不变，更侧重于折衷法之"变"，而这种"变"恰恰来源于在具体的文学实践过程中依据复杂的情况进行择取、两相融合和变中求新。本节将循着这一思路，分而论之。

一、变通适会：随时、随势和随性

具体的文学实践往往比单纯的理论更为复杂，刘勰亦充分认识到这一点。总体来说，面对文苑波诡、万象丛生的局面，随时而变才能适应不同的情况，因此刘勰提出"抑引随时，变通会适"。具体来说，这种变通是遵循文体特征和个人情性来考量，即"因情立体，即体成势"。

（一）随时而变通：根据具体情况

波诡万象的文学实践活动在《征圣》篇中就有所显现，刘勰认为圣

---

① 范文澜：《文心雕龙注》，人民文学出版社 1958 年版，第 530 页。
② 范文澜：《文心雕龙注》，人民文学出版社 1958 年版，第 530 页。
③ 范文澜：《文心雕龙注》，人民文学出版社 1958 年版，第 530 页。

人所著文字即展现出变幻复杂的面貌，"或简言以达旨，或博文以该情，或明理以立体，或隐义以藏用"①，而面对"繁略殊形，隐显异术"这种完全相反的文学风格，在具体的实践活动中常常有无法兼得之困，如何择取是一大难题。刘勰对此提出的解决方案是"抑引随时，变通会适"②，不论是"抑"还是"引"，需要适应具体当下的现实情况，再加以变通，在这种境况下，就需要依靠"时"和"势"来加以择取：

> 然渊乎文者，并总群势；奇正虽反，必兼解以俱通；刚柔虽殊，必随时而适用。若爱典而恶华，则兼通之理偏；似夏人争弓矢，执一不可以独射也。若雅郑而共篇，则总一之势离，是楚人鬻矛誉楯，两难得而俱售也。③（《定势》）

刘勰站在"群势"的高度上对或"反"或"殊"的风格进行归纳，其中值得注意的有两点：第一，虽然刘勰主张"执正以驭奇"，在奇正观上主张以正为主，以正来限制奇的使用，但同时刘勰亦清醒地觉察到，作为作者所必须具备的才能是尽量博观地掌握矛盾双方的特点，各不偏废，且各有渊解，不可"爱典而恶华"，不得"兼通"之理。想要对风格进行抉择与取舍的重要前提乃是对各种风格进行深入的了解，"通"的基础建立在对矛盾双方的"兼解"之上，这一点与上文论及儒家思想的"叩其两端"本质上是相通的，也体现出折衷法对矛盾双方各不偏废的特点。第二，虽然对两种相互对立的风格都要深入了解，各不偏废，但在具体实践过程中，某些对立的风格必然无法兼容，此时就要进行果断的选择。例如雅、郑无法并存，会破坏文章的整体风格。

如何在众多相互对立的风格中进行取舍和调和，犹如在两端之中求"中"，这种随时而变的标准也并非随心而至、毫无标准。刘勰在《定

---

① 范文澜：《文心雕龙注》，人民文学出版社 1958 年版，第 15 页。
② 范文澜：《文心雕龙注》，人民文学出版社 1958 年版，第 16 页。
③ 范文澜：《文心雕龙注》，人民文学出版社 1958 年版，第 530 页。

势》中进一步总结道："是以括囊杂体，功在铨别，宫商朱紫，随势各配。""铨别"意味着对众体进行深入的了解，"势"具体来说，就是文体特点："虽复契会相参，节文互杂，譬五色之锦，各以本采为地矣。""本采"就是"势"，就是"中"的标准。

（二）随势适会：根据文体特征

虽然刘勰也说："夫裁文匠笔，篇有大小；离章合句，调有缓急；随变适会，莫见定准。"①但对于这种"随变适会"还是要依靠"势"而变。"势"在《定势》篇中有专篇论述，所谓"定势"，就是"因情立体，即体成势"。"势"所讲究的是"合"："圆者规体，其势也自转；方者矩形，其势也自安。文章体势，如斯而已。"②也就是说，圆的体积符合圆规的形状，因此体势就会自然转动；方的体积合乎矩形，他的体势也就自然安定，那么，"势"最重要的是"契合"，在刘勰看来，这种契合源于文章风格与体裁的配合：

> 章表奏议，则准的乎典雅；赋颂歌诗，则羽仪乎清丽；符檄书移，则楷式于明断；史论序注，则师范于核要；箴铭碑诔，则体制于宏深；连珠七辞，则从事于巧艳：此循体而成势，随变而立功者也。③

势就是体，体面貌多样，因此"势"也并不局限于某一种面貌之中，因此刘勰说："然文之任势，势有刚柔，不必壮言慷慨，乃称势也。"章表奏议以典雅为典范，赋颂歌诗以清丽为特征，此种种均根据文体特征来展示自身的面貌，创作者依照着文体特征也就能像"圆者规体""方者矩形"那样契合文体特征进行顺利创作。

诚如有学者对儒家"中庸"所作出的评断那样："中庸学说所谓的过

---

① 范文澜：《文心雕龙注》，人民文学出版社 1958 年版，第 570 页。
② 范文澜：《文心雕龙注》，人民文学出版社 1958 年版，第 530 页。
③ 范文澜：《文心雕龙注》，人民文学出版社 1958 年版，第 530 页。

和不及、刚和柔、偏和颇等的两端，并非先于中二自在，却是因于中而存在的。中是两端对立的座标。两端的结合，原是取正于这个中的。这个中，又非主观任意、朝三暮四的，而是有其客观内容的。"①对于刘勰折衷法来说，"中"亦有固定标准，这个标准的根本落脚点就是刘勰的"体势"理论。只要文章依照"体势"行文，能够贴合文体进行创作，"若夫四言正体，则雅润为本；五言流调，则清丽居宗"，就能达到"中"的标准，至于选择何种文体进行创作，则"华实异用，惟才所安"了。

（三）随性而适：个人才性

《文心雕龙》中有许多关于对立矛盾的论述，其中有对一组相对概念的客观论述，如《神思》篇中刘勰对举了"思之缓"和"思之速"，对比了"俊发之士"和"覃思之人"。刘勰认为"人之禀才，迟速异分"，这种差异是由个性气质与后天所学共同锻造的，《体性》篇也云："然才有庸俊，气有刚柔，学有浅深，习有雅郑；并情性所铄，陶染所凝。"②这种对矛盾的客观描述并不包含价值判断与情感倾斜。

《明诗》篇云："若夫四言正体，则雅润为本；五言流调，则清丽居宗；华实异用，惟才所安。"③四言诗的体制是以雅正润泽为本，而五言诗继承于四言诗，其体制发生变化，以清雅秀丽为主，像花朵和果实的用途不同，要凭借个人的才能来适应。

当然，刘勰也意识到这种随性而适的难点，如在《明诗》中，刘勰也承认，这种随性而适的方法，所能固定只有靠体裁的选择，然而"诗有恒裁，思无定位，随性适分，鲜能通圆。若妙识所难，其易也将至；忽之为易，其难也方来"④，各人之情思随着各自的性情而产生，因此几乎没有人能够兼擅众体。

---

① 庞朴：《中庸平议》，《中国社会科学》1980年第1期，第88页。
② 范文澜：《文心雕龙注》，人民文学出版社1958年版，第505页。
③ 范文澜：《文心雕龙注》，人民文学出版社1958年版，第67页。
④ 范文澜：《文心雕龙注》，人民文学出版社1958年版，第67-68页。

《体性》篇是刘勰论述才性的专篇，《体性》篇中，刘勰指出学力、才能、气质等导致了情志，而情志决定了语言：

> 若夫八体屡迁，功以学成，才力居中，肇自血气；气以实志，志以定言，吐纳英华，莫非情性。是以贾生俊发，故文洁而体清；长卿傲诞，故理侈而辞溢；子云沉寂，故志隐而味深；子政简易，故趣昭而事博；孟坚雅懿，故裁密而思靡；平子淹通，故虑周而藻密；仲宣躁锐，故颖出而才果；公干气褊，故言壮而情骇；嗣宗傲诞，故响逸而调远；叔夜俊侠，故兴高而采烈；安仁轻敏，故锋发而韵流；士衡矜重，故情繁而辞隐。① （《体性》）

这里的"A而B"句式用来形容整体风格，"文洁而体清"是指文辞干净，风格清新；"理侈而辞溢"是文章内容比较虚夸，文辞因此也显得夸饰，"志隐而味深"，辞赋含义比较深邃，所以整体文风就很深沉；"趣昭而事博"是文辞的志趣非常明白，而且事例运用很广博；"裁密而思靡"，文章的体裁绵密而且思想很细致；"虑周而藻密"考虑周到，文辞也很细致；"颖出而才果"，锋芒突出，果敢有力；"言壮而情骇"，言辞雄壮，情思惊人；"响逸而调远"，音节高调，声调卓越；"兴高而采烈"，兴趣高超而且文采壮丽；"锋发而韵流"，锋芒毕露而且音韵流动；"情繁而辞隐"是情感事情繁复，而且辞义含蓄。在承认了作家性情各异的基础上，刘勰也认同需要依照自己的情性来选择文体。

二、相融以合：交织、相偕与表里

"变通适会"的灵活性强调依照文体之势和自身情性进行抉择和使用，其侧重点在对不同文体进行选择与调和。此外，折衷法还具有对立范畴之间相互融合、共同促进的内涵，也就是本小节所讨论的"相融以

---

① 范文澜：《文心雕龙注》，人民文学出版社 1958 年版，第 506 页。

合"。这种"相融以合"又具体分为交织、偕同和互为表里三种具体的形态。

(一)两相交织：动静结合

《文心雕龙》中，论述创作活动中动静结合的当属《神思》篇，① 且这种动态与静态相互交织在文学创作活动中，密不可分。

刘勰形容文思萌发的过程受到了陆机《文赋》的影响，陆机运用大量动静结合的意象描绘灵感想象，例如在文学思维的初始阶段需要安静地酝酿，"收视反听，耽思傍讯"，收回对外界的听觉和视觉，全身心地关注思维发展，这无疑是一种静谧停滞的心理状态。然而当灵感腾跃之时，则是"精骛八极，心游万仞"，相较于"耽"，"游"本就是一个极具动态的词汇。对于这种灵感的动态呈现，陆机以极为生动的意象表达出来，"倾群言之沥液、漱六艺之芳润。浮天渊以安流，濯下泉而潜浸"，甚至"若游鱼衔钩，而出重渊之深""若翰鸟缨缴，而坠曾云之峻"。除了文思的酝酿过程之外，在创作过程中，亦有"馨澄心以凝思"的静态过程与"笼天地于形内，挫万物于笔端"的动态过程。

刘勰也善于用大量动静结合的意象描绘文思，如论文思的初始阶段，既有"寂然凝虑"的思考阶段，亦有"悄焉动容"的迸发状态；既要"陶钧文思"的虚静状态，亦要"神与物游""吐纳珠玉之声""卷舒风云之色"的动态想象。刘勰与陆机一样，在论述创作想象中的动静结合时，动与静是相互融合的。

这种动静结合并不仅仅是兼顾动、静，两不偏废，而是动、静之间呈现出相互促进、相互融合的态势。从《神思》篇对灵感的描述来看，动、静是交织在灵感想象过程中的两种状态，既不存在极致的动，亦不存在极致的静，动、静的状态本身就是写作实践过程中不必可少的一环。

---

① 参见李建中：《文心雕龙讲演录》，广西师范大学出版社 2008 年版，第 64 页。

"陶钧文思"的虚静状态是灵感迸发的酝酿阶段，灵感迸发之后，经过"游"的动态阶段，才能落笔成文，顺利进入具体的写作实践中。如若一直追求"陶钧文思"的虚静状态，而无法使灵感游于天地，尽情展开，也无法落笔；而如果没有虚静的过程，亦无法凝神于思维想象，动静结合交织的紧密程度可见一斑。此外，顺利进入写作环节时，动静依旧交织在具体的行文环节。"神思方运，万涂竞萌"是神思飞扬的动态过程，它几乎"与风云而并驱"，腾跃万里，但是一旦形成墨字，又免不了遭遇"半折心始""关键将塞"的困难，行文状态趋于静态和沉滞，但若关键既通，又能顺利写作、垂帷制胜了。

因此，折衷法中的"相融以合"表现在动静观上，呈现出动静交织于文学创作的过程之中，且不断通过转换，推动创作得以顺利进行。两者虽从表面来看相互对立，实则相互促进、相互融合。

（二）两翼偕飞：风骨论

"相融以合"的第二种形态是可称为"两翼偕飞"，来源于刘勰的风骨论。《风骨》篇论"风骨"："其为文用，譬征鸟之使翼也。"①将"风骨"形容成鹏鸟的翅膀。刘勰标举"风清骨峻"，用"风骨"比喻文章具有感动人心的力量和强健的文辞。

"风"在先秦两汉时期即用来比作诗歌与教化作用，《毛诗序》曰："风，风也；教也。"两汉魏晋时期，"风"也用来评判人物的风姿、风采，强调人物拥有的某种精气神和精神层面的光彩。"骨"本义是支撑身体的骨骼，从本义衍生，秦汉时即以骨相评人。"风骨"也首见于六朝的人物品评，人物的风骨包括气质、精神、形貌等一系列的综合考察，侧重于人物的精神风貌，后移用至文学评论之中，强调文章整体展现出来的感动人心的刚健力量。

具体来说，"风"是"化感之本源，志气之符契"，它是作者情志的外显，也是文章教化力量和感染力的源头，"骨"是刚健有力的文辞。

———————————

① 范文澜：《文心雕龙注》，人民文学出版社 1958 年版，第 513 页。

"风""骨"似鹏鸟之两翼，缺一不可。刘勰在《风骨》篇中曾经论证：

> 夫翚翟备色，而翾翥百步，肌丰而力沉也；鹰隼乏采，而翰飞戾天，骨劲而气猛也；文章才力，有似于此。若风骨乏采，则鸷集翰林，采乏风骨，则雉窜文囿。唯藻耀而高翔，固文笔之鸣凤也。①

刘勰举"肌丰而力沉"和"骨劲而气猛"这两个不佳的状态，旨在说明"风""骨"需要偕同存在，不可偏举一边。若无"骨"，则"繁杂失统"，若无"风"，会"思不环周"。真正优秀的作品，"情与气偕"，风骨皆具。

(三) 两相表里：文质观

"相融以合"的第三种形态是互为表里，以《情采》篇中的文质观为例。所谓两相表里的意思是，两者以表里的形式相互融合，例如《情采》篇中，刘勰提到"文附质"和"质待文"的关系，文质之间的关系既不同于第一小节所论的相互交织，也不同于第二小节所论的偕翼双飞，因为在质文之间，刘勰显然是更侧重于质之重要性的。因此，我们把第三种折衷法所显示出来的情貌称为"两相表里"。

必须进一步解释的是，"两相表里"所谈论的文质观，又与本章上节所论述的"执正以驭奇"的观念有所不同，奇正观的"A 而 B"句式中，侧重点在前者，且欲以前者的标准来约束和节制后者，在这种情境下使用的折衷法，往往用于与"正"相对的风格之中，例如奇正观，本书认为，刘勰在使用"A 而 B"句式时，具有较明确的思想倾向。

而"两相表里"所谈论的文质观，是从文学的性质来谈论的，文质之间虽然侧重于质，但并不否认文的重要性，一个比较有力的例证就是，在《情采》篇中，刘勰并没有像对待奇正观那样，将"奇"的元素完

---

① 范文澜：《文心雕龙注》，人民文学出版社 1958 年版，第 514 页。

全隔离在圣贤文章之外，而是在开篇即明言："圣贤书辞，总称文章，非采而何？"①既然圣贤书辞都具有情采，那么显然"文"之本身并不是需要规避和节制的东西。折衷法在折衷情境之下使用，更强调两者互为表里、相互融合的关系，从另一种层面来看，文质之间具有平等且互为表里的关系。

以《情采》篇中刘勰的文质观的具体例证再进一步解说。对于文质之间的表里关系，刘勰是如此认为的：

> 夫水性虚而沦漪结，木体实而花萼振，文附质也。虎豹无文，则鞟同犬羊；犀兕有皮，而色资丹漆，质待文也。②

外在文采依附于文的本质上，犹如波纹之于水，犹如花萼之于树木，因此"文附质也"，文采是依附于文章本身而生存的；然而如果虎豹身上没有花纹，则类同犬羊，犀牛虽有好的皮质，但也需要借助漆绘得以彰显这种本质，因此"质待文也"，内在的本质也需要通过外在的文采得以彰显。这就是文质互为表里的关系。

三、兼解而新：革新、古今和心物

"变通适会"建立在择取选择的基础上，那么"相融以合"则侧重于折衷之后的相互融合，最后，"兼解而新"侧重于折衷法的革新性。更具体来说，折衷法并不是简单地择取两端，或者仅仅只是看到两者的相互融合，它具有革新的深层内涵。

有学者注意到，刘勰的整体观乃至一些具体的细节问题，都离不开折衷法的整体观照："刘勰《文心雕龙》大到整体上理论体系的构建，小到它里面的每一块砖每一片瓦，每一个具体的问题，采取的时间上都是

---

① 范文澜：《文心雕龙注》，人民文学出版社 1958 年版，第 537 页。
② 范文澜：《文心雕龙注》，人民文学出版社 1958 年版，第 537 页。

'惟务折衷'的方法。"①对于折衷法的革新性，可从《章句》篇中举一例
论证。《章句》篇中，刘勰论述了改韵的问题：

> 若乃改韵从调，所以节文辞气。贾谊、枚乘，两韵辄易；刘
> 歆、桓谭，百句不迁；亦各有其志也。昔魏武论赋，嫌于积韵，而
> 善于资代。陆云亦称"四言转句，以四句为佳"。观彼制韵，志同
> 枚、贾。然两韵辄易，则声韵微躁；百句不迁，则唇吻告劳；妙才
> 激扬，虽触思利贞，曷若折之中和，庶保无咎。②

简而言之，刘勰注意到文章的一个具体实践问题，就是改换韵脚。韵脚
的使用和转换最大作用就是调节文辞的气韵，追求语音上的和谐和朗朗
上口。刘勰注意到，汉代的贾谊和枚乘，两韵即换，而刘歆和桓谭则与
之完全相反，几乎百句不换。刘勰注意到这种具体的文学情况中，换韵
的两者均具有各自的缺陷："然两韵辄易，则声韵微躁；百句不迁，则
唇吻告劳。"既然如此，折衷就显得非常必要了"曷若折之中和，庶保无
咎"。

除此之外，还应该注意到刘勰的古今观也同样运用了折衷法。《文
心雕龙》的折衷法不变的轴心是"正"，正因为此，《通变》篇强调继承，
也旨在救其弊端，将结论引到归正上面去。既然论通变，就涉及一个具
体的古今问题。

刘勰是尚古的，但是他对于今的态度亦非全盘否定，刘勰言："名
理有常，体必资于故实；通变无方，数必酌于新声。"③就表明了他对古
今的态度，虽然以古证今，强调绝对不能"竞今疏古"，但绝非忽视新
声，甚至在刘勰看来，新声中孕育着新变。刘勰重视古要更胜于今，言

---

① 李建中：《文心雕龙讲演录》，广西师范大学出版社 2008 年版，第 61 页。
② 范文澜：《文心雕龙注》，人民文学出版社 1958 年版，第 571 页。
③ 范文澜：《文心雕龙注》，人民文学出版社 1958 年版，第 519 页。

"青生于蓝，绛生于蒨，虽踰本色，不能复化。"①在阅读上"古今备阅"
还是不够的，在创作方法上还应当规避"近附而远疏"，也就是说，其
核心和重点仍然是古大于今，如此方能"斟酌乎质文之间，而櫽括乎雅
俗之际"，刘勰也言："望今制奇，参古定法。"②指需要看准当代的趋
势以创作突出的作品，参酌古代的杰作来确定创作的法则。

关于折衷法"兼解而新"的第二个例子来源于刘勰的心物观，这是
他用折衷法调和"物感"说和"心物"说的例子。

"物感"说又称为"感物"说，其思想萌芽于先秦时期，在生民观察
天地自然的过程中产生联想，认为人与自然能够相互感应。"物感"说
最初来源于战国时期的《礼记·乐记》一书，其中载曰："其本在人心之
感于物也。"③至魏晋南北朝时期，进入了文学自觉地时代，"物感"说
也得到了进一步发展，自然感召人心，陆机说："遵四时以叹逝，瞻万
物而思纷。"丰富了物感说的内涵。刘勰对丰富物感说也作出了贡献，
例如《明诗》云："人禀七情，应物斯感，感物吟志，莫非自然。"④强调
了文学创作过程中自然对人类情感的感召作用。

物感说是指诗人的情感经由外界事物的激发而产生的感情，而与之
相对的"心造"说则是由诗人的情感对外界事物产生影响，比如庄周梦
蝶就是一种"心造"。

而刘勰在《物色》篇中提到了诗人与外景之间的关系，相较于"物
感"和"心造"来说，又是结合在两者之上新的产物。在《物色》篇中，刘
勰结合了"物感"和"心造"，在结尾以"情往似赠，兴来如答"创造出了
"心物赠答"观。

折中、尚中的思维，在《文心雕龙》成书以前，就通过《周易》和儒
道释诸多经典烙印在中国人的思维模式之中，成为固定的思维方法代代

---

① 范文澜：《文心雕龙注》，人民文学出版社 1958 年版，第 520 页。
② 范文澜：《文心雕龙注》，人民文学出版社 1958 年版，第 521 页。
③ （清）孙希旦：《礼记集解》，中华书局 1989 年版，第 976 页。
④ 范文澜：《文心雕龙注》，人民文学出版社 1958 年版，第 65 页。

流传。通过对儒道释经典和《周易》诸卦的梳理，我们较为明晰地看到了这一点。《周易》以中吉为尚，儒家以中庸为美，道家以环中为至道，佛教中观派以中观为特征。

诚如在本章中反复提及的对立矛盾，从整体观照来看，折衷法的内涵也具有"不变"与"变"这一对对立矛盾的特征。从对折衷法的经典句式和刘勰的奇正观中可以看到，因刘勰始终尚"正"崇"经"的出发点，《文心雕龙》的折衷法具有一个几乎永恒不变的锚点。从此锚点出发，不论文学情况如何复杂，刘勰始终能站在繁缛文辞的齐梁之际，回望古来圣贤文章中的风采，也能在文苑波诡、万象丛生的时代浪潮中，牢牢守住"执正以驭奇"的文学观念。

从对折衷法的灵活性和通变性中可以看到，折衷法虽然有一个不变的轴心，但是在具体实践中，也具有相当大的灵活性。刘勰强调根据文体之势和个人之性情进行选择取用，便能变通适会。同时，折衷法强调相融以合，也能够兼解俱通，推陈而新。

循着折衷法的"变"与"不变"这条线索进行考察，可以看出折衷法的内涵便存在着对立矛盾的相互融合和和谐共处，刘勰的折衷法也因此自洽，并能够彰显他的文学观念。在本章的开头曾说，折衷法因为具有不变的锚点，而可以看做是一个圆形的圆心，但同时，圆形具有无限扩张、圆满自洽的形态，也恰好能够反映出折衷法的灵活性。

结　语

　　以历史的这条轴线来看，身处齐梁时代的刘勰笔力所及，自上古黄帝至《文心雕龙》成文，屈指算来为两千多年，其中自孔子删定五经至刘勰离开这个世界，约有千年。而从我们的今日往刘勰的齐梁时代看去，中间又隔有千年。《文心雕龙》后的时代，文苑依旧波诡复杂，文学循环往复地不断在复古与创新之间来回拉锯、演进更迭，并盖上每个时代鲜明的时代烙印。旧的檄文、祝盟等文体在我们现在的时代已经湮灭消失，而新的戏曲、词、小说等文体也陆续涌现。

　　从这个层面来看，《文心雕龙》的一部分内容成为了可考的历史陈迹，但是也有一部分，如作者本人所追求的"极文章之骨髓"那样，直到千年后的今天，依旧有鲜活而强大的生命力。刘勰想要谈论的是如何认识文学的源头、如何理解文学、如何处理文学中具体的问题，围绕着文体、批评鉴赏、创作等一系列问题，既包括宏观的理解，也需要降落至具体的实践中。《文心雕龙》的底色正是中国传统文论的底色，它所展现出的种种探讨，既带有中国古代文论中固有的历史意蕴，也具有非常强大的现代价值。

　　刘勰的问题意识，展现了他对当时那个时代的文学理论和批评问题的现实回应。诚如张伯伟所说："在古代文学批评著作中，理论的超然性往往被现实的针对性所替代或淹没。纠正创作中的不良倾向，总结作品中的艺术经验，以及指导初学者进行创作，是古代文学批评所担负的主要任务。"①刘勰在他的时代，于时代风气的裹挟中，在自身视野的限制中，也在以《文心雕龙》一书做着相似的工作：纠正创作中的不良倾向，总结作品的艺术经验，与指导初学者进行创作。

　　刘勰的问题意识指导着《文心雕龙》的成书构架、写作偏重与创作动机，这些使刘勰站在与时代风气几乎截然相反的一方。但是一个优秀的文论家，其批评方法一定不是呆板而僵化的，作为一种理论武器，表面彰显着行文目的，而内里也同样是心声的显现。比如说在第二章谈论溯源法的时候，提到溯源法其实是由古到今的一个时间轴线，那么涉及的就是古今问题，原道是一种崇古，溯源法较为强烈地表现出了这个侧面，但是刘勰并不是一味地反对今，例如他也承认了文辞华丽的好处。刘勰对于古今的观念，不能仅仅从他对他当时这个时代的眼光来看，而要从他梳理过往的一个循环的时代来看。比如说，诸子到楚辞是一种流变，但是刘勰对楚辞的态度其实是非常明朗和宽容的，欣然地接受了这个优点，也承认了四言诗到五言诗的代变。从他对古今的批判来看，他又是一个相对和谐的人。我们看他在任何情景下，对于对立范畴都是格外谨慎和圆备的，从多角度的考察来看，他使用了博观法，从对立范畴的角度来看，他使用了折衷法。因此，仅以刘勰的古今问题来说，溯源、博观和折衷这三种方法，他都使用到了。如果单拎出某一个问题来说，刘勰所使用的方法相对都比较驳杂和混溶。但是通过折衷法和博观法可以看出，刘勰在以经为轴的过程中，也尽力平衡双方的关系，来达到一个相对平衡的局面。

　　本书所谈论的三种主要的批评方法，交织在一起共同组成了刘勰的批评方法体系，而与刘勰的问题意识相勾连，可以以"通"这一关键词进行串联。通过这三种批评方法的推理，或可以说刘勰的批评体系是一种大开大合式的批评体系，这一点是我们站在现今的历史高度也需要承认和赞叹的一点。张伯伟说："寓统一于杂多，于杂多中见统一，是

---

　　①　张伯伟：《中国古代文学批评方法研究》，中华书局 2002 年版，第 1-2 页。

儒、道、释、禅在表述上的一个重要特点，也是今人研究古人思想的着力点。……将不同时代、不同派别的批评家置于文学思想史的整体中考察，人们可以发现，虽然时空条件有异，其批评的着眼点和方式却有其固定的几种模式。仿佛有一个巨大的磁场，左右着他们的思维惯性。这一'磁场'，就是某种特有的文化精神。"①这段话也同样可以用来解释《文心雕龙》中的批评体系，乃博而贯一。

简单来说，溯源法是顺着历史的这根轴线仔细地梳理、论证和对比，在三种方法之中，溯源法是最细致，也最能直观地展示出细节的。溯源法是通过拉长历史的轴线，从历史的轴线的无限拉长中，扩展批评的视野。博观法则是从自身出发，从一个视野的无限扩张中，扩张批评的视野。至于折衷法，我们可以理解为从矛盾的两端互不偏颇的态度出发，以对事情进行一个更好的观照。这三章的逻辑结构基本就是这样。

从《文心雕龙》三个批评方法的博大中，又可以见到其中一以贯之的主线。在溯源法中，一以贯之的主线是追溯至经典的源头；博观中，一以贯之是以经典作为养料，以经典的类型作为视角；在折衷法中，一以贯之的是以经义为主轴，以其他为辅助的论证结构。

虽然我们说批评方法并不是一根点石成金的魔棒，诚如刘勰在文中所说，博观之外也要博练。学界也有学者提出，对于方法的探寻容易走入一种求新的倾向，"即以为学术研究的出路在于更新方法，一旦有了新方法，便能够点铁成金。其思想上的根源，乃在于求'新'的目的远过于求'真'的目的"。② 事实上，就算是体大虑周的文心雕龙，其中的批评方法也不能完全涵盖所有的文学现象，也就是刘勰所说的"文苑波诡"，"笔固知止"。另一方面，刘勰代表着中国传统批评方法中的传统派，在齐梁那个极为特殊的时代背景中，主要的文学风潮正是求新，所以《文心雕龙》在这样的时代背景之中产生，本身就具有救弊的目的，

---

① 　张伯伟：《中国古代文学批评方法研究》，中华书局 2002 年版，第 5 页。
② 　张伯伟：《中国古代文学批评方法研究》，中华书局 2002 年版，第 6 页。

因此刘勰选择以传统的批评方法，纠正一味求新的时代风气，刘勰对求真的渴望，是远远大于求新的。

然而，出于当时对时代风气的考量，与刘勰因直面这种时代风气，而选择以传统的批评方法为笔锋进行交战，是具有相当大的关联的。总之，不论是刘勰自身崇尚儒家、追随经典的个人宗旨，还是出于抗击时代风气而必须拿起的武器，《文心雕龙》的批评方法都具有回归传统的倾向。

本书也具有一定的现代价值和学术意义。兹列举三点，论述如下：

第一，龙学界对刘勰的研究更注重刘勰的创作论、鉴赏论和文体论，对于他的批评方法关注较少，亦鲜少专论他的批评方法体系。本书专注对批评方法的研究，对《文心雕龙》批评方法的系统总结来说，是一次有益的尝试，以"通"作为关键词来爬梳《文心雕龙》批评方法，也是一次创新性的尝试。

第二，中国古代文论自唐代之后就非常注重诗式、诗法、诗则与诗格的概念，对于批评方法的重视一直延续到了明清时期的小说评点。诗式、诗法、诗则与诗格都具有诗之法度、标准的内涵，在书法和绘画作品中也有类似表达。其中或有刘勰《文心雕龙》的影子与影响，虽然本书限于笔力，对此涉猎不多，但也为此提供了参考。

第三，当我们谈到批评方法的时候，似乎它更侧重于西方文论中类似新批评、结构主义、接受美学等的概念。然而这种观念往往遮蔽了刘勰文论中固有的中国性、整体性的批评方法总结。"通"本身是一个极具中国民族特色的关键词，在本书的写作过程中，除了以"通"作关键词串联《文心雕龙》批评方法，亦借用了刘勰的溯源法、博观法和折衷法进行构架与成文，或可看作一次研究兼运用的尝试。中国传统文论中的许多瑰宝，需要我们认真地爬梳、阐释、借鉴与实践，也必定能再次在当代的文学理论和批评中焕发生机。

参考文献①

(一) 著作

1. 安作璋主编；亓宏昌等撰稿：《论语辞典》，上海古籍出版社2004年版。

2. 班固撰，颜师古注：《汉书》，中华书局2015年版。

3. 曹顺庆，李清良，傅勇林，李思屈：《中国古代文论话语》，巴蜀书社2001年版。

4. 曹旭：《诗品集注》，上海古籍出版社1994年版。

5. 曾枣庄，金成礼：《嘉祐集笺注》，上海古籍出版社1993年版。

6. 曾祖荫：《中国古代美学范畴》，华中工学院出版社1986年版。

7. 晁乐红：《中庸与中道·先秦儒家与亚里士多德伦理思想比较研究》，人民出版社2010年版。

8. 陈传席译；吴焯校订：《画山水序·叙画》，人民美术出版社1985年版。

9. 陈鼓应：《庄子今注今译》，商务印书馆2007年版。

10. 陈鼓应：《老子注译及评介》(修订增补本)，中华书局2009年版。

11. 陈红映：《南华真经口义》，云南人民出版社2002年版。

12. 陈立撰，吴则虞点校：《白虎通疏证》，中华书局1994年版。

---

① 著作、论文均按照作者姓名音序排列，作者相同者依据文献出版时间升序排列。

13. 陈廷杰：《诗品注》，人民文学出版社 1958 年版。

14. 陈玉强：《古代文论"奇"范畴研究》，人民出版社 2015 年版。

15. 陈允锋：《〈文心雕龙〉疑思录》，中央民族大学出版社 2013 年版。

16. 陈钟凡：《中国文学批评史》，江苏文艺出版社 2008 年版。

17. 程俊英：《诗经译注》，上海古籍出版社 1985 年版。

18. 戴明扬：《嵇康集校注》，中华书局 2015 年版。

19. 董楚平：《楚辞译注》，上海古籍出版社 2014 年版。

20. 段玉裁：《说文解字注》，上海古籍出版社 1988 年版。

21. 范文澜：《文心雕龙注》，人民文学出版社 1958 年版。

22. 范应元著，黄曙辉点校：《老子道德经古本集注》，华东师范大学出版社 2010 年版。

23. 范晔撰，李贤等注：《后汉书》，中华书局 1965 年版。

24. 方立天：《中国佛教哲学要义》，宗教文化出版社 2015 年版。

25. 房玄龄：《晋书》，中华书局 1974 年版。

26. 冯黎明：《学科互涉与文学研究方法论革命》，武汉大学出版社 2014 年版。

27. 冯天瑜：《中华元典精神》，武汉大学出版社 2006 年版。

28. 冯友兰：《中国哲学史论文二集》，上海人民出版社 1962 年版。

29. 冯友兰：《中国哲学简史》，北京大学出版社 1985 年版。

30. 傅永聚，韩钟文主编：《儒家美学思想研究》，中华书局 2003 年版。

31. 高亨：《诗经今注》，上海古籍出版社 1980 年版。

32. 高林广：《文心雕龙先秦两汉文学批评研究》，中华书局 2016 年版。

33. 龚红月：《圆行方的世界·中国传统文化概论》，暨南大学出版社 2008 年版。

34. 郭朋：《中国佛教思想史》，社会科学文献出版社 2012 年版。

35. 郭鹏：《〈文心雕龙〉的文学理论和历史渊源》，齐鲁书社 2004 年版。

36. 郭绍虞、王文生：《中国历代文论选》，上海古籍出版社 1980 年版。

37. 郭绍虞：《续诗品注》，人民文学出版社 1981 年版。

38. 韩湖初：《文心雕龙美学思想体系初探》，暨南大学出版社 1993 年版。

39. 郝懿行，王念孙，钱绎，王先谦：《尔雅·广雅·方言·释名——清疏四种合刊》，上海古籍出版社 1989 年版。

40. 胡壮麟主编：《语言学教程》，北京大学出版社 2007 年版。

41. 黄晖：《论衡校释》，中华书局 1990 年版。

42. 黄开国：《经学辞典》，四川人民出版社 1993 年版。

43. 黄侃：《毛诗正义》，上海古籍出版社 1990 年版。

44. 黄侃：《周礼注疏》，上海古籍出版社 1990 年版。

45. 黄侃：《文心雕龙札记》，华东师范大学出版社 1996 年版。

46. 黄霖：《文心雕龙汇评》，上海古籍出版社 2005 年版。

47. 黄灵庚：《楚辞章句》，上海古籍出版社 2017 年版。

48. 黄寿祺，张善文：《周易译注》，上海古籍出版社 2007 年版。

49. 黄维梁：《从〈文心雕龙〉到〈人间词话〉——中国古典文论新探》，北京大学出版社 2013 年版。

50. 黄亚平：《典籍符号与权力话语》，中国社会科学出版社 2004 年版。

51. 霍松林、杜维沫：《原诗·一瓢诗话·说诗晬语》，人民文学出版社 2006 年版。

52. 蒋建梅：《和谐的生命之美——"圆"范畴的审美空间与美学精神》，南京大学出版社 2015 年版。

53. 蒋锡昌：《庄子哲学》，成都古籍书店 1988 年版。

54. 焦循撰，沈文倬点校：《孟子正义》，中华书局 2015 年版。

55. 孔凡礼点校：《苏轼文集》，中华书局 1986 年版。

56. 孔颖达：《毛诗正义》，北京大学出版社 1999 年版。

57. 赖力行：《中国古代文学批评学》，华中师范大学出版社 1998 年版。

58. 雷兴山：《先周文化探索》，科学出版社 2010 年版。

59. 黎翔凤撰，梁运华整理：《管子校注》，中华书局 2004 年版。

60. 李春青：《20 世纪中国古代文论研究史》，山东教育出版社 2008 年版。

61. 李建中：《文心雕龙讲演录》，广西师范大学出版社 2008 年版。

62. 李建中主编：《中国古代文论范畴发生史·〈礼记〉卷·礼以节情乐以发和》，武汉大学出版社 2009 年版。

63. 李凯：《儒家元典与中国诗学》，中国社会科学出版社 2002 年版。

64. 李延寿：《南史》，中华书局 1975 年版。

65. 李曰刚：《文心雕龙斠诠》，国立编译馆中华丛书编审委员会 1982 年版。

66. 李壮鹰：《诗式校注》，人民文学出版社 2003 年版。

67. 梁宗岱：《梁宗岱文集》，中央编译出版社 2003 年版。

68. 林继中：《激活传统——寻求中国古代文论的生长点》，上海古籍出版社 2007 年版。

69. 刘宝楠撰，高流水点校：《论语正义》，中华书局 1990 年版，第 249 页。

70. 刘静宜：《今文〈尚书〉语法与经文诠释关系之探讨》，花木兰文化出版社 2009 年版。

71. 刘明今：《中国古代文学理论体系：方法论》，复旦大学出版社 2000 年版。

72. 刘文典撰，冯逸、乔华点校：《淮南鸿烈集解》，中华书局 2013 年版。

73. 刘文英：《中国古代的时空观念》，南开大学出版社 2000 年版。

74. 刘晓东：《逸周书》，辽宁教育出版社 1997 年版。

75. 刘义庆撰，刘孝标注，王根林校点：《世说新语》，上海古籍出版社 2012 年版。

76. 刘苑如主编：《游观——作为身体技艺的中古文学与宗教》，中研院文哲所 2013 年版。

77. 刘耘华：《诠释学与先秦儒家之意义生成——〈论语〉、〈孟子〉、〈荀子〉对古代传统的解释》，上海译文出版社 2002 年版。

78. 刘长林：《中国系统思维——文化基因探视》，社会科学文献出版社 2008 年版。

79. 刘知幾：《史通》，上海古籍出版社 2008 年版。

80. 龙协涛编：《鉴赏文存》，人民文学出版社 1984 年版。

81. 龙树菩萨著、鸠摩罗什译、弘学校勘：《大智度论校勘》，社会科学文献出版社 2014 年版。

82. 楼宇烈：《老子道德经注校释》，中华书局 2008 年版。

83. 鲁迅：《鲁迅全集》，人民文学出版社 2005 年版。

84. 陆海明：《中国文学批评方法探源》，中国社会科学出版社 1994 年版。

85. 陆侃如编：《宋玉》，亚东图书馆 1929 年版。

86. 罗柄良译注：《文史通义》，中华书局 2012 年版。

87. 罗宗强：《因缘居存稿》，复旦大学出版社 2016 年版。

88. 吕不韦：《吕氏春秋》，上海古籍出版社 1989 年版。

89. 吕思勉：《两晋南北朝史》，上海古籍出版社 2005 年版。

90. 吕思勉：《先秦史》，上海古籍出版社 2005 年版。

91. 陆机撰，张少康集释：《文赋集释》，上海古籍出版社 1984 年版。

92. 庞朴：《蓟门散思》，上海文艺出版社 1996 年版。

93. 皮锡瑞：《经学历史》，中华书局 2008 年版。

94. 戚良德主编：《文心雕龙学分类索引》，上海古籍出版社 2005

年版。

95. 祁志祥：《佛教美学》，上海人民出版社 1997 年版。

96. 钱伯城：《白苏斋类集》，上海古籍出版社 1989 年版。

97. 钱基博：《四书解题及其读法》，商务印书馆 1934 年版。

98. 钱基博：《版本通义》，上海古籍出版社 2007 年版。

99. 钱穆：《中国学术通史》，九州出版社 2012 年版。

100. 钱基博：《四书解题及其读法》，商务印书馆 1934 年版。

101. 钱锺书：《七缀集》，生活·读书·新知三联书店 2002 年版。

102. 钱锺书：《谈艺录》，生活·读书·新知三联书店 2008 年版。

103. 钱宗武：《今文尚书语法研究》，商务印书馆 2004 年版。

104. 乔秀岩：《义疏学衰亡史论》，生活·读书·新知三联书店 2017 年版。

105. 邱运华：《文学批评方法与案例》，北京大学出版社 2005 年版。

106. 尚永亮：《庄骚传播接受史综论》，文化艺术出版社 2000 年版。

107. 沈锡伦：《中国传统文化和语言》，上海教育出版社 1995 年版。

108. 孙星衍撰，陈抗、盛冬铃点校：《尚书今古文注疏》，中华书局 1986 年版，

109. 沈约：《宋书》，中华书局 1974 年版。

110. 石家宜：《〈文心雕龙〉系统观》，江苏古籍出版社 2001 年版。

111. 释僧祐：《弘明集校笺》，上海古籍出版社 2013 年版。

112. 斯维至：《史学常谈》，陕西人民出版社 1980 年版。

113. 司马迁：《史记》，中华书局 1959 年版。

114. 苏轼：《苏东坡集》，商务印书馆 1933 年版。

115. 孙武撰；曹操等注；杨丙安校理：《十一家注孙子》，中华书局 2012 年版。

116. 孙希旦：《礼记集解》，中华书局 1989 年版。

117. 汤显祖：《汤显祖集》，上海人民出版社 1973 年版。

118. 唐君毅：《中国哲学原论·原道篇》，中国社会科学出版社

2006 年版。

119. 汪曾祺：《汪曾祺文集·文论卷》，江苏文艺出版社 1993 年版。

120. 汪涌豪：《中国古代文学理论体系：范畴论》，复旦大学出版社 1999 年版。

121. 汪涌豪：《风骨的意味》，百花洲文艺出版社 2009 年版。

122. 汪涌豪：《中国文学批评范畴及体系》，复旦大学出版社 2017 年版。

123. 王会昌：《中国文化地理》，华中师范大学出版社 1992 年版。

124. 王水照：《苏轼选集》，上海古籍出版社 2014 年版。

125. 王文锦：《大戴礼记解诂》，中华书局 1983 年版。

126. 王先霈：《建设圆形的文学批评》，复旦大学出版社 2016 年版。

127. 王先慎撰，钟哲点校：《韩非子集解》，中华书局 2013 年版。

128. 王先谦撰，沈啸寰、王星贤点校：《荀子集解》，中华书局 2013 年版。

129. 王孝鱼：《庄子集释》，中华书局 2012 年版。

130. 王毓红：《言者我也：〈文心雕龙〉批评话语分析》，商务印书馆 2011 年版。

131. 王元化：《思辨随笔》，上海文艺出版社 1994 年版。

132. 王章陵：《周易思辨哲学：辩证的中道论》，齐鲁书社 2007 年版。

133. 王重民：《校雠通义通解》，上海古籍出版社 1987 年版。

134. 韦昭注，徐元诰集解，王树民、沈长云点校：《国语集解》，中华书局 2019 年版。

135. 温光华：《文心雕龙以骈著论之研究》，文史哲出版社 2009 年版。

136. 吴桂就：《方位观念与中国文化》，广西教育出版社 2000

年版。

137. 吴怀祺：《易学与史学》，中国书店 2004 年版。

138. 吴怀祺主编：《中国史学思想会通 》，福建人民出版社 2018 年版。

139. 吴建民：《经学与古代文论之建构》，南京大学出版社 2016 年版。

140. 吴毓江撰，孙启治点校：《墨子校注》，中华书局 2006 年版。

141. 夏静：《礼乐文化与中国文论早期形态研究》，中华书局 2007 年版。

142. 向新阳，刘克任：《西京杂记校注》，上海古籍出版社 1991 年版。

143. 萧统：《六臣注文选》，中华书局 2012 年版。

144. 萧子显：《南齐书》，中华书局 1972 年版。

145. 谢榛：《四溟诗话·姜斋诗话》，人民文学出版社 1961 年版。

146. 徐道勋、徐洪兴：《经学志》，上海人民出版社 1998 年版。

147. 徐复观：《中国文学精神》，上海书店出版社 2004 年版。

148. 徐复观：《徐复观全集·儒家思想与现代社会》，九州出版社 2014 年版。

149. 徐复观：《徐复观全集·中国人性论史·先秦篇》，九州出版社 2014 年版。

150. 徐兴海，刘建丽主编：《儒家文化辞典》，中州古籍出版社 2000 年版。

151. 徐艳：《中国中世文学思想史——以文学语言观念的发展为中心》，上海古籍出版社 2012 年版。

152. 徐中舒主编：《甲骨文字典》，四川辞书出版社 1989 年版。

153. 徐中玉，郭豫适：《古代文学理论研究第 31 辑·中国文论的方与圆》，华东师范大学出版社 2010 年版。

154. 许慎：《说文解字》（附检字），中华书局 1963 年版。

155. 许维遹撰，梁运华整理：《吕氏春秋集释》，中华书局 2009 年版。

156. 薛正兴：《范仲淹集》，凤凰出版社 2019 年版。

157. 杨伯峻：《论语译注》，中华书局 1980 年版。

158. 杨明照：《抱朴子外篇校笺》，中华书局 2018 年版。

159. 杨明照主编；《文心雕龙学综览》编委会编：《文心雕龙学综览》，上海书店出版社 1995 年版。

160. 杨清之：《〈文心雕龙〉与六朝文化思潮》，齐鲁书社 2014 年版。

161. 杨维中：《中国佛教心性论研究》，宗教文化出版社 2007 年版。

162. 杨文斌：《一心与圆教——永明延寿思想研究》，巴蜀书社 2011 年版。

163. 姚思廉：《梁书》，中华书局 1973 年版。

164. 易祓、丁易东：《〈周易总义〉〈周易象义〉》，岳麓书社 2011 年版。

165. 于景祥：《中国骈文通史》，吉林人民出版社 2002 年版。

166. 袁珂：《山海经校注》，上海古籍出版社 1980 年版。

167. 袁枚：《随园诗话》，凤凰出版社 2009 年版。

168. 袁枚著，郭绍虞辑注：《续诗品注》，人民文学出版社 1963 年版。

169. 袁宗道著，钱伯城标点：《白苏斋类集》，上海古籍出版社 1989 年版。

170. 詹锳：《文心雕龙义证》，上海古籍出版社 1989 年版。

171. 张伯伟：《中国古代文学批评方法研究》，中华书局 2002 年版。

172. 张岱年：《中国古典哲学概念范畴要论》，中国社会科学出版社 1989 年版。

173. 张岱年，成中英等：《中国思维偏向》，中国社会科学出版社 1991 年版。

174. 张岱年，方克立主编；家教委高教司组编：《中国文化概论》，北京师范大学出版社 1994 年版。

175. 张国庆、涂光社：《〈文心雕龙〉集校、集释、直译》，中国社会科学出版社 2015 年版。

176. 张建军：《诗经与周文化考论》，齐鲁书社 2004 年版。

177. 张觉：《荀子译注》，上海古籍出版社 1995 年版。

178. 朱一玄、刘毓忱编：《水浒传资料汇编》，百花文艺出版社 1981 年版。

179. 朱光潜：《西方美学史》，人民文学出版社 1979 年版。

180. 朱光潜：《朱光潜美学文集》，上海艺术出版社 1982 年版。

181. 朱自清著，邬国平讲评：《诗言志辨》，凤凰出版社 2008 年版。

（二）译著

1. ［日］冈村繁：《汉魏六朝的思想和文学》，陆晓光译，上海古籍出版社 2002 年版。

2. ［美］宇文所安：《中国文论：英译与评论》，王柏华、陶庆梅译，上海社会科学院出版社 2003 年版。

（三）期刊论文

1. 曹顺庆：《文论失语症与文化病态》，《文艺争鸣》1996 年第 2 期。

2. 柴文华：《〈文心雕龙〉的动态平衡思维方式》，《齐齐哈尔师范学院学报》（哲学社会科学版）1988 年第 2 期。

3. 陈洪、沈立言：《也谈中国文论的"失语"与"话语重建"》，《文学评论》1997 年第 3 期。

4. 陈允锋：《〈文心雕龙〉的通变观及其批评方法特点》，《洛阳师范学报》2002 年第 6 期。

5. 陈中：《魏晋南北朝文学批评方法研究综述》，《古籍整理研究学刊》2020 年第 1 期。

6. 程千帆、周勋初、张伯伟：《中国古代文学批评方法三论》，《文献》1990 年第 1 期。

7. 戴簇棣：《"中和"思想与刘勰的"折衷"说——兼析〈文心雕龙〉的理论建构》，《安徽师大学报》(哲学社会科学版)1997 年第 2 期。

8. 戴文静、古风：《中国传统文论的海外传播现状研究——以西方〈文心雕龙〉的译介及传播为例》，《贵州社会科学》2017 年第 2 期。

9. 董春：《易道的显现与感通：以"象"为枢机的分析》，《东南大学学报》(哲学社会科学版)2022 年第 6 期。

10. 董芳：《刘勰批评方法新探》，《玉溪师专学报》(社会科学版)1992 年第 3 期。、

11. 高华平：《也谈"唯务折衷"——刘勰〈文心雕龙〉的研究方法新论》，《齐鲁学刊》2003 年第 1 期。

12. 高文强：《试论佛教论争对刘勰折衷方法的影响》，《华中科技大学学报》(社会科学版)2004 年第 3 期。

13. 韩湖初：《论〈文心雕龙〉的研究方法》，《华南师范大学学报》(社会科学版)1991 年第 1 期。

14. 胡大雷：《重"徵"求"验"——〈文心雕龙〉批评方法之一》，《广西师范大学学报》(哲学社会科学版)2001 年第 4 期。

15. 胡大雷：《"见异"——〈文心雕龙〉批评方法之二》，《广西师范大学学报》(哲学社会科学版)2002 年第 2 期。

16. 黄金鹏：《〈文心雕龙〉的圆美思想》，《四川大学学报》(哲学社会科学版)1996 年第 2 期。

17. 黄擎、孟瑞：《20 世纪 90 年代以来西方"关键词批评"发展检视》，《浙江社会科学》2017 年第 11 期。

18. 黄玉顺：《论儒家哲学的"超越"与"感通"问题——与蔡祥元教授商榷》，《社会科学研究》2002 年第 1 期。

19. 蒋述卓：《对中国文学批评及古代文论研究方法的反思》，《中山大学学报》(社会科学版)2001 年第 2 期。

20. 蒋寅：《关于中国古代文章学理论体系——从〈文心雕龙〉谈起》，《文学遗产》1986 年第 6 期。

21. 蒋寅：《文学医学："失语症"诊断》，《粤海风》1998 年第 5 期。

22. 金春峰：《〈周易〉对中国哲学史研究之重要意义——以若干重要问题为例兼论重写中国哲学史》，《周易研究》2018 年第 3 期。

23. 雷恩海：《一种隐性文学现象之考察——以〈文心雕龙〉思维方式对韩愈的影响为例》，《文学评论》2010 年第 5 期。

24. 李家骧：《中国古代文学批评的基本方法及其认识途径概评》，《湘潭大学学报》(社会科学版)1987 年第 4 期。

25. 李建中：《经学视域下中国文论关键词之词根性考察》，《武汉大学学报》(人文科学版)2014 年第 1 期。

26. 李建中：《元典关键词研究的中国范式》，《河北学刊》2020 年第 2 期。

27. 李建中：《中国文学观念的兼性特征》，《湖北大学学报(哲学社会科学版)》2022 年第 2 期。

28. 李景林：《论〈中庸〉的方法论与性命思想》，《史学集刊》1997 年第 2 期。

29. 李清良：《〈文心雕龙〉方法论体系之梳理与评价》，《中国文学研究》1994 年第 3 期。

30. 李振宏：《汉代儒学的经学化进程》，《中国史研究》2013 年第 1 期。

31. 栗振风：《论南北朝时期经学的"折中"特征》，《中华文化论坛》2018 年第 11 期。

32. 刘鸿模：《论〈文心雕龙〉写作中的历史意识和历史方法》，《淮北煤师院学报》(社会科学版)1987 年第 2 期。

33. 刘林魁：《〈三破论〉撰者诸说检讨——兼论刘勰《灭惑论》在当

时的影响》，《中南大学学报》（社会科学版），2013 年第 5 期。

34. 刘尊举：《〈文心雕龙〉"折中"新探》，《文学前沿》2002 年第 1 期。

35. 陆晓光：《〈文心雕龙〉文学批评主体条件思想探微》，《文艺理论研究》1986 年第 3 期。

36. 罗剑波：《"擘肌分理，惟务折衷"——〈文心雕龙〉论文方法初探》，《山东科技大学学报》（社会科学版）2007 年第 2 期。

37. 罗剑波：《折衷：刘勰释读、品评经典的重要视角与方法》，《复旦学报》（社会科学版）2016 年第 1 期。

38. 罗立乾：《〈文心雕龙〉思维方式论纲》，《临沂师专学报》1996 年第 4 期。

39. 罗宗强：《〈文心雕龙〉的成书和刘勰的知识积累——读〈文心雕龙〉续记》，《社会科学战线》2009 年第 4 期。

40. 吕永：《〈文心雕龙〉的思维方式、结构方式、表述方式》，《湘潭大学学报》（哲学社会科学版）1999 年第 2 期。

41. 马新钦：《王弼"执一御万"哲学观与〈文心雕龙〉"乘一总万"方法论》，《福建师范大学学报》（哲学社会科学版）2004 年第 3 期。

42. 牟世金：《刘勰论文学欣赏》，《社会科学战线》1980 年第 4 期。

43. 牟世金：《〈文心雕龙〉的总论及其理论体系》，《中国社会科学》1981 年第 2 期。

44. 穆克宏：《略谈〈文心雕龙〉与儒家文艺思想的关系》，《福建师大学报》（哲学社会科学版）1979 年第 2 期。

45. 潘链钰，李建中：《"经""文"视阈下的中国文论话语范式研究》，《华侨大学学报》（哲学社会科学版）2016 年第 5 期。

46. 潘链钰：《返道·立本·致用·诗性——中国文论建构的四个关键词思考》，《中国文学批评》2017 年第 3 期。

47. 庞朴：《"中庸"平议》，《中国社会科学》1980 年第 1 期。

48. 彭启福，李后梅：《从"经学"走向"经典阐释学"》，《天津社会科学》2016 年第 3 期。

　　49. 普慧:《论刘勰及其〈文心雕龙〉的佛教神学思想》,《文艺研究》2006 年第 10 期。

　　50. 祁志祥:《古典文论方法论的文化阐释》,《文艺理论研究》1992 年第 5 期。

　　51. 乔清举:《论儒家自然哲学的"通"的思想及其生态意义》,《社会科学》2012 年第 7 期。

　　52. 曲炳睿:《天命、天道与道论:先秦天人关系理论的形成与发展》,《史学理论研究》2021 年第 4 期。

　　53. 荣国庆,王晓轩:《清代"折中"诠释思想的形成与实践——以〈四库全书总目·诗经〉为例》,《河北大学学报》(哲学社会科学版)2017 年第 4 期。

　　54. 侣同壮:《再论〈文心雕龙〉'折衷'论的文化涵义——兼与高华平先生商榷》,《思想战线》2005 年第 3 期。

　　55. 陶礼天:《试论〈文心雕龙〉"折中"精神的主要体现》,《镇江师专学报》2000 年第 1 期。

　　56. 陶礼天:《知音与知味:论〈文心雕龙〉的知音批评模式》,《文史哲》2015 年第 5 期。

　　57. 陶礼天:《论〈文心雕龙〉的经典批评模式》,《安庆师范学院学报》(社会科学版)2016 年第 5 期。

　　58. 涂光社:《刘勰思辨的三维模式》,《辽宁大学学报》(哲学社会科学版)1991 年第 1 期。

　　59. 汪春泓:《佛教的顿悟和渐悟之争与刘勰的"唯务折衷"》,《南开学报》2003 年第 3 期。

　　60. 汪高鑫:《中国古代史学的思维特征》,《求是学刊》2014 年第 5 期。

　　61. 汪高鑫:《〈周易〉与中国古代史学的通变精神》,《史学史研究》2015 年第 2 期。

62. 汪洪章：《"擘肌分理，唯务折衷"——谈谈〈文心雕龙〉的体系特征》，《浙江社会科学》2019 年第 6 期。

63. 王焕然：《中庸与刘勰的"唯务折衷"——对〈文心雕龙〉思想方法的一种考察》，《辽宁大学学报》(哲学社会科学版) 1999 年第 1 期。

64. 王家政：《刘勰的文学批评方法论——读〈文心雕龙·知音〉》，《荆州师专学报》1986 年第 3 期。

65. 王维平、朱岚：《道通天地有形外，思入风云变态中——论〈周易〉美学的基本精神》，《周易研究》1994 年第 3 期。

66. 王运熙：《〈文心雕龙〉的宗旨、结构和基本思想》，《复旦学报》(社会科学版) 1981 年第 5 期。

67. 王运熙：《刘勰文学理论的折中倾向》，《暨南学报》(哲学社会科学) 1989 年第 1 期。

68. 王振复：《"唯务折衷"：〈文心雕龙〉文论思想的文化品格》，《求是学刊》2003 年第 2 期。

69. 王志耕：《"话语重建"与传统选择》，《文学评论》1998 年第 4 期。

70. 危磊：《中国艺术的尚圆精神》，《文艺理论研究》2003 年第 5 期。

71. 吴怀祺：《〈周易〉与民族历史思维》，《河北学刊》2006 年第 6 期。

72. 杨明：《释〈文心雕龙·乐府〉中的几个问题——兼谈刘勰的思想方法》，《文学遗产》2000 年第 2 期。

73. 杨庆中：《论孔子中庸思想的内在逻辑》，《齐鲁学刊》2004 年 1 期。

74. 余仕麟：《孔子"中庸"思想与亚里士多德"中道"思想之比较》，《北京大学学报》(哲学社会科学版) 2003 年第 1 期。

75. 张少康：《擘肌分理、唯务折衷——刘勰论〈文心雕龙〉的研究方法》，《学术月刊》1986 年第 2 期。

76. 张绍时：《1984 年以来大陆〈周易〉思维研究述评》，《云梦学刊》2018 年第 1 期。

77. 张长青，张会恩：《刘勰的文学批评论——〈文心雕龙·知音〉篇浅释》，《广西师范学院学报》1980 年第 4 期。

78. 曾军：《传统经学、经学传统及其现代转型》，《孔子研究》2013 年第 4 期。

79. 周勋初：《刘勰的主要研究方法——"折衷"说述评》，中国古代文学理论学会编《古代文学理论研究》第 11 辑，上海古籍出版社 1986 年版。

80. 周勋初：《"折衷"＝儒家谱系≠大乘空宗中道观——读〈文心雕龙·序志〉篇札记》，《中国文化》2009 年第 1 期。

81. 左东岭：《〈文心雕龙〉范畴研究的重构与解构》，《首都师范大学学报》(社会科学版)2008 年第 3 期。

(四) 学位论文

1. 冯斯我：《〈文心雕龙〉在日本的传译与研究》，暨南大学 2022 年博士学位论文。

2. 罗剑波：《〈文心雕龙〉"折衷"四论》，四川师范大学 2005 年博士学位论文。

3. 任鹏程：《先秦两汉儒家气性论研究——从孔子到王充》，山东大学 2019 年博士学位论文。

后　记

　　本书是由我的博士论文《文心雕龙批评方法研究》补充而成，在博士论文开题之初，我曾经设想过用"通"作关键词串联起《文心雕龙》的批评方法，但当时限于时间与学力，未能将这一想法付诸实践。博士毕业后走上工作岗位，在工作教学之余，我又重新拾起博士论文开始着手修改，增删之间，忽然又有了新的灵感，对如何以"通"作关键词来阐释《文心雕龙》批评方法也有了更为清晰的认识。

　　回望博士论文的写作期间，在武汉大学的求学时光仿佛就在昨天。回望这段充满弯路又艰难跋涉至终点的过程，我收获了许多知识，亦在武汉大学各位老师的指点下在学术研究的道路上饱览风光。初入学时，导师李建中教授教我们细读《庄子》文本，学到《秋水》篇时，老师在一个天朗气清的秋日带我们坐在湖心，吹拂秋风，读书论道。后来我和同学们回想读博生涯，多想起这浪漫而诗意的一幕。武汉大学文艺学教研室的诸位老师性格有别，讲课风格各异，彼此辉映，共同组成了一个融洽和谐的教研组，我非常有幸能够在这个和谐的教研室度过我的博士生涯，我也深知一个融洽和谐的教研组是多么不易，对其中求学的学子来说多么幸福。我听过李建中老师讲《庄子》，听过高文强老师讲《坛经》，听过冯黎明老师讲审美现代性研究，也听过已经过世的张荣翼老师讲《文学史哲学》。虽然并没有听全所有老师的课，但是在我论文预答辩时，整个教研室的老师们聚在一起，为我的论文修改提出了宝贵而切实的意见，每一句意见都具有高度实操性，对我论文的后期修改帮助良多。在武汉大学求学的时光宝贵而难忘，也将是我人生中一笔宝贵的财富。

　　在此，非常感谢李建中教授主编的这套书系能够将其收录并予以出版。在博士论文写作期间，导师一直耐心鼓励我、指点我，最终带领我顺利完成了博士论文。进入工作之后，在工作之余要继续努力科研，导师乐观豁达的性格、笔耕不辍的学术风范一直引领我继续前行。感谢我温暖团结的师门，感谢这两年来袁劲师兄一直跟进进度，为我的论文提纲提供建议和帮助，感谢殷昊翔师兄、李远师弟、余慕怡师妹、熊钧师妹、刘纯友师弟、罗柠师妹，感谢我的同门孙盼盼在工作和生活中和我保持学术的沟通和交流。

　　非常感谢我的家人，在毕业后的这两年间我成为了母亲，拥有了一个可爱的女儿，本书的增删主要在孕后期和产后集中完成的，哺育幼儿殊为不易，时间和精力都大为缩减，感谢我的丈夫在养育孩子的艰难时刻和我一起携手共度，感谢我的父母、公婆在带孩子上的无私帮助，使我有时间和精力可以心无旁骛地对本书进行修改。

　　最后，感谢我的责任编辑白绍华老师，感谢对我这本小书出版给予莫大帮助的武汉大学出版社的各位责编们！限于学力，本书尚有许多不足之处，希望随着我在学术道路的不断前行，于学问进一寸有一寸的欢喜。

2024 年 3 月 7 日

于南京